毛姆 短篇小说全集

THE
MAN
WITH THE
SCAR

带伤疤的男人

〔英〕毛姆 著

薄振杰 主编

赵巍 牛万程 译

人民文学出版社
PEOPLE'S LITERATURE PUBLISHING HOUSE

William Somerset Maugham
The Man with the Scar

图书在版编目(CIP)数据

带伤疤的男人/(英)毛姆著;赵巍,牛万程译
. —北京:人民文学出版社,2020(2023.1重印)
(毛姆短篇小说全集)
ISBN 978-7-02-015638-2

Ⅰ.①带… Ⅱ.①毛… ②赵… ③牛… Ⅲ.①短篇小
说-小说集-英国-现代 Ⅳ.①I561.45

中国版本图书馆 CIP 数据核字(2019)第 180062 号

责任编辑 朱卫净 邱小群
封面设计 钱 珺

出版发行 人民文学出版社
社 址 北京市朝内大街 166 号
邮政编码 100705

印 制 山东新华印务有限公司
经 销 全国新华书店等

开 本 890 毫米×1240 毫米 1/32
印 张 8.875
字 数 222 千字
版 次 2020 年 6 月北京第 1 版
印 次 2023 年 1 月第 3 次印刷

书 号 978-7-02-015638-2
定 价 55.00 元

如有印装质量问题,请与本社图书销售中心调换。电话:010 - 65233595

"一花一世界"
——《毛姆短篇小说全集》总序

一　引言

在现代英国文学史上，毛姆（William Somerset Maugham，1874—1965）是一位多才多艺、成就斐然的重要作家。他的社会阅历之广博，创作生涯之漫长，几乎无人堪比。毛姆一生著有二十一部长篇小说、一百五十多篇短篇小说、三十一部戏剧、两部文学评论集、三部游记、四部散文集和两部回忆录，是二十世纪上半叶英国文坛极负盛名的一位能工巧匠。尽管评论家们历来对他褒贬不一，毛姆本人也曾戏称自己为"二流作家中的佼佼者"，但他却是同时代的英国作家群体中寥若晨星的几位雅俗共赏的经典作家之一。他在读者中所享有的声誉远胜于文艺批评界对他的认可度。他的作品，尤其是短篇小说，一直深受读者的喜爱，不仅在欧美反复再版，而且被翻译成多种文字，并改编为戏剧或拍摄成电影，在世界各地广为流传，甚至走进了各类教材。人们对他作品的阅读和研究兴趣至今方兴未艾。

文学向来是生活和时代的审美反映。文学创作的对象是人的社会生活，或者说是社会生活中的人，而社会生活则是文学创作的唯一源泉。作家靠着充实的生活，才可能写出真正的作品。毛姆丰赡的文学成就与他纷繁复杂的生活经历以及独特的审美经验密不可分。他所描写的生活是一个现象与本质、偶然性与规律性、具体性与概括性相融合的不可分割的整体，表现了他对生活和时代整体的透视和评价。他笔下的每一个故事都不啻为一个完整的"自我世界"，一个具体场景的展现即可烛照出一个时代和一代人生活的整体面貌。

毛姆很会讲故事。他在创作中常常刻意追寻人生的曲折离奇，布下疑局，巧设悬念，描述各种山穷水尽的困境和柳暗花明的意外结局。他的作品对上流社会的揭露和批判入木三分，对人的本性的刻画尤为深刻，而且故事性强，情节跌宕多变又不落窠臼。他的故事融思想性和娱乐性于一体，在艺术表现手法上常有神来之笔，隽语警句俯拾即是，幽默的揶揄或辛辣的讽刺随处可见，达到了内容与形式的完美结合。

二　毛姆小传

毛姆出身于律师世家，祖父是英国声名显赫的律师，父亲是英国派驻法国大使馆的律师，其长兄也是闻名遐迩的律师，曾担任过英国大法官兼上议院议长，另外两个哥哥也都是著名律师。毛姆于一八七四年一月二十五日出生在巴黎，他的第一语言是法语，自幼便接受了法国文化的熏陶。他八岁时母亲死于肺结核，十岁时父亲死于癌症，双亲的早逝给他留下了难以磨灭的心灵创伤。一八八四年，他被伯父接回英国，送入坎特伯雷一所贵族寄宿制学校就读。由于英语不好，且身材矮小，常常被同学耻笑，加之伯父生性严峻高冷，缺少沟通，致使毛姆落下了终身间隙性口吃的缺陷。幸运的是，童年的种种不幸遭遇竟然变成了一种伟大而珍贵的馈赠，不仅激发了他的语言和文学天赋，也造就了他善于精妙讥诮、辛辣讽刺的本领，这种本领在他以后的文学创作中随处可见。

毛姆十六岁中学毕业。在伯父的支持下，他于一八九〇年赴德国海德堡大学修习文学、哲学和德语。在此期间，他编写了一部描写歌剧作曲家生平的传记作品《贾科莫·梅耶贝尔传》(*A Biography of Giacomo Meyerbeer*，1890)，并与一个年长他十岁的英国青年相恋。次年他返回英国，被伯父安排在一家会计事务所工作，但一个月后他便辞去了这份工作。伯父希望他继承家族传统当律师，但他不感兴趣；伯父继而又劝说他在教会担任牧师，他又因为口吃无法胜任；他想在政府任职，但伯父认为这不是一个高尚的绅士应当从事的职业。最后，在朋友劝说下，伯父勉强同意他进入伦敦圣托马斯医学院学医，同时以实习医生的身份在贫民区兰贝斯为穷苦人接生、治病。五年后，他取得外科医师资格，但并未正式开业行医，因为他从十五岁起就开始练笔写作，渴望成为一名职业作家。他的第一部长篇小说《兰贝斯的丽莎》(*Liza of Lambeth*，1897)，就是根据他当见习医生在贫民区为产妇接生的经历，用自然主义手法写成的。他在作品中以冷静、客观甚至挑剔的目光审视人生，笔锋凌厉、超逸，富有强烈的嘲讽意味。这部小说大获成功，首版几周之后便告售罄，这促使他立即放弃了医生职业，从此开启了长达六十五年的文学生涯。为积累创作素材，他在西班牙、法国等欧洲各国游历了近十年，创作了十部长篇小说、大量散文、文学评论、新闻报道和短篇故事。一九〇七年，他的剧作《弗里德里克夫人》(*Lady Frederic*，1903)首次在伦敦公演，好评如潮。第二年，伦敦西区有四家剧院同时上演他的四部剧本，盛况空前，他成为了英国名噪一时的剧作家，从而也使他创作舞台剧的热情一发不可收。一九〇三至一九三三年间，他编写了近三十部剧本，深受观众的欢迎。

第一次世界大战爆发时，毛姆因已超过服兵役年龄，便自告奋勇地加入了英国红十字会组织的"文艺界战地救护车队"(Literary Ambulance Drivers)，在欧洲前线救治伤员。这支救护车队的二十四名成员里有美国作家约翰·多斯·帕索斯、E. E.卡明斯、欧内斯特·海明威等人。一九一四年十一月初，毛姆结识了同在这支救护车队中、来自美国旧金山的文学青年弗里德里克·哈克斯顿（Frederic Gerald Haxton，1892—1944），俩人遂成为好友并发展成同性恋人，这种关系一直存续了三十一年，直至哈克斯顿于五十二岁时在纽约死于肺癌。在此期间，毛姆始终孜孜不倦地坚持创作，并在敦刻尔克附近的军营里校对了他的长篇巨作《人生的枷锁》（*Of Human Bondage*，1915）。这是一部具有自传性质的小说，描写了医科大学生菲利普·凯里受到不合理的教育制度的摧残和宗教思想的束缚，在爱情上屡遭打击的人生经历，表现了作者对新思想和新的人生道路的向往与追求，是毛姆最重要、流传最广的作品之一。小说出版之初曾受到英美两国一些评论家的抨击，但是美国小说家兼文学评论家西奥多·德莱塞却对它赞誉有加，称它为"天才之作"、"堪与贝多芬的交响曲相媲美"，将这部小说高举到了经典之作的地位。

　　一九一五年九月，毛姆加入英国情报机构，负责在瑞士搜集情报，监视和记录参战各国派驻日内瓦的使节们的外交活动。一九一六年，他辞去间谍工作，与哈克斯顿结伴而行，首次前往南太平洋诸岛，为他的长篇小说《月亮和六便士》（*The Moon and Sixpence*，1919）收集素材。这部小说以法国印象派画家保罗·高更的经历为原型，描写一位画家来到南太平洋中的塔希提岛，与当地土著人共同过着原始的生活，创作了不少名画。小说表现了这位天才画家对社会的逃避和对艺术的执著追求，这是毛姆又一部广为流传的重要作品。一九一七年六月，他再次受聘为英国"秘密情报局"（后简称"MI6"）的军官，被秘密派往俄国，肩负劝阻俄国退出战争的特殊使命，并与临时政府的首脑克伦斯基有过接触。两个半月后他回国述职时，俄国爆发了"十月革命"。毛姆自认为继承了父亲的律师天赋，具有沉着冷静、多谋善断、慧眼识人的本领，不会被表象所迷惑，是适合做间谍的人才。后来，他以这段当间谍和密使的经历为素材，写出了脍炙人口的《英国特工》（*Ashenden: Or the British Agent*, 1928）。他在该系列故事中，塑造了一位风度翩翩、精明强干、特立独行的特工阿申登。这部小说对英国小说家伊恩·弗莱明（Ian Lancaster Fleming, 1908—1964）影响颇深，在他后来创作的长篇系列小说《詹姆斯·邦德》（*James Bond*）中的那位风靡全球的主人公邦德，可谓与阿申登一脉相承。

在一九一五至一九一六年间，毛姆与英国著名药业巨擘亨利·卫尔康姆（Henry Wellcome, 1853—1936）风姿绰约的妻子赛瑞（Syrie Wellcome, 1879—1955）有过一段婚外情，并与她生下女儿丽莎。他们于一九一七年五月正式结婚，遂将女儿改名为玛丽·毛姆（Mary Elizabeth Maugham, 1915—1998）。然而这段婚姻并不幸福，两人终于在一九二七年宣告离婚。毛姆于一九二八年迁居法国，在海滨度假胜地里维埃拉的卡普费拉镇买下了占地面积达九英亩的莫雷斯克别墅。此后他的大部分岁月都在这里度过。这座豪华别墅也是当时英法文人和上流社会名流常相聚的文艺沙龙之地。

一战结束后，毛姆曾多次前往远东和南太平洋地区旅行，足迹遍布东南亚各国、南太平洋诸岛、中国和印度等地。毛姆历来喜欢将沿途的所见所闻、风土人情和自己的真实感受详细记录下来。正因如此，他的许多游记、随笔、散文、戏剧和长短篇小说都写得栩栩如生，具有鲜活的生活气息和时代的可感性。一九二〇年，他来到中国的大陆和香港，写下游记《在中国的屏风上》（*On A Chinese Screen*, 1922），并以中国为背景，创作了长篇小说《面纱》（*The Painted Veil*, 1925）和若干短篇小说。此后他又游历了拉丁美洲。毛姆的作品之所以能够引起不同国家、不同时代和不同阶层读者的兴趣，都与他作品中富有浓郁的异国情调和他丰富的阅历息息相关。

二十世纪二十至三十年代，毛姆依然保持着旺盛、高产的创作势头，各类作品层出不穷。长篇小说《寻欢作乐》(Cakes and Ale，1930)堪称他艺术上最圆熟的作品。这部小说以漫画式的笔调描绘一战后英国文艺圈内各种可笑和可鄙的人与事，锋芒毕露地鞭笞和嘲讽西方社会种种光怪陆离、尔虞我诈的丑陋现象。迷人的酒吧侍女罗西，是毛姆笔下最为丰满的女性形象，而故事里的另外两位作家则是毛姆在影射英国作家托马斯·哈代和休·华尔浦尔。短篇故事《相约萨马拉》(An Appointment in Samarra，1933)以巴比伦的古老神话为题材，表现"叙事者和主人公的最终归属都是死亡"的主题。美国小说家约翰·奥哈拉(John O'Hara，1905—1970)曾宣称，他的同名长篇小说《相约萨马拉》(Appointment in Samarra，1934)的创作灵感即得益于毛姆。《总结》(The Summing Up，1938)则是一部文字优美、可读性极强的作家自传，毛姆以直白、坦诚的语言描述了自己的创作生涯和心路历程。

二战爆发后，由于法国沦陷，毛姆在一九四○年逃离了里维埃拉，旅居美国。在此期间，他应英国政府的要求发表过数次爱国演讲，号召美国政府支持英国联合抗击纳粹法西斯。在洛杉矶时，他改编了不少电影脚本，是当年稿酬最高的作家之一。之后他相继在南卡罗来纳、纽约、罗德岛等地居住，潜心于文学创作。长篇小说《刀锋》(The Razor's Edge，1944)即是他旅美期间的作品。《刀锋》是毛姆的重要代表作，描写一名年轻的美国复员军人如何丢掉幻想、探索人生终极意义和存在价值的艰苦历程，富有哲学和美学意蕴。故事的场景大多在欧洲和印度，但主要人物均为美国人，主人公拉里·达雷尔以著名哲学家维特根斯坦为原型。作品中表现的东方神秘主义和厌战情绪，激起了正身处二战硝烟烽火中读者的心灵共鸣，那些引人入胜的故事情节和通俗易懂的艺术表达形式，也深得历代读者的喜爱。

　　一九四四年毛姆回到英国，两年后再度返回他在法国的别墅。此后，除外出采风，他常年居住在此，尽管已年逾七十，却仍笔耕不辍，主要撰写回忆录、文学评论和整理旧作。一九四七年，他设立了"萨默塞特·毛姆文学奖"（Somerset Maugham Award），用于奖励优秀作品和资助三十五岁以下杰出文学青年。英国著名作家 V. S. 奈保尔、金斯利·艾米斯、马丁·艾米斯、汤姆·冈恩等，都曾获此奖项。一九四八年，他出版了以十六世纪西班牙为背景的长篇小说《卡塔丽娜》（Catalina: A Romance），并陆续发表了《作家笔记》（A Writer's Notebook，1948）、《随性而至》（The Vagrant Mood，1952）、《观点》（Points of View，1958）、《回望》（Looking Back，1962）等著作。毛姆曾收藏了大量戏剧油画，数量仅次于英国嘉里克文艺俱乐部的藏品。从一九五一年起，这些油画在英、法各地巡回展出达十四年之久，一九九四年被收藏在英国戏剧博物馆。为表彰毛姆卓越的文学成就，牛津大学在一九五二年授予他荣誉博士学位，英国女王在一九五四年授予他"荣誉爵士"称号，并吸纳他为英国"皇家文学会"成员。一九五九年，毛姆完成了最后一次远东之行。一九六五年十二月十六日，毛姆在法国与世长辞，享年九十一岁。去世前夕，他将自己的全部版税捐赠给了英国皇家文学基金会。

三　毛姆短篇小说的艺术特色

　　毛姆享有"故事圣手""英国的莫泊桑""二十世纪最伟大的短篇小说家"之盛誉。在跨越两个世纪的文学生涯中，毛姆曾数度将他的短篇小说汇编成册出版，如《方向集》（Orientations，1899）、《叶之震颤》（The Trembling of A Leaf，1921）、《木麻黄树》（The Casuarina Tree，

1926）、《阿金》（*Ah King*，1933）、《四海为家的人们》（*Cosmopolitans*，1936）、《杂如从前》（*The Mixture As Before*，1940）、《环境的产物》（*Creatures of Circumstance*，1947）等。一九五一年，他从中甄选出九十一篇精品佳作，汇编为洋洋三大卷《短篇小说全集》。一九六三年，英国企鹅出版公司将其改为四卷本重新刊印。此后，该版本被多次再版，并被翻译成各种文字，在世界各地广为流传至今。这套《毛姆短篇小说全集》（7卷）即据此译出，以飨我国读者。

毛姆的创作始终坚持把读者放在首位，力求"投读者所好"，创作"具体、充实、戏剧性强的故事"。他的短篇小说有伏笔、有悬念、有高潮、有余音，结构紧凑、情节曲折，强调故事的完整、连贯和生动。他的短篇小说大体可分为三大类：以欧美为背景的"西方故事"；以南太平洋、东南亚、中国和印度等为背景的"东方故事"；以及"阿申登间谍故事"系列。

叙事视角与叙事声音　毛姆的短篇小说大多采用第一人称视角讲述，故事中的"我"几乎就是毛姆本人的形象：温厚、友善，喜欢读书和打桥牌，对世事和人生的千变万化充满好奇。故事常常用一种漫不经意的口吻开头，然后娓娓道来发生在普通人身上的那些富有传奇色彩的经历，犹如在向朋友闲聊他道听途说来的轶事趣闻，因而能快速地拉近作品与读者间的距离。即便在以第三人称讲述的故事中，叙事者通常也是个置身局外的旁观者，只是用其敏锐的目光观察事件的发展，偶尔加以评判，与毛姆的"我"如出一辙。在聆听那些或身陷囹圄、或心怀鬼胎、或历经磨难，往往也是可笑之人的主人公诉说衷肠时，这位"旁观者"至多只是点点头，或宽慰地附和几声。换言之，故事里"重中之重"的叙述者常常扮演着一个次要的角色，但他始终是一位饱经世故、处事不惊、温文尔雅的人。

他的叙事声音富有通感，文情并茂，言近旨远，斐然成章，即使是讽刺挖苦也不乏幽默感，而且总是那么超然而儒雅。在很多故事中，叙事声音通常出自一个见多识广的作家，他周围的大都是上层社会的名流，如作家、歌手、演员、政要，或他所熟悉的绅士，而作为作者的毛姆与他笔下的叙事者间的界线却被有意混淆了。采用这种若是若非的叙事声音，无疑增添了故事的可信度，然而这种将真实生活中的人与事作为创作原型的手法，难免会使心虚者"对号入座"，招来非议。我们不难看出，在他创造的这个首尾呼应的文学世界里，既有令人着迷的社会各阶层人物的百态脸谱，也有出人意表的启示和顿悟。

人物塑造　一个多世纪以来，受弗洛伊德和拉康理论的影响，文学创作和文艺批评越来越重视"意识流"和"心理现实主义"，试图通过心理分析来解读人的内心世界，解构人脑的思维机理和对客观世界的认知。但毛姆既没有像詹姆斯·乔伊斯和弗吉尼亚·伍尔夫那样采用"意识流"手法，通过心理描写"由内向外"地塑造人物，也没有像E. M. 福斯特和D. H. 劳伦斯那样去深入探究两性关系相和谐或相对抗的深层原因，而是在他创作中始终坚持现实主义和自然主义传统。尽管他在一些作品里对人物的心理活动和情感变化也描绘得细致入微，富有艺术张力，但这不是他关注的焦点。他的大部分故事主要涉及的是社会生活中人的世态百相，叙事者似乎也只关心眼前人物的外表形象。正因为如此，他的故事能最大程度地贴近读者的现实生活。

毛姆笔下的人物大多是肖像式的，常"以貌取人"，通过对人物直观、具体的描绘来揭示其内在的心理和性格特征，寥寥数笔就将人物从外表到灵魂刻画得活灵活现，有时甚至连故事情节也因此而外化地显现出来。毛姆不仅采用人物的对话和各种错综复杂的矛盾冲突来铺设和展开情节，而且常常以人物的仪表容貌为线索，着重描写他们在面对一系列事件、场景和紧要关头时做出的反应，细腻地刻画他们在表情、姿势、言行举止、生存方式甚至穿着打扮等方面出于本能或习惯性的细节变化，以此突显人物的本质特征，由表及里、有血有肉地塑造人物形象。即使在那些描写惊心动魄的谋杀或惨不忍睹的自杀事件的故事中，人物的心理活动往往也是通过其外表形象及其微妙的变化表现出来，而叙事者则不露声色，保持着冷峻、超然的态度。读者看到的往往是表象，并保持着一定的审美距离，很少能走进这些各具特色人物的内心世界，因为叙事者讲述的大多是他"事后"听来的，或通过"第三者的叙述"得来的故事。这种由"物理境"向"心理场"渗透的写法使人物形象显得更加丰满，也更容易使读者有身临其境的感觉，诚如奥斯卡·王尔德的那句绝妙的遁词所言："只有浅薄的人才不以貌取人。"①

艺术真实　艺术真实是文学的基本品格，文学作品所反映的善与美必须以真为伴。毛姆短篇小说的成功秘诀就在于其源于生活又高于生活。他的很多故事，究其本质而言，是经过他自出机杼的拔高，已经升华为艺术真实的"街谈巷议"。除了利用第一人称或第三人称的叙事者在故事中夹叙夹议、推波助澜之外，毛姆还时常别出心裁地呼唤读者的"群体意识"，因为他笔下的人物及其非凡的人生故事，往往正是人们在日常生活中耳熟能详或津津乐道的人与事。这些源自生活、为大众所喜闻乐见的"民间杂谈"、"桌边闲话"和"内幕新闻"，经过作者融会贯通的再创造之后，往往被赋予了崭新的艺术魅力，既能满足读者的猎奇心理，也能激发人们的心灵共鸣。尤其在以南太平洋诸岛和远东各地为背景的故事中，毛姆不但以精湛的笔触如实记述了英属末代殖民地的社会风貌、生活习惯和旖旎的自然风光，还刻意使用当地的土语和词汇来描写富有东方神秘色彩的宗教礼俗、田园房舍，以及人们的服饰装束、菜肴饮品、交往方式等，栩栩如生地展现

---

① 语出《道林·格雷的画像》第二章。

了当地原生态的生活。这些富有原始质朴的乡土气息的故事，使人百读不厌。

毛姆一生走南闯北，交游广阔，结识了大量禀赋各异的人，从高官贵族，到平民百姓，从欧洲白人到土著居民，三教九流无所不有。如同他在很多故事中所说，作为深谙人情世故的作家，人们愿意向他敞开心扉，吐露衷肠，使他获得了大量真实的创作素材。经过艺术提炼后，这些或凄婉动人、或骇人听闻的奇人逸事都被他绘声绘色地融化在作品里。毛姆喜欢搜集和讲述来自现实生活中的人们千姿百态的人生故事，他笔下的主人公们也喜欢讲故事和听故事，而不少故事本身也会交待或评判故事的来龙去脉（即所谓"环环相扣"的"故事套故事"）。这些具有艺术品质的真实故事，既使读者真实地认识和了解历史的原貌，感悟人生，也使作品拥有了持久的生命力。

反讽 在人类思想史和文学批评史上，反讽是理论家们争论已久、各执己见的话题。长期以来，研究者们从哲学、语言学、修辞学、叙事学、跨文化研究等领域对其进行阐发，使反讽得到了较为全面的诠释。

反讽源于古希腊语 *eironeia*，意为"装傻"，原指苏格拉底式的谈话方式：即在智者面前装作一无所知地请教问题，结果却推演出与之相反的命题。反讽的基本特征是"言非所指"或"言此而意反"的二元对立。言语反讽又称反语（verbal irony），是一种修辞手段，与讽刺和比喻相近，其意义产生于话语的字面意思与真实内涵的不符甚至悖反，并能不动声色地传递某种情感诉诸，听者／读者可从这种"表象与事实"相互矛盾的对比反观中解读出具有幽默或讽刺意味的"韵外之韵"。戏剧性反讽则是一种文学表现方法，具体可分为悲剧性反讽、结构性反讽、情境反讽和随机反讽等，其意义蕴涵在作品的整体结构之中，通过故事的语境和情节铺展来实现：读者对故事里的事件、场景、个人命运的了解会先于或高于"身在其中"的人物，因此，故事中的人物的言行举止、动机和目的往往与读者的理解和审美体验相冲突，呈现出截然不同甚至完全相反的意义。在文学叙事中，作者不仅通过话语层面的反讽，更通过现象与本质、期望与现实、主观意志与现存伦理等方面的相互矛盾、相互排斥、相互消解来表现人的认识能力和价值取向的相对性、多重性和心智活动的复杂性，藉以形成强烈的反讽意味，从而增强故事的戏剧性效果和艺术张力。

如同欧·亨利、契诃夫、莫泊桑，毛姆也是善于使用戏剧性反讽的行家里手。我们可以看到，在悲剧故事中，他常常直截了当地采用悲剧性反讽，故事的主人公大多是"被命运之神捉弄的傻瓜"——满怀希望、孜孜以求地想实现某个既定目标，经过百般努力和抗争后却发现，结果总是事与愿违、适得其反。在言情故事、间谍故事和寓言故事中，毛姆常巧妙运用随机反讽、情境反讽和结构性反讽，由低到高、张弛有度地构建不同层级的反讽意义，使故事情节峰回路转，并逐步将故事推向高潮。在叙事进程中，毛姆常将叙述的焦点集中在读者、叙事者与主人公之间在伦理判断和心理期待等方面的审美差距上，通过多角度的交替变换和对比关照，形成多层次、多维度的反讽。故事戛然而止的零度结尾或出人意表的结局往往蕴含着幽默而又深刻的道德意义，耐人反复回味。这是他的短篇故事常使人掩卷之余久久难以忘怀的另一个原因。

中年视阈　毛姆在短篇小说创作上取得卓越成就的另一重要原因或许与他的年龄有关。早在一八九九年毛姆就有短篇小说集问世，但他自认为这些故事不够成熟。晚年他在选编这套《短篇小说全集》时，便没有将那些早期作品纳入其中。毛姆真正开始热衷于创作短篇小说是在一战结束之后。一九二一年出版的《叶之震颤》标志着他在这一领域的新高度。这时他已人到中年，具有宽广的视野、丰富的经验和敏锐独到的见解。他创作的优秀、精湛的短篇小说，大都是他年届五十之后写成的。

　　毛姆已臻成熟的创作观和审美取向使他讲述的故事都带有意味深长的人生哲理和岁月的厚重感。毛姆经历过爱德华时代的歌舞升平和维多利亚时代的空前繁荣，纵情参与过英国上流社会声色犬马的时尚生活和法国名人荟萃、灯红酒绿的社交聚会，但他并没有像司各特·菲茨杰拉德那样去描绘朝气蓬勃、怀揣理想的年轻一代在面对令人眼花缭乱的现实世界和"美国梦想"时的惊奇不已以及他们在理想幻灭之后的失望、彷徨与悲哀，也没有像海明威那样浓笔重墨地记叙"迷惘的一代"在巴黎天马行空、纸醉金迷、放浪不羁的生活景象。他描写的常常是年长的一代人稳练达观、富有雅趣的行事作风和虚怀若谷的境界。作为一个饱经沧桑、老成持重的作家，他的激情已经渐渐淡去，能够以冷静、超脱的姿态看待世态炎凉和生死人生。他笔下的主人公们也常以疑惑、忧戚、嘲讽的眼光看世界，尽管偶有迷离困窘、错愕惶恐，但终究还是表现得温厚、儒雅、理性、风趣。无论风云变幻，他都处之泰然，始终保持着他那份闲情逸致和文质彬彬的良好修养。

　　同样，毛姆笔下的女主人公大多也是与他本人年龄相仿、已身为人母甚或祖母的女人。故事中虽不乏清纯美丽的少女和风骚冶艳的美妇，但他着重描写的并不是她们年轻貌美的姿容或离经叛道的表现，而是长辈对她们的担忧和管束。值得一提的是，毛姆的同性恋倾向使他描绘的女性形象与众不同。他对女性的态度向来礼貌得体，既没有把她们塑造成供男人去勾引和发泄的对象，也没有墨守成规地谴责和批判她们不守妇道的堕落行为，而是客观中肯、准确传神地描摹她们本来的面貌，把她们从外表到心灵刻画得惟妙惟肖。为了创造喜剧效果，他的故事中有时会出现饱经风霜、邋遢干瘪、面目丑陋，却浓妆艳抹、搔首弄姿的老妇人，但作者同样也对她们寄予了深厚的同情。这是毛姆不同于新生代年轻作家、常被读者和评论家们所称道的一大特点。

剖析人性　毛姆对人性的深切理解和锐敏透彻的洞察力与他的家庭背景、童年经历和他后来在坎坷的职业生涯中逐渐形成的人生观密不可分。毛姆一生见证了整整三代人的盛衰变迁。他亲历了两次世界大战的浩劫，切身体验过英国宦海沉浮和文坛争衡的滋味，亲眼目睹了各色人物的悲欢离合和命途多舛的凄凉境遇，而他的个人生活中也多有艰辛和变故，因此，对人生的态度他总体上是消极、悲观的。在他看来，人的命运是由各种充满变数、个人无力左右的外界因素和偶然事件决定的。他是个无神论者，认为基督教信仰纯属一派胡言。他蔑视"普渡众生"之说，不相信上苍能拯救芸芸众生。他也不相信善良和美德是人类与生俱来的本性，甚至对人的聪明才智也持怀疑态度。这些尖锐的观点和他对人的本质的深刻认识，使他的作品具有一种愤世嫉俗、悲天悯人的基调，再用他所特有的寓庄于谐、意在言外的讽喻形式和戏谑幽默、引人发噱的精妙笔调表现出来，非常迎合普通读者的心理诉求和审美品位。

对人性鞭辟入里的剖析应该是毛姆的作品最震撼人心的显著特色，也是他的每一篇短篇小说几乎必不可少的重要内容和主题。作为当过医生和间谍的作家，毛姆无疑会将这些经历糅合到他的创作中去。他常常会别开生面地以医生的眼光审视和剖析人的本性和良知，或从间谍和侦探的视角去探究和破解现实生活中各色人物的日常活动、行为方式、爱恋与婚姻、希望与失望、道德与罪孽等的成因和导致他们最终结局的奥秘，将人性中可憎可悲的阴暗面，诸如怯懦、嫉妒、傲慢、虚荣、愚妄、歧视、偏见、自私、自负、贪婪、色欲、势利、骄横、残忍等缺陷，毫无保留地展示在读者面前，并对其根源加以深入细致的剖析，做出恰如其分的评判。在这些故事里，我们可以清楚地看到，他对盛行于西方上流社会的因循守旧、浮华炫鬻、腐败堕落之风深恶痛绝，对欧洲中上阶层的绅士贵妇、神甫和传教士、政界要人、商界大贾、文艺圈名流，以及英国派驻在南太平洋和东南亚等殖民地的总督和各类官员充满了鄙夷和嫌恶之情，经常站在道德的制高点上，以犀利、辛辣的笔锋揭露和抨击他们欺世盗名、尔虞我诈、恃强凌弱、伤天害理、草菅人命、肆意践踏法律和人的尊严，以及嫖妓、通奸、乱伦等道德缺失的恶劣行径，毫不留情地讽刺和痛斥他们表面上道貌岸然、实为男盗女娼的虚伪本质。对于生活在社会底层的穷苦人和殖民地的土著居民，他却有一颗仁厚友善、宽宥大度、以礼相待的心。尽管他在作品中也常常会善意地取笑他们的愚昧无知和缺少教养，幽默地调侃他们刁顽古怪的性格和某些滑稽可笑的恶习和癖好，揶揄和嘲讽他们的自私自利、目光短浅等缺点，但他喜欢这些淳朴、善良、耿直的民众，对他们怀有真挚的同情、怜悯和关爱之心。

毛姆对人性细腻、透彻的剖析和拷问使他刻画的形形色色的人物，还有那些刺穿人心的故事，不仅富有不可抗拒、令人着迷的艺术魅力，而且具有极强的说服力和可信度，因为那些讽刺和鄙夷、怜悯和感伤，是经历过苦难和创伤，见识过世道悲凉的人才能有的感悟。这样的文学作品无疑具有强大的感染力，可改变人们对人性的根本认识，甚至刷新人们的世界观。

鲜活明畅的语言 毛姆虽说成名已久，但他并没有像同时期的其他现代主义作家那样勇于革故鼎新。就文体艺术而言，他没有多少实验性或"先锋派"的创举，而且对文辞奥博、用典繁芜的文风也不以为然。毛姆的语言以清新流畅、简洁朴实、诙谐幽默、通俗易懂见长，尤其注重让人"看着悦目、听着悦耳"。他的叙述鲜有生涩冷僻或华美矫饰的辞藻堆砌，几乎没有诘屈聱牙、艰涩难懂的句法结构，更罕用深奥玄妙的心理描写，而是采用贴近生活、直白易懂的语句和扣人心弦的情节来讲述故事。我们常可以看到，他一个段落就能将一个人物的容貌特征勾勒得纤毫毕见，然后便执手牵引着你缓缓走进他布下的迷宫，在张弛有度的节奏中一步步走向令人意想不到的情景和地域，循序渐进地发现始料不及的惊天秘密，最终到达快意恩仇的结局，或走向假作悲哀、实则富有喜剧色彩的故事高潮。

毛姆向来喜欢从现实生活中去捕捉和采撷鲜活、生动的语言。那些自然、人人皆知的语句经过他的打磨之后，被赋予了新的含义，一经问世便广为流传，成为人们常挂嘴边的时尚用语甚至金科玉律，尤其为普通读者所喜爱。在他的作品中，无论借景抒情、或阐发议论、或人物对话，毛姆一般采用口语化的语言，以一种体恤人意、推心置腹、犹如在酒吧与朋友交谈的口吻娓娓道来，仿佛他就在你的眼前，在不露声色地运用他的睿智和冷幽默与你侃侃而谈，并煞有介事地向你讲述"蜚短流长"、令人称奇的坊间传闻。这些故事会令你时而忍俊不禁，时而目瞪口呆，时而又不寒而栗。他善于运用富有活力的意象比喻，善于借助特定的细节来渲染和烘托气氛，那些精湛的象征和比拟常含有多种层次的意义和情感，能诱发丰富的联想，使读者进入如梦如画的意境。此外，毛姆设譬的智慧和他特有的暗含讥讽的幽默格调也无处不在。即使在主题非常严肃或描写血腥凶杀案的故事里，他也照样妙语如珠，精辟、凝练、发人深省的隽语警句和至理名言俯拾即是，运用得恰到好处。这些特点使他的故事不仅具有极高的可读性，而且具有极高的欣赏性和美学意义。毛姆鲜活明畅、幽默风趣的语言是他能拥有无数读者的一个重要法宝。

四 毛姆短篇小说的迷人魅力

这套《毛姆短篇小说全集》（7卷）题材广泛，风格多样，几乎囊括了短篇小说这一文学样式的所有类别：爱情故事、间谍故事、悬疑故事、恐怖故事、童话故事，历险小说、惊悚小说、艳情小说，赌场见闻、幽默小品等应有尽有，而且长短相宜，各具特色，中篇短篇辉映成趣，可谓名篇荟萃，异彩纷呈。这些作品如实反映了社会生活中各个层面的世情风貌和各种矛盾与冲突，触及到人类灵魂最深处的隐秘，力透纸背地揭示了人的本性中的善恶是非及其可悲、可恨、可怜、可笑之处，同时寄托了作者深藏若虚的忧患意识和人文情怀。这些风格各异、富有奇趣的故事的共同点是：主题明确，结构严谨，情节引人入胜，语言幽默晓畅，寓意深刻隽永。每一篇都堪称经典之作。

文学作品的功用之一就是给人带来阅读的快感。毛姆的短篇小说不仅内容丰富多彩，艺术表现形式也不拘一格：有言重九鼎的社会伦理小说，有感人至深的悲情故事，有令人唏嘘的人生无常，有令人毛骨悚然的惨案，也有皆大欢喜的喜剧和令人捧腹的闹剧，更有美轮美奂、令人心驰神往的异域风情的描写，凡此种种，不一而足。这些各有千秋的故事有供娱乐消遣的，有令人扼腕感慨的，也有让人会心一笑的，故事的结尾一般都含有振聋发聩的反讽意义或耐人寻味的弦外之音。读者倘若看厌了那些揭露和批评社会丑恶现象和人性阴暗面的故事，不妨转而去浏览那些滑天下之大稽的历险故事，或者去翻阅那些篇幅短小、却笑话迭出的轶事趣闻之作。无论是为了欣赏名作、陶冶情操，还是为了猎奇解颐、消磨时光，读者都能从这部全集中找到适合自己当下心情的故事。尽管有评论家认为，其中一篇很短的故事《一位绅士的画像》是例外，但这个短篇也写得妙趣横生，值得玩味。毛姆短篇小说的迷人魅力就在于其老少皆宜、雅俗共赏。

五　无法终结的结语

毛姆是一位视野广阔、博闻强识的文学家和旅行家。他一生探奇览胜，足迹几乎遍及欧亚美三大洲。这些故事大都以他自己在英国和世界各地的切身经历为原型和素材创作而成的。让人匪夷所思的是，毛姆本人的身影何以会毫不避讳地时时出现在故事里，而且常以第一人称来讲述那些奇人奇事，我猜想，这也许正是他屡遭英国上流社会的嫉恨，却让普通读者倍感亲切的原因所致吧。

毛姆笔下的版图幅员辽阔，从欧洲到南美洲，从南太平洋到亚洲，这些地域都是他的故事的生发地。值得注意的是，这些故事里的人物虽然来自不同国度，操各种语言，穿不同服饰，肤色和形象迥然有别，但本质上却如此惊人地相近——他们的所思所想，他们的爱与恨，甚至连欺骗和撒谎的招数都大同小异。我们不可否认，世界各地的人们确有诸多相通之处，但也存在千差万别。毛姆以不同的故事向我们展现的正是这个千奇百怪的世界里同时并存、互为映衬的同质性和异质性的相互交融和碰撞，以及由此而产生的无穷魅力，正所谓"一花一世界"。

至于毛姆是不是"二流作家"，还是由读者来评说为好。

吴建国

2020 年 3 月 5 日

目录

神罚之人 ①

　　若论书的价值，世界上少有书能同《航行指南》相媲美。它受海军参议官之命由海道测量局出版，该书外形精美，由不同颜色的布面（非常柔软）装订而成，最贵的一册也花不了多少钱。只需四先令，你就能买到《长江航行手册》，书里描述并介绍了"从吴淞河到最高通航点的长江流域，包括汉江、嘉陵江和岷江，以及各种航行指南"；只需三先令，你就能买到《东方群岛航行手册》的第三卷，其中"包括西里伯斯的东北部、摩鹿加群岛、济罗罗岛航道、巴布达和阿拉弗拉海以及新几内亚的北部、西部以及西南部沿海地区"。如果你并不想打破你安稳的生活，或者只能待在同一个地方工作，那么买这些书对你来说就不妥当了。这些书虽然实用，但会使你的心沉浸在令人神往的旅途中。它们追求实事求是的风格，条理清晰，令人敬佩，所有材料皆简洁明了地呈现在读者面前，字里行间透露着严谨务实的特点。但这些特点丝毫不会使旅途的诗意黯然失色，那些印刷纸张散发出的甜蜜芳香，宛如接近东方海

---

① 原文为 The Vessel of Wrath，字面意思为"愤怒之器"。出自《圣经》，指上帝愤怒之下造出的某些人注定要受到惩罚、遭到毁灭。

域的神奇岛屿时所感受到的习习微风，其中夹杂着各种香料的芬芳，带着一种真实的倦怠感冲击着你的感官。它们会告诉你锚地和登陆地点，什么地方可以得到什么补给品以及从哪里可以找到饮用水；它们还会介绍航标灯和浮标的位置，以及当地的潮汐、风向和天气。它们还会给你提供一些关于人口和贸易的简单信息。但奇怪的是，当你觉得它是多么平淡无奇、要言不烦的时候，它又会给你提供许多其他信息。是什么呢？其实，就是神秘和美丽，就是浪漫和未知的魅力。随意翻阅就能找到以下段落："补给品：该岛屿是大量海鸟栖息的天堂，其中还有几只受到保护的原鸡。环礁湖中有乌龟和大量的不同鱼种，包括鲻鱼、鲨鱼、角鲨等；在这里，围网捕鱼起不到任何作用，但是有一种鱼可以通过垂钓捕获。这里有一家临时搭建的小店，向遇难的人们提供罐头食品及烈酒等救济。人们可以从距离登陆点不远处的水井中获取干净的饮用水。"这样的书绝非平庸之作，难道这些素材还不足以使你驰骋想象，开启一段穿越时空之旅吗？

在我所引用的这篇文章中，编者们同样低调地描述了阿拉斯群岛。该群岛由一组或一连串的岛屿组成。"大部分地区地势较低，丛林密布，东西长约七十五英里[①]，南北长约四十英里"。书中关于它们的信息非常有限。不同的群岛通过海峡相互连接，几艘船只从中通过，但是这些航道尚未完全开发，很多危险地带也尚未确定，因此，行船应当尽量避免经过这些地方。据估计，阿拉斯群岛上的人口大约八千，其中包括了二百名中国人和四百名伊斯兰教徒，其他皆为异教徒。最主要的岛屿名叫巴鲁岛，被环绕在一片岛礁之中，一名荷兰执政官居住于此。他的房子位于一座小山的顶部，白墙红瓦，十分醒目。每隔一个月荷兰皇家邮船公司的船只便会北上前往望加锡，每四

---

① 英里（miles），英制长度单位。1 英里 ≈ 1.61 公里。

个周便南下前往荷兰新几内亚的马老奇，每次他们看到那座最显眼的房子时，总会在此地短暂停留。

在世界历史进行到某一时刻，米歇尔·埃弗特·格鲁伊特在这里执政，他管理阿拉斯群岛岛民虽然不乏铁腕手段，却也自觉荒诞。他认为，年仅二十七岁就被委以重任简直就是个笑话，到了三十岁，也仍觉这事荒唐。他管理的这些岛屿同巴达维亚少有往来，邮件总是姗姗来迟，即使他寻求建议，收到邮件时也为时过晚。因此，他便心安理得地依照自己的判断行事，期待自己走运，不会同上级有任何麻烦。他个子不高，最多五英尺四英寸①，但身材非常臃肿。他总是面色红润，神采奕奕。为了图凉快，他剃光了头发，没有胡子的脸又圆又红。他的眉毛颜色极浅，几乎看不到，但一双小小的蓝眼睛，看起来炯炯有神。他知道自己缺乏威严气度，但是因为自己的职位，他总会打扮得衣冠楚楚，以此来弥补这一点。不论是到办公室或法庭处理案件，还是出门一趟，他都要穿得一尘不染。他那带有亮铜色纽扣的短外套非常适合他，充分显示出他年纪虽轻却已大腹便便的惊人事实。他和气的脸上汗津津的，总是拿着一把芭蕉扇扇着风。

但在家的时候，格鲁伊特更喜欢什么都不穿，只穿着一件纱笼，白白胖胖的，看起来像极了十六岁的半大小子。他一般起得很早，早餐六点就备好了，并且总是一成不变。一片木瓜，三个放凉的煎蛋，一片薄薄的伊丹乳酪以及一杯黑咖啡就是他的早餐。早餐过后，他总会抽一支大大的荷兰香烟，翻看一会儿尚未读遍的报纸，然后，穿戴整齐地出门前往办公室。

一天早上，格鲁伊特正忙活这些，管家来到卧室，说琼斯先生问能否见见他。这时，格鲁伊特正站在穿衣镜前。他穿上裤子，欣赏着

---

① 约等于 1.63 米。

自己光滑的胸脯。他直起背，挺了挺胸和肚子，感到颇为满意，并且在胸脯上响亮地拍了三四下。这才是男人该有的胸膛。听到管家带来的消息，他盯着镜子露出了一丝嘲讽的笑意，心想这个拜访者能有什么事情。埃弗特·格鲁伊特的英语、荷兰语和马来语都说得一样好，但是他习惯用荷兰语思考。他喜欢这样，因为在他看来，荷兰语虽然粗鄙，却粗鄙得讨人喜欢。

"让他等一等，我马上就来。"他光着身子，穿上一件无袖短上衣，系上扣子，然后趾高气扬地走进了客厅。欧文·琼斯牧师站了起来。

"早上好，琼斯先生。"执政官说道，"在我今天开始工作前，您来这里是为了和我喝一杯吗？"

琼斯先生没有笑。

"我来找您是为了一件让人忧心的事，格鲁伊特先生。"他回答。

而执政官并不因为琼斯先生一脸的严肃而不安，也并不因为他这句话而慌张。他蓝色的小眼睛中流露出和善的光芒。

"先坐下，我亲爱的伙计，抽支烟吧。"

执政官很清楚，欧文·琼斯牧师素来不碰烟酒，但是每次碰面，他都会这样客套一番，可能是天性爱搞怪吧。琼斯牧师摇了摇头。

琼斯先生负责管理阿拉斯群岛的浸礼福音会。主教堂位于巴鲁岛——群岛中面积最大且人口最多的岛屿。除此之外，他还负责岛上其他教堂，由当地助手代为管理。琼斯牧师四十岁左右，又高又瘦，整日一副郁郁寡欢的模样，长长的脸看起来总是面黄肌瘦。两鬓的棕色头发早已花白，发际线也退了不少，这使他看起来有些莫名的呆愣无知。格鲁伊特先生对他既讨厌又敬重。讨厌他是因为他不仅思想狭隘而且古板教条。作为一个乐天随性的异教徒，格鲁伊特喜欢所有的世俗享受，并且只要条件许可，尽可能照单全收。因此，他对这个反对任何享乐的牧师并没有多少耐心。他自觉这个国家的习俗正符合人的天性，而这个传教士却不遗余力地想要废除这种沿袭百年、人们适应良好的生活方式，对此，他简直无法容忍。他敬重他是因为他心性善良，而且热心诚实。琼斯牧师是拥有威尔士血统的澳大利亚人，是整个群岛中最称职的医生。对于岛民来说，一旦生了病，除了岛上的中医外还有其他的人可以倚靠，心里总会踏实些。整个群岛上，只有执政官最清楚琼斯先生医术的价值以及他所做出的诸多善举。一旦发生流感，这个传教士完全可以以一当十。当人们需要他的时候，除非是飓风，否则任何恶劣天气都无法阻挡他在各个岛屿间奔波。

琼斯牧师和他妹妹一起住在离村子大约半英里外的一座白色的小房子里。执政官刚到此地时，琼斯牧师便前去迎接他，邀请执政官住到自己家里，直到他的房子装修好为止。执政官接受了琼斯牧师的邀请，但很快就意识到，这对兄妹的生活有多么简朴，他简直无法忍受。一日三餐清汤寡水不说，而且只能喝茶，每当他点起香烟时，琼斯牧师总会礼貌恭敬但又不容置喙地请他不要吸烟，因为他和他的妹妹都强烈反对吸烟。不出二十四小时，格鲁伊特先生就搬进了自己的家。他心惊胆战地从牧师家中仓皇而逃，仿佛那是一座瘟疫肆虐之城。执政官喜欢开玩笑，也喜欢放声大笑。若是你说傻话时别人也总是一本正经地对待，若是你觉得天大的笑话别人也从不发笑，这样的人绝非常人所能忍受。欧文·琼斯牧师是个值得尊敬的人，但是作为一位朋友来说，却实在让人忍无可忍。而他的妹妹更是有过之而无不及。这俩兄妹简直毫无幽默感可言。哥哥整日郁郁寡欢，尽职尽责地工作，并笃信世上一切皆无可救药，而妹妹却整天快快活活的，一本正经地追寻着事物光明的一面。她就像是复仇天使，不遗余力地从同胞身上寻找美好的人性。琼斯小姐在教会学校教学，同时也帮牧师行医治病。比如，牧师做手术时，她就在旁边给他递麻药。琼斯牧师还自发为教会建了一所小型医院，她既是这家医院的负责人，还是裹伤员和护士。琼斯牧师与人性弱点进行着顽强斗争，而琼斯小姐则一味的乐观，遇上个头不高、性格偏执的执政官，总是乐此不疲地拿这些来打趣。他就是要挖空心思地找乐子。荷兰的船只每两个月来三次，每次都会停留几个小时。这时，执政官总会和船长以及轮机长畅聊一番。如果碰上千载难逢的机会，从星期四岛或者达尔文港来的采珠船会在这里停留两三天，那对他来说是一段非常美好的时光。采珠人大多粗鲁，却非常勇敢。他们总是在船上备好大量的酒水，并且总有很多奇闻异事可讲。执政官将他们带回自己家中，以丰盛的饭菜招待他们，只有所有人都醉到不省人事，当晚无法再回船上，这聚会方才算得成功。除了牧师之外，巴鲁岛上唯一的白人便是红头泰德。当然，他是文明的耻辱，令整个白种人蒙羞，因此谁都不说他一句好话。尽管如此，执政官有时候觉得，若是没了红头泰德，巴鲁岛上的生活更过不下去。

此时，琼斯牧师本该向没有信仰的年轻人讲授浸礼会信仰的奥秘，但因为这个无赖，一大早前来拜访格鲁伊特先生，真是奇怪。

"请坐吧，琼斯牧师。"执政官说道，"我能为您做些什么呢？"

"是这样的，我来见您是为了那个叫红头泰德的年轻人。您现在打算怎么办？"

"为什么这么说？发生什么事了？"

"您还没听说吗？我以为警官已经告诉您了。"

"除非事情紧急，不然我不主张我的手下来我的私人住处。"执政官义正词严地解释道，"我不像您，琼斯牧师，我工作是为了能有时间休息，我不喜欢在休息的时候有人打扰。"

但是，琼斯牧师向来不爱闲聊，对一般性的思考也并无兴趣。

"昨天晚上，在一家中国商店里发生了一起很丢人的斗殴事件。红头泰德毁了人家的店铺，还差点杀了一个中国人。"

"我猜，他又喝多了。"执政官平静地说道。

"本性难改，他还能干点别的吗？人们报了警，警察来后，他又攻击了警察。六个警察合力才把他关进了牢房。"

"他确实很强壮。"执政官说道。

"我认为您应该把他送到望加锡去。"

埃弗特·格鲁伊特冲着怒气冲冲的牧师快活地眨了眨眼。他并不傻，知道琼斯牧师的心思，但就是觉得逗逗他真是莫大的享受。

"幸运的是，我有足够的权力，能够自己处理好这个情况。"执政官回答道。

"您有权驱逐任何人，格鲁伊特先生，而且我肯定，如果您能彻底送走这个人，将会省去很多麻烦。"

"我当然有那个权力，但我想，您是最不希望我滥用这个权力的。"

"格鲁伊特先生，这人在这里是所有人的耻辱。他一天到晚醉醺醺的，和很多当地女人都不干不净，早就臭名远扬了。"

"有意思，琼斯牧师。我一直听说，酗酒会刺激性欲，但也会妨碍性交的满足感。您所说的关于红头泰德的情况似乎并不符合这个理论。"

牧师脸红了，但面色依旧阴沉。

"这些生理问题现在我不想讨论。"他冷冷地说，"这人的行为对白人的名声造成了不可估量的损害。我们在其他方面做了诸多努力，想引导人们好好生活，但这事严重妨碍了我们的工作。他就是个彻头彻尾的混蛋。"

"那冒昧地问一句，您是否试着改造过他呢？"

"他刚来的时候，我曾竭尽全力地去接触他，但是他对我的任何做法都非常抵触。他第一次惹祸时，我直截了当地同他谈过，他却对我破口大骂。"

"您和其他传教士为岛民们所做的一切，我感激不尽，但您确定您履行职责的时候足够有策略吗？"

执政官对自己的这句话感到颇为自得。这话听起来相当恭敬，但夹杂着一丝他觉得应当给予的责备。牧师严肃地看着他，悲伤的棕色眼睛里饱含赤诚之心。

"耶稣拿鞭子将钱贩子从圣殿赶出去的时候需要策略吗？没有，格鲁伊特先生。策略只是懒汉用来逃避责任的借口罢了。"

听了琼斯牧师的话，执政官突然想喝瓶啤酒。牧师热切地向前探了探身子。

"格鲁伊特先生，您和我一样，对这个男人的罪行了如指掌，所以，我也就不必再提醒您了。没有任何借口能为他开脱。现在，他真的越过底线了。现在是您最好的机会。我请求您使用您的权力，将他永久驱逐。"

执政官眼睛越发有神了。他正乐在其中呢。他发现，当不需要褒贬他人的时候，同人打交道真的是趣味无穷。

"但是，琼斯牧师，不知道我理解的对不对？您是希望我在见到指控证据或听取他的辩护之前，就向您保证应该把他驱逐出境，对吗？"

"我不知道他还有什么可辩护的。"

执政官从椅子里站了起来，想让他五英尺四英寸的个子显得雄伟些。

"我是根据荷兰政府的法律在这里执法的。请允许我告诉您，我非常惊讶，您竟然想干扰我的审判工作。"

牧师听后有些慌张。他从没想到，这个比他小十岁的小子会是这样一种倨傲态度。他还想解释和道歉，但执政官抬了抬胖乎乎的小手。

"时间不早了，我该去办公室了，琼斯牧师。祝您早上愉快。"

牧师往后退了退，鞠了一躬，一言不发地离开了。若是看到自己转身后执政官的行为，他定会大吃一惊。执政官竟然龇牙咧嘴地笑了，还用拇指顶着鼻子，冲牧师晃了晃其余的四根手指，挤眉弄眼嘲笑了他一番。

几分钟后，执政官到了办公室。有一半荷兰血统的总管向他汇报了昨晚那场斗殴，和琼斯牧师所说的如出一辙。法院选择当天开庭。

"您要先审理红头泰德的案子吗，先生？"书记员询问道。

"我没有理由先审他。上次开庭还有两三个案子没审完，我会按照顺序来。"

"我以为您会想要私下里见见他，先生，毕竟他是个白人。"

执政官有些拿腔作势地回道："朋友，在至高无上的法律面前，白人和有色人种并无不同。"

法庭是一间四方形的大房间，木头长凳上挤满了不同种族的当地人，有波利尼西亚人、布吉人、中国人以及马来人。大门打开后，警长宣布执政官到了，所有人都站了起来。执政官同书记员一起进来，走上小法台，在漆过的北美脂松桌旁坐了下来，身后是一幅巨大的威廉敏娜女王的雕刻版画。在审理完六个案子之后，终于轮到了红头泰德。他戴着手铐，被带到了被告席，身边分别站着一名狱警。执政官严肃地看着他，眼中却流露出掩饰不住的笑意。

红头泰德酒还未醒，晃晃悠悠地站着，眼中一片茫然。他年纪尚轻，也就三十岁左右，红红的脸有些浮肿，披散着一头红色的鬈发，差不多中等身高，却相当肥硕。在那场斗殴中，他也未能毫发无损。他的一个眼角乌青，嘴唇也破了，并且肿了起来。他穿着一条卡其色的短裤，又脏又破，背心后背几乎被扯烂了，胸前也破了，露出一个大口子，浓密的红色胸毛覆盖着胸脯，可以窥见那白得惊人的皮肤。执政官看了一眼案情记录，传唤了证人。他听取了案件陈述，看到了那个被红头泰德用瓶子爆了头的中国人，了解到了警官想要逮捕红头泰德反而被打倒在地，得知了红头泰德如何借着酒疯，把所有手边的东西都砸了个稀烂。听完这些之后，他转了个身，开始用英语向被告发问。

"那么，红头，你有什么想要为自己辩护的吗？"

"我当时喝醉了，什么也不记得了。如果他们说我差点杀了人，我想，可能是吧。如果他们愿意给我点时间，我愿意赔。"

"你当然得赔，红头。"执政官说道，"但现在是我要给你点时间。"

执政官沉默地打量了红头泰德了一会儿。他确实是个让人倒胃口的家伙。他早就自暴自弃了，让人望而生畏，看他一眼都会让人瑟瑟发抖。如果不是琼斯牧师多管闲事，执政官当场就将他驱逐出岛了。

"红头，自从你来岛上之后，就不断地制造麻烦，你太丢人现眼，懒惰成性。你一次次地醉倒在街头，一次次地惹是生非，你已经无可救药了。上次你被捕时我就告诉过你，如果你再次被捕，我将对你严加处置。这次，你已经触碰了底线，这完全是你自讨苦吃。现在，我判你服六个月的苦役。"

"我？"

"对，你。"

"我对天发誓，等我出来，一定要杀了你。"

他开始指天骂地，骂得要多下流有多下流。执政官听着却不为所动。要论骂人，荷兰语可比英语骂得够劲，红头泰德所骂的每一句话他都能更胜一筹。

"安静。"执政官命令道，"我累了。"

执政官用马来语重复了一遍判决，犯人挣扎着被带了下去。

坐下吃午饭的时候，执政官心情大好。只要你稍微用点心思，就会惊奇地发现，生活真是其乐无穷。阿姆斯特丹人、巴达维亚人以及泗水人都将他的岛屿视为流放之地，但是他们并不知道这岛上有多惬意，也不能理解执政官从这些单调乏味的事物中得到了多少乐趣。他们问他是否想念俱乐部、想念比赛和电影院、想念赌场里每周上演的舞蹈以及荷兰女人的陪伴。他的回答是一点也不。他喜欢这种无拘无束的生活。他坐的那个房间里，家具都不小，有一种让人满意的实在感。他喜欢看那些庸俗的法国小说，即使能一本接一本地读下去，也不会觉得自己是在浪费时间而感到不安。对他来说，浪费时间就是非常奢侈的享受。一旦他那年轻人的心性使他想起男女之事，他的主管就会将一位皮肤黝黑、眼睛明亮、穿着纱笼裙的姑娘送到他的府上。他很小心，不会与其发生长久关系。他认为，变化可以保持心灵的年轻。他喜欢自由，不愿被责任所束缚。他并不介意炎热的天气，一天冲六次冷水澡也因此成了一种具有审美性质的享受。他会弹钢琴，会给他荷兰的朋友写信，他觉得没有必要同那些有文化的人攀谈。他喜欢开怀大笑，但是傻瓜和哲学教授能让他笑得一样开心。他自觉聪慧过人。

同所有虔诚的远东荷兰人一样，执政官吃午饭前都要先来一小杯荷兰杜松子酒。杜松子酒喝起来有一种辛辣的霉味，必须慢慢品味。尽管如此，在所有的鸡尾酒里，他还是更喜欢杜松子酒。每当喝这酒时，总感觉这是在坚守和发扬自己的民族传统。他总吃印尼抓饭，并且天天如此。吃饭时，他在汤盘里加入米饭，三个仆人在一旁伺候，一个给他递咖喱，一个给他递煎蛋，第三个给他递调味品，然后仆人再分别端来装有培根、香蕉和腌鱼的盘子给他。不一会儿，他盘中的饭菜就堆得如大金字塔一般高了。然后，他将所有的饭菜搅拌到一起，开始津津有味地慢慢吃起来。除了吃饭，他还要喝一瓶啤酒。

他吃饭时什么也不想，全副精力都倾注在面前的大团饭菜上，心情舒畅地专心享用着。他从没吃腻过。饭菜吃光了，一想到明天还有印尼抓饭可吃，他就会感到安慰。他对印尼抓饭真的百吃不厌，就同我们对面包百吃不厌一个样。他喝完啤酒，点上烟，这时仆从便会给他端来一杯咖啡。他向后倒在椅子里，尽情享受思考的乐趣。

红头泰德罪有应得，被他判了六个月的苦役，真是大快人心。红头到时候就得和其他罪犯一起修路，一想起这个他就乐不可支。把红头泰德驱逐出岛可不明智，毕竟这个岛上，只有他能时不时地和自己谈谈心了。另外，如果将红头驱逐出岛，岂不遂了牧师的心？这可不利于他修身养性啊。红头泰德是个流氓无赖不假，但执政官跟他却总有点惺惺相惜。他们经常一起喝酒，每次采珠人从达尔文港来到岛上时，他们都会彻夜豪饮，那时他们之间简直亲密无间。红头泰德视生命如粪土，从来不知道珍惜，而执政官最为欣赏的恰恰就是这一点。

有一天，红头泰德无意中上了一艘从马老奇驶往望加锡的船，连船长都不知道他是怎么上来的。他同当地人一起待在下等舱，到了阿拉斯群岛，觉得这些岛屿挺顺眼，就下了船。格鲁伊特猜，这些岛上插着荷兰国旗，已经脱离了英国的管辖，所以才吸引人吧。他的证件都很齐全，自然有足够的理由待在这里了。他号称自己正在为一家澳大利亚公司采购珍珠贝。但很快，他工作就不那么认真了。事实上，他大部分时间都在喝酒，以至于没有多少时间去追求别的。每月他都能收到英国寄来的钱，是按照每周两英镑的标准寄的，非常规律。执政官猜，寄这些钱的意思，就是叫他远离那些寄钱的人。不论如何，光靠这点钱，他没法随心所欲地想去哪就去哪。红头泰德不大说话。执政官从他的护照中发现他的名字叫爱德华·威尔逊（所以红头泰德应该像其他译文一样翻译成绰号吗？），是个英国人，曾在澳大利亚待过。但他为什么要离开英国，他在澳大利亚干过啥事，执政官一无所知，他甚至不确定红头泰德属于哪个阶层。他穿着肮脏的汗衫、破旧的裤子，戴着顶破损的遮阳帽，和采珠人待在一起，说话粗俗、下流、无知，看到他这个样子，你一定会认为他是个弃船而逃的普通水手或者劳工。但是看到他写的字时，你便会惊讶地发现，他是受过一定教育的。偶尔跟他独处，几瓶酒下肚但仍未大醉，这时他便会谈起一些绝非水手或劳工所能知晓的事情。执政官敏感地察觉到，红头泰德同他交谈时并不觉得低人一等，而是跟他平起平坐的。他大部分的汇款在收到之前就用来抵押贷款了，每个月只要他的汇款一到，那些借钱给他的中国人便总是不离左右。可就这样，剩下仅有的几个钱，他都用来继续买醉。这个时候他容易惹事，因为他一醉就喜欢动粗，很容易就因犯事而落到警察的手里。迄今为止，执政官一直坚持把他关在牢房里，直到他清醒过来，再好好训斥他一顿。钱花光的时候，他便无所不用其极地讨酒喝。不管什么酒对他来说都是一样的，朗姆酒、白兰地酒、亚力酒都行。有两三次，执政官给他找了份差事，在某个岛上中国人经营的种植园里工作，但他总是干不长久，几周之后便又回到了巴鲁岛。就这样，他居然活得好端端的，也真是个奇迹。当然，他肯定有自己的办法。他学会了岛上的几种方言，知道怎么逗乐当地人。尽管大家看不起他，但对他那一身强健的体魄却很崇拜，所以也喜欢有他在场。因此，他居然也能混饱肚子，有个住处。奇怪的是，他可以对女人为所欲为，而这也正是琼斯牧师最气愤不过的。连执政官也无法想象，女人都看上他啥了。他对女人非常随意，甚至有些粗鲁。她们给他的他都照单全收，但似乎并不知道感激。他拿她们寻开心，过后又冷漠地抛弃她们。为了女人，他不止一次惹祸上身了。格鲁伊特先生曾不得已判处过一位愤怒的父亲，因为他夜里从背后刺了红头泰德一刀。除此之外，一位中国妇女因遭到红头泰德抛弃而吞食了鸦片想自杀。有一次，琼斯先生前来拜访执政官，情绪十分激动，因为红头这个流浪汉诱惑了自己的一个信徒。执政官对此表示非常遗憾，但是他只能建议琼斯先生对年轻人多加留心关注。此外，自己心仪已久而且交往了几周的女人也一直倾心于红头泰德，这可着实惹恼了执政官。一想起这件事，他便对红头泰德六个月的苦役报之一笑了。人生漫漫，能在履行自己义不容辞的责任时顺便报复一下作弄过你的人，倒也难得。

几天后，格鲁伊特先生出门散步，一是为了锻炼身体，二是为了视察工作是否按他的要求如期进行。他看到了红头泰德，正跟一伙犯人在警卫看管下干活。他穿着一件囚犯穿的纱笼裤和一件邋遢的无袖上衣，马来语叫巴汝衣①，戴着自己那顶破旧的遮阳帽。犯人们正在修路，红头泰德正挥动着一把沉重的锄头。道路很窄，执政官意识到，他经过红头泰德时，两人相距不到一英尺。同时，他想起了红头威胁过他的话。他对红头泰德的暴力倾向早有了解，而红头在被告席上说的话也足以表明，他并不认为判处自己六个月的苦役是执政官开的一个诙谐的玩笑。如果红头泰德突然用锄头袭击他，他在这世上就没救了。警卫会立刻射杀他，但与此同时，他的脑袋也就开花了。格鲁伊特先生路过那群囚犯时，心里有一丝说不清的奇怪感觉。囚犯们两两一组地干活，彼此之间相隔不过几英尺。他决定不紧不慢地走过去。经过红头泰德的身边时，红头正举着锄头凿向地面，他抬头看到执政官的当儿，还冲他眨了眨眼睛。执政官本打算冲他笑笑，可还是忍住了，仍端着一副长官派头走了过去。但红头那一眨眼既讽刺又幽默，让执政官颇为满意。如果他是巴格达的哈里发而不是荷兰政府的一名低级官员，他马上就释放红头泰德，还会派仆人侍奉他沐浴焚香，伺候他穿上金色的袍子，然后山珍海味地招待他。

红头泰德称得上是模范犯人。一两个月之后，执政官派遣了一队人手去边远岛屿上执行任务，其中就包括红头泰德。派去的十个人由警卫看管，因为那里没有监狱，所以就将他们安排在当地人家中。白

---

① 巴汝衣（baju），一种无领长袖衫，马来西亚男子传统服装是上穿巴汝，下身围布质纱笼。

天的活干完之后，他们便能自由活动。这项任务足够抵红头泰德的刑期了。在他离开之前，执政官前去见了他一面。

"这么着吧，红头。"执政官说道，"给你十荷兰盾，有这点钱，你在那还能给自己买点烟抽。"

"你就不能多给点吗？我每个月只有八英镑。"

"我觉得这已经够了。那些信我先替你保管着，这样等你拿回去的时候就有一大笔钱了。到时候，你想去哪儿就去哪儿。"

"我在这就挺快活的。"红头说。

"好吧，等你回来的那天，把你自己收拾干净就来我家吧。我们一起喝点酒。"

"好主意。到时候我可以好好乐一下子。"

世事无常。红头泰德被派往的岛叫马普蒂蒂，同其他所有岛屿一样，岛上岩石众多，丛林密布，三面暗礁环绕。海岸边的椰林中有一座村庄，正对着暗礁缺口，岛中央的半咸湖边上坐落着另一座村庄。岛上的很多居民已经成了基督徒。一艘汽艇载着乘客和货物，不定期地往返于各个岛屿之间，维系着该岛与巴鲁岛的全部联系。该岛与巴鲁岛相距五十英里左右，但是村民们都是航海一族，如果需要同巴鲁岛紧急联系，他们就驾着快速帆船去了。当红头泰德的刑期只剩两个星期的时候，湖边村里的基督徒村长突然病倒了，在当地看了没管用，村长疼得翻来覆去。他们向巴鲁岛发了求助消息，希望寻求牧师的帮助。不幸的是，琼斯牧师也患了疟疾，正卧病在床，无法前往。他同妹妹商量了一下。

"听起来好像是急性阑尾炎。"他告诉她。

"欧文，你不能去。"她说。

"我不能眼睁睁地看着这个人死掉。"

琼斯先生已经烧到了华氏一百零四度 ①，整晚都神志不清，此刻正头痛欲裂，眼中闪烁着奇异的光芒。他妹妹知道，现在他全凭意志力在强撑着。

"你现在的状态根本无法做手术。"

"对，我确实不能，那就让哈山去。"

哈山是药剂师。

"你不能相信他。他根本不敢一个人全权负责手术，他们也不会让他这么做的。我去，哈山留在这里照顾你。"

"可你不知道怎么摘除阑尾。"

"有什么不会的？我见你做过，而且我已经完成过很多小手术了。"

琼斯先生感觉自己没太理解她在说什么。"汽艇来了吗？"

"还没，它去别的岛了，不过我可以坐他们来时的快速帆船去。"

"你？我不是说你。你不能去。"

"我要去，欧文。"

"去哪儿？"他问。

她知道哥哥已经神志不清了，轻轻地摸了摸他干燥的额头，给他喂了点药。他说胡话的时候她才意识到，他甚至已经搞不清楚自己在哪儿了。她虽然为他担心，但也知道他的病并不危险，可以托付给帮她一起照料他的教会男孩和本地的药剂师。她从房间里溜了出来，开始收拾行李。她装好洗漱用品、一件睡衣和一些换洗的衣物，装有手术器材、绷带和消毒剂的小箱子早就备好了。她把箱子递给前来的两个马普蒂蒂人，告诉药剂师自己的去向，并且嘱咐他等她哥哥醒过来之后再告诉他，主要是不让他担心自己。她戴上遮阳帽便出发了。布

---

① 等于摄氏 40 度。

道所离村子大约半英里。她走得飞快。在码头的尽头，快速帆船正在等着她。帆船由六个男人一同驾驶。她在船尾找了个位置坐下，他们便快速启动出发了。在暗礁的包围下，海上风平浪静。他们穿过这些礁石时遇到了巨浪。不过琼斯小姐并不是第一次碰到这样的情形，她相信这艘船经得住这种风浪。此时正值中午，阳光从闷热的天空中直射下来。唯一使琼斯小姐不安的是，他们天黑之前恐怕无法到达，若发现病情紧急需要立即动手术，那她只能依靠防风灯的灯光了。

琼斯小姐四十岁了。从她的外表你根本无法想象她能表现得方才那般坚决果敢。她身上有一种奇特的柔弱和优雅，好像一阵风就能把她吹倒似的；这简直有点装模做样，反衬得她表现出来的坚强性格有些可怕了。她身材扁平，个子较高，整个人瘦骨嶙峋的，长长的脸总是面色蜡黄，而且经常长疹子。柔顺的棕色长发垂在额前，一双灰色的小眼睛紧凑在一起，使她看起来有些泼辣。她的鼻子又细又长，微微发红。她还有严重的消化不良，但这并没有动摇她找寻光明的决心。她坚信世界是邪恶的，人类堕落到无可救药，她带着最为谦卑的自豪感，努力从中寻找善良的一面，如同魔术师从帽子中变出兔子一般。她不仅机灵敏捷，而且颇有能力。她一到岛上就发现，如果她想救村长的话，就必须分秒必争。尽管困难重重，她还是教会了一个当地人如何施加麻醉，并且最终完成了手术，还尽心尽力地照顾了病人三天。一切都很顺利，她甚至觉得，即使是她哥哥来也不过如此。她在那儿待了一段时间，直到拆了线之后才开始准备回家。她颇有些得意，这段时间很有收获。她无微不至地照顾了病人，坚定了这个小村的基督教信仰，劝勉了那些思想动摇的村民，并且在那里播下了善良的种子，期待在上帝眷顾下能生根发芽。

从其他岛上来的汽艇出发晚了，下午才到达，但当天是满月，他们希望能在半夜之前到达巴鲁岛。村民将她的东西送到码头，纷纷站在岸边为她送行，并且向她连声道谢，岸上人头攒动。汽艇上有一堆装着干椰肉的麻袋，琼斯小姐早就习惯了这种强烈的气味，因此并没有感到不适。她找了个舒服的地方坐下，一边同感激涕零的村民聊天，一边等待着开船。她是船上唯一的乘客。突然，环绕小村子的树林中出现了一帮本地村民，中间有个白人，留着一头长长的红发，穿着囚犯穿的纱笼裤和一件巴汝衣，她立刻认出了那就是红头泰德。泰德和陪他走来的警察握了握手，随后又和一起来的村民也握了握手。他们带了几篮子水果和一个大瓶子，都放进了汽艇里，琼斯小姐猜，瓶子里装的应该是当地的烈酒。让她吃惊的是，她发现红头泰德要同她一道回去。他的刑期已满，并且已经收到指令，他可以搭乘这艘汽艇回巴鲁岛。他看了琼斯小姐一眼，但是连头都没点就上了船，不过琼斯小姐确实也把头转向别处了。机械工启动了引擎，不久他们就"突突"地穿过了咸水湖中的航道。红头泰德爬到麻袋堆上，点了一支烟。

琼斯小姐虽然认识他，但对他不理不睬。她一想到泰德又要回巴鲁岛，心里就不禁一沉。他又要回去制造丑闻，终日买醉，祸害女人，成为所有正经人的眼中钉了。她知道，为了弄走泰德，她哥哥可谓不遗余力，而执政官对无法回避的职责也总是置若罔闻，因此她对执政官也没有什么好感。他们过了沙洲，进入开阔的海面，这时红头泰德拔出了亚力酒瓶的塞子，对着瓶子猛喝了一大口，然后把酒瓶递给了所有船工，也就是两个机械工。一个已是中年，另一个还年轻。

"我们开船时，我希望你们不要喝酒。"琼斯小姐对那个年纪大些的机械工严肃地说。

他冲她笑了笑，然后自顾自喝了起来。

"喝一点亚力酒不碍事。"他回答道，然后将酒瓶递给了同伴，年轻人也喝了一口。

"你要是再喝一口，我就向执政官投诉你。"琼斯小姐说。

年长的机械工说了些什么，她听不懂，但觉得肯定不是什么好话，然后他把酒瓶递还给了红头泰德。他们开了大概一个小时或者更久。海上平静得宛如一面镜子，夕阳在灿烂的余晖中渐渐坠落。当它沉落到一个小岛后面时，小岛很快便成了一座如梦似幻的空中之城。琼斯小姐转身看着这情景，对世界的美充满了感恩。

"只有人是丑恶的。"她自言自语。

他们向东前进。远处有座小岛，她知道他们将会经过这座小岛。岛上杳无人烟，岩石密布，到处都是原始丛林。船工点起了灯。夜幕降临，瞬间繁星密布，月亮尚未升起。突然，传来一声细微的声响，汽艇开始莫名地颤动，引擎也咯咯直响。年长的机械工叫副手掌舵，自己爬到盖子下头查看。他们似乎越开越慢，直到引擎停了下来。琼斯小姐问年轻的机械工怎么回事，但他也不知道。红头泰德从装干椰肉的麻袋堆上下来，也钻进了盖子底下。他出来时，琼斯小姐本想问问他到底怎么回事，但是碍于面子没有吭声。她静静地坐着，兀自琢磨。浪头涌起，汽艇随之轻轻摇晃。机械工从盖子下出来，启动了引擎。尽管引擎的声音很不正常，但他们总归往前开了。整个汽艇从前到后都在晃，前进得十分缓慢。显然是哪里出了问题。但琼斯小姐并不惊慌，她主要是感到气恼。汽艇的航速本该达到每小时六海里，但现在简直就像在缓慢爬行。照这个速度，到了下半夜很晚的时候他们才能回到巴鲁岛。机械工仍然在盖子下忙活着，他冲掌舵手大喊着什么，但他们说的是布吉语，琼斯小姐基本听不懂。但是不久，她就发现船改变了航向，似乎在朝着那座荒无人烟的小岛的背风面前进，而他们早就从那经过了。

"我们要去哪里？"她突然不安起来，问掌舵人。

他指了指小岛。琼斯小姐听说后，起身走向引擎盖，将机械工喊了出来。

"你们不去巴鲁岛了？为什么？发生什么事了？"

"没法到巴鲁岛了。"他说。

"但是你必须去。我要去巴鲁岛，我命令你去巴鲁岛。"

那男人耸耸肩，转过身去，又钻进引擎盖下头。红头泰德回答了她。

"螺旋桨的一个叶片断了，他觉得我们最远只能到那座岛，所以我们只能在那里过一夜，明天早上潮一退，他就能换上一个新的叶片。"

"我不能和三个男人在一座没人的岛上过夜。"她大叫起来。

"很多女人还巴不得呢。"

"我坚持去巴鲁岛。不管发生什么，我们今晚必须到巴鲁岛。"

"别着急，老姐姐。只有到了沙滩上才能换上新叶片，我们在岛上不会有事的。"

"你怎么敢这么和我说话！我看你真是太无礼了。"

"你放心好了。我们带了很多干粮，上岸之后我们就能吃一点。只要喝点亚力酒，你就会浑身暖和起来的。"

"你真是放肆。你们要是不去巴鲁岛，我就让你们都坐牢。"

"我们不去巴鲁岛，也没办法去。我们要去那座岛，如果你不喜欢，那你可以下船，自己游回巴鲁岛。"

"好啊，你一定会付出代价的。"

"闭嘴，你这个臭婆娘。"红头泰德说。

琼斯小姐愤怒地喘着粗气，但竭力控制住了自己。即使在这茫茫大海之中，她也有极强的自尊心，不去同这个卑鄙的家伙逗口舌之快。引擎仍咯咯作响，听来十分恐怖，汽艇缓慢地挪动着。此时，天已一片漆黑，琼斯小姐已经看不见他们要去的那座小岛了。她坐在那儿，双唇紧闭，眉头紧锁，一副怒不可遏的模样。还没人敢这样触怒她。月亮升了起来，她看到红头泰德这个大块头四仰八叉地躺在装干椰肉的麻袋堆上抽烟，烟头的微光透着一种莫名的邪恶。此时，在天空的映衬下，依稀可以看到小岛的轮廓。他们终于上了岸，船工将汽艇开到沙滩上。突然，琼斯小姐倒吸了一口凉气，事情渐渐清楚了，她不再觉得愤怒，而是隐隐感到害怕。她的心怦怦乱跳，四肢颤抖，感到极度无力。她全都明白了。那个坏了的螺旋桨到底是意外还是他们的诡计呢？她无法确定，但不论如何，她笃定红头泰德一定会抓住这次机会，他会强奸她。琼斯小姐很清楚他是个什么样的人，他对女人如此丧心病狂。想想教会里的那个女裁缝，多心灵手巧、多纯洁的姑娘啊，红头泰德却玷污了人家。人们本该起诉他，让他在牢里待上几年，可不幸的是，那个天真无知的女孩自己去找他好几次，还抱怨他为了其他女人而对自己始乱终弃。他们去找过执政官，但是他拒绝采取任何行动，还不怀好意地表示，即使那姑娘说的是真的，这似乎也并不是完全不愉快的经历。红头泰德是个流氓，而且琼斯小姐还是白种女人，他怎么会放过自己呢？不，他是不会放过自己的，她很了解男人。但是，她必须保持镇定，头脑清醒，鼓起勇气。她绝不轻易失身与人，哪怕他恼羞成怒要杀人，那她也宁死不屈。这样就算死了，也能在耶稣的怀抱里安息。有那么一会儿，她眼前出现一道耀眼的强光，她从中仿佛看到了天父的居所，似乎又是电影院和火车站这些灯火通明、豪华气派的地方。机械工们和红头泰德跳下汽艇，站在齐腰深的水里，围住了坏掉的螺旋桨。琼斯小姐趁着这个空，将手术器材从箱子里拿出来，从中拿出了四把手术刀，藏了衣服里。如果红头泰德胆敢碰她，那么她定会毫不犹豫地把刀插进他的心脏。

"小姐，你现在最好下船。"红头泰德说道，"岸上比船上更安全。"

琼斯小姐也这样认为。至少在岸上她的行动比较自由。她一言不发地爬过装干椰肉的麻袋堆。他向她伸了伸手。

"我不用你帮忙。"她冷冷地拒绝了。

"下地狱去吧你。"他回答。

想要下船而不露腿，确实有些难度，但好在琼斯小姐机智过人，成功地做到了。

"真他妈走运，我们还有东西吃。我们生个火，你也最好吃点东西，喝口亚力酒。"

"我什么也不想吃，不用管我。"

"你饿不饿不关我事。"

琼斯小姐没有回答，昂起头沿着沙滩走远了，手里紧紧握着那把最大的手术刀。借着月光，她能看清自己的方向，想赶紧找个地方先藏起来。茂密的森林一直蔓延到海滩尽头，但是由于怕黑（她毕竟是个女人），她并不敢躲到林子太深的地方，因为她不知道附近会潜伏着什么动物或是毒蛇之类。此外，她的直觉告诉她，最好待在能看见那三个男人的地方，这样一来，一旦他们向她靠近，她也能有所准备。走着走着，她发现了一个小洞，她扭头看了看那三个男人，发现他们好像正忙活他们的事，没注意到她。于是她悄悄地溜进了洞里，他们中间正好有块礁石，这样一来，她既能躲着他们，同时又能看到他们。她看见他们去船上搬了东西，生起了火，在火光的照耀下，他们的脸显得愈加恐怖。他们围坐在火堆旁吃东西，来回传递着亚力酒。他们这样下去会喝醉的，到时候她会不会出事呢？红头泰德力大无比，她虽然吓得要死，但还有可能对付，若是三个男人，那她只能任人欺凌了。她突然有了一个疯狂的念头，那便是去找红头泰德，跪在他面前，求他放过自己。他一定多少还有一点人性，而且她一直以来都笃信，即使是最邪恶的人也会心存善意。他一定也有母亲，或许还可能还有姐妹。但你要怎么开口恳求一个欲令智昏、酩酊大醉的男人呢？她开始感到极其软弱无力，唯恐自己下一秒就会大哭起来。绝不能哭！她需要竭尽全力控制自己。她咬着嘴唇观察他们，如同老虎盯着猎物一般，不！不对！就像小羊羔注视着三只饿狼。她看着他们又往火里添了些木头，火光映照着穿着纱笼的红头泰德。或许他一逞兽欲之后，还会把她丢给其他两个人。如果真发生了这样的事，那她还有什么脸面回去见哥哥呢？当然，哥哥可能会同情自己，但他还会像以前一样对待自己吗？这会伤透他的心。也有可能，他认为自己应当更加激烈地反抗才是。为了他的面子，也许她应当对此绝口不提。这些男人自然什么也不会说，因为那对他们来说意味着二十年的牢狱之灾。但如果她怀孕了呢？琼斯小姐感到恐惧，她本能地握紧了拳头，手术刀几乎要划伤自己。当然，她的反抗只会激怒他们。

"我该怎么办？"她哭了起来，"我造了什么孽啊？"

她跪了下来，祈求上帝拯救自己。她满心虔诚地祷告了很长时间，提醒上帝自己仍是处女，而保罗是十分看重这种处女身份的。这时，她又从石头后探头溜了他们一眼。三个男人似乎正在抽烟，火堆快要熄灭了。饱暖思淫欲，现在红头泰德差不多也该想起那个任他摆布的女人了。琼斯小姐忍住不哭了，因为她看到红头泰德起身向她走了过来。她全身紧张，心脏"怦怦"跳个不停，但还是紧攥着那把手术刀。但红头泰德起身是另有公干的。琼斯小姐红着脸，挪开目光。他慢慢踱回原处坐下，举瓶喝了口亚力酒。琼斯小姐蜷缩在岩石背后，紧盯着他们的一举一动。火堆旁的说话声渐渐低了下来，不用看她也能猜到：两个机械工裹上毯子，准备睡觉了。她知道，红头泰德等待已久的正是这个时机。其他两个人入睡之后，他便会小心翼翼地起身，一声不响地偷偷向她爬过来，唯恐惊醒了他们。他是不愿同其他两个人有福同享，还是他知道自己的所作所为太过卑鄙，不愿他们知道？毕竟，他是个白人，而她也是个白人。想来，他再卑鄙也不至于让她被土著人强暴。至此，他的计划已经明朗，这倒使琼斯小姐有了一个主意：等红头泰德过来时，她便放声呼救，吵醒那两个机械工。她记得，尽管年长的机械工只有一只眼睛，但起码看上去还比较面善。然而，红头泰德没啥动静。她感到疲惫不堪，甚至担心自己现在已经无力反抗了。这一天经历太多，这时她情不自禁地合上了眼睛。

当她睁开眼睛时天已大亮。昨晚情绪激动，心烦意乱，她肯定是睡着了，而且一觉睡到了大天亮。这使她一阵慌乱。她想起身，却发现腿给什么东西绊住了。低头看了一眼，发现身上盖着两个空的装椰子的麻袋。昨天晚上有人来给她盖上了麻袋。红头泰德！她低声惊呼。一个可怕的想法在她脑海中一闪而过：他在她睡着的时候玷污了她！不！不可能！尽管他本可以对她为所欲为，因为她在睡梦中根本毫无防备。红头泰德居然放过了她！她站起身来，脸涨得通红，理了理凌乱的裙子，感觉身体有点僵硬。手术刀早就从手里掉出来了，她俯身捡起来，拿着两个麻袋，从藏身洞里出来，向汽艇走去。船停在环礁湖的浅水区。

"赶紧，琼斯小姐。"红头泰德说，"我们已经修好了，我正打算叫你呢。"

她不敢看他，感觉自己满脸通红，像极了一只红色的雄火鸡。

"吃香蕉吗？"他问。

她一言不发地接过了香蕉。她实在是太饿了，于是津津有味地吃了起来。

"踩着这块石头上船，这样脚就不会湿了。"

尽管琼斯小姐羞愧得想要找个地洞钻进去，但还是按照他说的做了。他搀着她的胳膊把她扶上船——天啊！他的手像老虎钳一般有力，她绝不可能对抗他，绝不可能！机械工启动引擎，他们离开了环礁湖，三个小时之后，终于到达了巴鲁岛。

正式获释的那个晚上，红头泰德去了执政官家里。他脱掉囚服，穿着他被逮捕时穿的那件破旧汗衫和卡其色短裤。他新剪了头发，就好像在头上带了一顶小小的红色软绒帽。他现在瘦多了，减掉了一身臃肿的肥肉，看起来更年轻，更精神。格鲁伊特先生圆圆的脸上露出了友好的微笑，他同红头泰德握了握手，请他就座。侍从端来了两瓶啤酒。

"我很高兴你没有忘记我的邀请，红头。"执政官说。

"不会忘的，我等这一天等了六个月了。"

"干杯，红头泰德。"

"干杯，执政官。"

他们俩一饮而尽，执政官拍了拍手，侍从便又端来了两瓶。

"说起来，我判了你刑，我希望你不会记恨我。"

"该死的当然不会了。我只是一时生气，过后就好了。你知道，其实我过得还不赖。那岛上有很多漂亮姑娘，执政官。你什么时候也该去瞧瞧她们。"

"你真是个坏蛋，红头。"

"坏透了。"

"这酒还不错，对吧？"

"不错。"

"我们再喝点。"

红头泰德的汇款每个月都来，现在执政官已经给他攒了五十英镑了，除去赔偿中国人的商店，还能剩下三十多英镑。

"还剩下很大一笔钱呢，红头。你应该用这钱去做点有用的事。"

"我也是这么打算的。"红头说，"我准备花了它。"

执政官叹了口气。

"也对，钱本来就是花的。"

执政官向他的客人讲述了最近的新闻，过去的六个月里并没有发生什么事情。阿拉斯群岛上的日子平淡无奇，世界上其他地方的日子更是无关紧要。

"哪儿打仗了吗？"红头泰德问。

"没有，因为我没听说过。倒是哈里·赫维斯找到了一颗相当大的珍珠，他说他打算要价一英镑。"

"希望他能卖出去。"

"还有，查理·麦考马克结婚了。"

"那家伙一向有点怂。"

突然，侍从过来说琼斯先生想问一下他能否进来。执政官还没来得及给出答复，琼斯先生便走了进来。

"我不会耽搁您很长时间的。"他说，"我一整天都在找这个好小伙子，我听说他在您这儿，想来您也不会介意我前来。"

"琼斯小姐怎么样了？"执政官礼貌地问道，"在外头忙活了一夜，再没什么比这更糟糕的了。"

"她自然是受了些惊吓，有点发烧，我坚持让她上床休息，但是并不严重。"

俩人在牧师进来时便站了起来，此时牧师走到红头泰德的面前，伸出了手。

"我想谢谢你。你做了一件大好事。我妹妹说得对，人们应该总是从别人身上寻找美好的一面。恐怕我过去是错看了你，我请求你原谅。"

他说话的语气非常严肃，听得红头泰德一头雾水，还不由分说拉起了泰德的手，久久不放。

"你在扯什么？"

"你本可对我妹妹为所欲为，但是你放过了她。我本以为你已经坏到无可救药，我感到很惭愧。她当时没有任何防备，本来可以任你摆布，你却可怜她。对此，我表示由衷感谢。我和我妹妹永远都不会忘记的。愿上帝保佑你。"

琼斯牧师的声音有些发颤，他掉过头去，松开了红头泰德的手，快步向门口走去。红头泰德大惑不解地看着他的背影。

"他到底在说些什么啊？"他疑惑地问。

执政官放声大笑，他本想控制住自己，谁知道越想控制越笑得不可收拾。他笑得全身颤抖，纱笼下层层堆积的肚皮赘肉一起一伏。他向后一仰，躺倒在长椅上，翻来覆去地笑。他不光脸在笑，整个身体都在笑，胖乎乎的小短腿都笑得抽了筋，还用手按着笑疼的肋骨。红头泰德皱着眉头看着执政官，他并不觉得哪里好笑，因此有些恼火。他一把抓住一个空酒瓶的瓶颈。

"你要是再笑，我就打爆你的头。"他说。

执政官抹了把脸，喝了一大口酒。他叹了口气，身体两侧已经笑到发疼，他忍不住呻吟了一声。

"他是感谢你尊重了琼斯小姐的贞操。"最后，执政官语无伦次地解释道。

"我？"红头泰德大喊。

他回想了好长时间，明白过来之后突然勃然大怒。他指天咒地地开骂了，那些污言秽语难听得不堪入耳，就连听惯了脏话的水手也叹为观止。

"那老货。"末了他说了一句，"他把我当什么人了？"

"你一直是女人们的香饽饽，名声在外，红头。"执政官咯咯直笑。

"就是拿船桨碰她一下，我都不稀罕。我从没有动过那个心。他好大的胆子，我非掐断他的脖子。我说，把钱给我，我要去喝个痛快。"

"我知道这事不怪你。"执政官说。

"那个老货。"红头泰德喋喋不休地咒骂着，"那个老货。"

他不光大吃一惊，而且怒不可遏，这想法彻底颠覆了他的荣辱观。

执政官一直把钱拿在手里，他让红头泰德签了个必要的文件之后，才把钱给了他。

"好好喝一场，红头泰德。"他说，"但我要提醒你，如果你再惹麻烦，下次就是十二个月的刑期了。"

"我不会惹麻烦的。"红头泰德正经八百地回答。然而，他仍然感到深受伤害。"这是对我的侮辱。"他冲执政官大喊，"没错，这就是他妈的侮辱。"

他踉踉跄跄走出门去，一边走一边咕哝着："下作东西，下作东西。"红头泰德一直烂醉了一周。琼斯先生再次去见了执政官。

"我很抱歉，那个可怜的家伙又恢复老样子了。"他说，"我和我妹妹都深感失望。我觉得，一次性给他那么多钱怕是并不稳妥。"

"那是他的钱，我没有权力要回来。"

"从法律上来说或许没有，但是，从道德上来说，您是有这个权力的。"

他将那晚小岛上的经过告诉了执政官。琼斯小姐女人的直觉告诉她，那个满心淫欲的男人想要占她便宜，而她也决心抵抗到底，甚至还拿着手术刀自卫。他告诉执政官，她那晚如何祈祷，如何哭泣，又是如何躲藏的。她的痛苦无以言表，而且她知道自己无法承受这种屈辱。她坐立不安，感觉红头泰德随时都会过来，而自己却孤立无援。最终她还是睡着了。她累坏了，真是可怜，忍受了常人难以忍受的痛苦折磨。等她醒来的时候，发现红头泰德给自己盖上了装干椰肉的麻袋。昨晚，他过来的时候发现她睡着了，显然是她的天真单纯，以及可怜无助感动了他，使他不忍玷污她。他温柔地给她盖上两个装干椰肉的麻袋，然后轻手轻脚地走开了。

"通过这件事可以看出来，在他的内心深处还是有些良知的。我妹妹觉得拯救他是我们的职责，我们必须得为他做点什么。"

"好吧，我要是你的话，就等他把钱花完之后再尝试。"执政官说，"如果那个时候他还没有被抓，你想怎么拯救就怎么拯救。"

但是红头泰德并不想被拯救。获释两个星期之后，有一天他正坐在中国人商店的门口，面无表情地俯视着眼前的街道，忽然看到琼斯小姐走了过来。他盯着她看了一会儿，觉得这女人很不可理喻。他自言自语地嘟囔了几句，毫无疑问，肯定不是什么好话。当他发现琼斯小姐也在看自己时，很快地转开了头。她走得很快，但当她靠近他时，步子明显放慢了。红头泰德感觉她想停下来同自己说几句话，于是飞快地起身，躲到商店里，在那待了至少五分钟，不敢露面。半个小时之后，琼斯先生来了，径直走向红头泰德，向他伸出了手。

"你好吗，爱德华先生？我妹妹说在这里能找到你。"

红头泰德没好气地瞪了他一眼，没有同他握手，也没吭声。

"我们想请你下周四来我们家吃顿晚饭。我妹妹厨艺很好，她会给你做一顿地道的澳大利亚晚餐。"

"见鬼去吧！"红头泰德回答。

"这么说话可不太友好。"牧师笑了笑，以示自己并没有受到冒犯，"你经常拜访执政官，为什么就不能来我们家做个客呢？偶尔同白人交谈一番也不错。过去的就让它过去吧。我向你保证，我们一定会热烈欢迎你的。"

"我没有做客穿的衣服。"红头泰德闷闷不乐地回答。

"哦，那没关系，你人来就行。"

"我不去。"

"为什么不来？总有什么原因吧。"

红头泰德一向直来直往，我们收到不想收到的邀请时总有些话想说却不敢说，但他总能直言不讳。

"我不想去。"

"我听了很难过。我妹妹一定会很失望的。"

琼斯先生只想表明自己并不见怪，就冲着红头泰德微微点了点头，随后走了。三天过后，一个神秘的包裹出现在了红头泰德的家门口，里面有一套帆布西服、一件网球衫、一双袜子和一双鞋子。他很少收到别人的礼物。后来见到执政官时，他问执政官这些东西是不是他送的。

"别做梦了。"执政官回答，"我对你穿什么毫不关心。"

"那么，这他妈到底是谁送的。"

"那我就不知道了。"

琼斯小姐为了公事，时不时会同格鲁伊特先生见面。这件事情发生后不久，一天早上，她来到了执政官的办公室。她很能干，通常都能让执政官做些他并不打算做的事，但也不会让他白帮忙。但她此次前来只是为了一件小事，执政官知道后有些意外。他告诉琼斯小姐，自己无法处理此事，琼斯小姐听了一反常态，并没有试着说服他，而是毫无异议地接受了。接着她站起身来，好像突然想起某件事似的：

"哦，格鲁伊特先生，我哥哥最近有些焦虑，因为我们打算邀请那个叫红头泰德的人来我们家吃顿饭。我给他留了个便条，邀请他后天来我家。我感觉他特别害羞，所以，我想问一下您能否和他一同前来。"

"你可太客气了。"

"我哥哥觉得，我们应该为这个可怜的人做点事。"

"让女人来影响他，不过就这些事，对吧。"执政官故作正经地说。

"您能劝他来吗？我敢肯定，只要您跟他说这件事很重要，他一定会来的，所谓'一回生二回熟'，日后他就能经常来做客了。一个小伙子就任他这样堕落下去，总有些可惜。"

执政官抬头看了她一眼。她比执政官高几英寸，但他觉得她毫无魅力可言。看到她，不知为何，执政官总会莫名其妙地联想到挂在晾衣绳上晾晒的湿亚麻布。他不动声色，但眼睛里一亮。

"我会尽力的。"他说。

"他多大了？"她问。

"根据他的护照，今年三十一岁。"

"他的真名叫什么？"

"威尔逊。"

"爱德华·威尔逊。"她轻声念道。

"他的日子过成这样，还能长得这么壮实，真让人想不通。"执政官嘴里嘀咕道，"跟头牛似的。"

"那些红头发的男人有时确实力大无穷。"琼斯小姐应答道。她的声音听起来有些哽咽。

"确实如此。"执政官说。

不知为何，琼斯小姐突然脸红起来。她匆忙地向执政官道了别，离开了办公室。

"我的上帝！"执政官喊道。

他知道是谁给红头泰德送的新衣服了。这天，他碰到红头泰德，问他是否收到了琼斯小姐的邀请。红头泰德从口袋里掏出一个皱巴巴的纸团给了他。邀请信上写着：

亲爱的威尔逊先生：

我和我哥哥想邀请你下周四七点半来我们家共进晚餐，执政官也答应大驾光临。我们收到了几张新的澳大利亚唱片，相信你一定会喜欢。上次我们见面时，我对你并不友好，因为那时候我还不是很了解你。但我犯的错，我现在有勇气承认。我希望你能原谅我，让我成为你的朋友。

谨启

玛莎·琼斯

执政官注意到她称呼红头泰德为威尔逊先生，并且还在信中提及了自己也会去，因此，显然她是先邀请了自己，后邀请了红头泰德。

"你打算怎么办？"

"我不去，如果你想问的话。该死的。"

"你必须回复一下。"

"我才不呢。"

"听着，红头，就当给我个面子，你穿上这些新衣服去吧。我也得去，该死的，你不能丢下我不管。去一次又不会怎么样。"

红头泰德疑惑地打量着执政官。执政官面色严肃，态度真诚，却不知他心里早就乐不可支。

"见鬼，他们到底要我去干吗？"

"我不知道。我想，可能是有了你才有乐子吧。"

"那有酒喝吗？"

"没有，但你可以七点钟先来我家，我们去之前可以先少喝点。"

"哦，好吧。"红头泰德闷闷不乐地回答。

执政官愉快地搓着他胖乎乎的小手。他期待这次聚餐有好戏看。

但周四七点钟的时候，红头泰德早已喝得烂醉如泥了，所以格鲁伊特先生只好自己去了。他将实情告诉了牧师和他的妹妹。琼斯先生听后摇了摇头。

"恐怕是没用了，玛莎，这人无可救药了。"

琼斯小姐沉默了一会儿，执政官看到，两行眼泪沿着她细长的鼻子流了下来。她咬着嘴唇：

"没有人是无可救药的。所有人都有善良的一面。我每晚都会为他祈祷的。质疑上帝的力量是罪恶的。"

或许，琼斯小姐是对的，但天意有时候却以一种滑稽的方式左右着事情的结局。红头泰德不仅变本加厉地酗酒，也更加频繁地惹是生非，因此格鲁伊特先生对他失去了耐心。他决心不能再让红头泰德留在岛上，让他搭乘下一班来巴鲁岛的船只离开。这时候，有个人刚从别的岛上回来，不久就莫名其妙地死掉了。执政官发现，那个岛上还有几个人也同样不清不楚地死了。执政官派了一个中国人，也就是官方医生去调查清楚，很快便收到消息，这几起死亡事件都是由霍乱引起的。巴鲁岛上也发现了两起病例，执政官不得不相信，岛上爆发了传染病。

执政官开始诅天咒地，一会儿用荷兰语，一会儿用英语，一会儿用马来语。他骂了一会儿，然后喝了瓶啤酒，抽了支烟，之后，便陷入了沉思。他知道那个中国医生并无用处，这个从爪哇岛来的家伙向来胆小怕事，当地人自然不会遵从他的指示。执政官办事效率很高，很清楚接下来该做什么，但是，仅凭他一人单枪匹马，也成不了什么事。他不喜欢琼斯先生，但在那时，他又很庆幸有他在身边，执政官立马派人去喊他。琼斯先生和他妹妹一同来了。

"您知道我为什么喊您来吧，琼斯先生。"他直截了当地说。

"是的。我一直在等您的消息。我妹妹也是为这事来的。我们已经准备好了需要的东西，一切都听您差遣。我妹妹和男人一样能干，这一点我就不用多说了吧。"

"我知道。我很高兴她能来帮忙。"

他们立马开始讨论需要采取的措施。首先需要搭建一些临时的医用棚屋，还需要建立一些防疫站。群岛上各个村子的村民都应该强制采取预防措施。很多感染了的村子和未感染的村子都从同一口水井中打水，根据现在的情况来看，村民必须分开打水，这个困难需要解决。有必要派一部分人去传令，以确保这些措施的执行。任何疏忽都要严加惩戒。其中最难解决的是，土著人并不愿听从其他土著人的命令，土著警察自己对这些措施的效果也将信将疑，人们自然不愿遵从他们的指令。巴鲁岛人口最多，也最需要好的医疗，因此琼斯先生最好留在巴鲁岛。出于公务的需要，执政官必须得同总部保持联络，因此，他也不可能亲自视察所有岛屿。这样一来，只能琼斯小姐去了，但是一些偏远岛屿上的村民非常野蛮危险，他并不想让她只身赴险。

"我不怕。"她说。

"这我相信，但要是你被人割了喉咙，我也会很麻烦。另外，我们人手本来就不够，有你帮忙非常重要，我可不想拿你去冒险。"

"那就让威尔逊先生和我一起去吧。他比任何人都了解当地的村民，而且他还会说所有当地的方言。"

"红头泰德?"执政官盯着她说，"他刚发作过两次震颤性谵妄，还没恢复过来呢。"

"我知道。"她回答。

"你消息倒是挺灵通，琼斯小姐。"

即使形势如此严峻，格鲁伊特先生还是忍不住想笑。他扫了琼斯小姐一眼，但她非常镇定。

"只有责任在身，才能让一个男人显示男人本色。我认为，这或许就是改造他的一个好机会。"

"在这几天的时间里，把自己托付给这样一个臭名昭著的男人，你觉得这样做妥当吗？"牧师问。

"我相信上帝。"她严肃地说。

"你觉得他能帮上忙吗？"执政官问，"你知道他的为人。"

"我相信他能。"她脸红起来，"毕竟，只有我最了解他有多强的自制力。"

执政官咬了咬嘴唇。

"我们先把他找来吧。"

他命令军官将红头泰德带来，几分钟后，红头泰德便站在了他们面前。他看起来病恹恹的，显然受到了最近病痛的折磨，看起来精神都垮了。他穿得破破烂烂，应该一个星期没有刮过胡子了，整个人蓬头垢面的。

"听着，红头。"执政官说，"我们喊你来是为了这次霍乱的事。我们必须强制当地的村民采取预防措施，所以我们需要你帮忙。"

"妈的，我为什么要帮你们？"

"没什么原因，就当发发善心。"

"没门，执政官，我可不是什么慈善家。"

"那就算了吧。好了，你可以走了。"

正当红头泰德转身出门时，琼斯小姐喊住了他：

"这是我建议的，威尔逊先生。是这样，他们想派我去拉博波岛和萨昆池岛，那里的村民有点怪，我不敢一个人去。我想，如果你一同前去的话，我应该会安全些。"

他极度厌恶地看了她一眼：

"就算他们割了你的喉咙，你觉得我会在乎吗？"

琼斯小姐看着他，泪水涌上了眼眶，随后哭了起来。红头泰德站在一旁，傻乎乎地瞅着她。

"你确实没有理由非去不可。"她打起精神，擦干了眼泪，"是我太傻了。我没事，我可以一个人去。"

"一个女人自己去拉博波岛，真他妈的蠢。"

她冲他微微一笑：

"可能吧，但是你知道，这是我的工作，我必须去。如果刚刚冒犯了你，我很抱歉。请别放在心上，让你冒这么大的险也确实不公平。"

红头泰德又站在那儿看了她一会儿。他换了只脚支撑着身体，那板着的脸又阴沉了几分。

"哦，见鬼，随你的便吧。"他最后说，"我和你一起去。你打算什么时候走？"

第二天，他们带着药品和消毒剂，乘坐着政府的汽艇出发了。格鲁伊特先生安排好重要的工作后，也立马乘着快速帆船前往相反方向的小岛去了。这场传染病肆虐了四个月。尽管他们采取了一切可行的措施来控制病情，但是各个岛屿还是陆续传染上了。执政官从早忙到晚，刚赶回巴鲁岛处理完一些重要事务，就得再次出发。他四处分发食物和药品，鼓舞惶恐的村民，一切都需要他来监督，简直像条狗一样忙得团团转。自那之后，他再也没见过红头泰德，但是他从琼斯小姐那里听说，事情进展顺利，远远超出了预期。这个流氓一直规规矩矩，没再惹事，对付当地的村民也很有一套，什么连哄带骗、威逼利诱全都用上了，有时甚至还动用了武力。总之，他们成功地使当地村民为了自身的安全，按部就班地采取了预防措施。琼斯小姐的计划成功了，她感到庆幸。但是执政官却累到高兴不起来。这场传染病结束时，八千人中只死了六百人，这让执政官感到很欣慰。

终于，他使这片地区恢复了健康。

一天晚上，执政官正穿着纱笼，坐在家中的阳台上读着法国小说，尽情地享受着轻松时刻。这时，男仆走进来，告诉他红头泰德想要见他。他从椅子里起身，大声叫他赶紧进来。他正想找个伴。执政官本想着今晚喝个大醉，但是一人独醉难免有些无趣，只好遗憾地作罢。感谢上帝，在这关键的时候，红头泰德来了。上帝啊，今晚他们一定要喝个痛快。忙活了四个月，他们应该狂欢一场。红头泰德走了进来，他穿着一身干净的白色帆布套装，刮了胡子，看起来就像是变了个人似的。

"红头，你不像是刚对付完染上霍乱的村民，倒像是在疗养院养了一个月似的？怎么回事？瞧瞧你的衣服，你这是刚从礼帽盒里出来吗？"

红头泰德相当羞涩地笑了笑。男仆端来两瓶啤酒，给他们满上。

"放开了喝，红头。"执政官端起杯子。

"我就不喝了，谢谢。"

执政官放下杯子，惊讶地看着红头泰德。

"为什么？怎么了？你不渴吗？"

"我倒是不介意来杯茶。"

"来杯什么？"

"我正在戒酒。我和玛莎就要结婚了。"

"红头！"

执政官睁大了眼睛，挠了挠他光秃秃的脑袋。

"你不能娶琼斯小姐。"他说，"没人会娶琼斯小姐。"

"好吧，但我就是要娶她。我来就是为了告诉你这件事。欧文会在教堂为我们主持婚礼，但我们还是想得到荷兰法律的认可。"

"玩笑归玩笑。红头，你到底想干吗？"

"她想结婚。螺旋桨坏掉，我们不得不在岛上过夜的那晚，她就爱上我了。了解她之后你就会发现，其实她人也不错。这是她最后的机会了，你明白我的意思吧，我想为她做点什么，而她想找个人照顾自己，毫无疑问。"

"红头啊，红头，她会把你变成一个该死的牧师的。"

"等我们有了共同的事业之后，我不知道我还会不会这么介意。她说我和那些村民打起交道来简直神了。我只消五分钟，就可以跟土著打成一片，换上欧文，就得花一年的时间。她还说，她从未见过像我这样有吸引力的人。这样的天赋白白浪费了也怪可惜的。"

执政官一言不发地看着他，然后缓缓地点了三四下头。她给他下对了药。

"我已经让十七个人皈依基督了。"红头泰德说。

"你？你信基督教？我怎么不知道？"

"其实，我也不知道我什么时候归信了，但是我和他们聊着聊着，他们就皈依了，就像可怜的羊群回到羊圈里一样，连我自己都吓了一跳。啊呀，我敢说这里头有点意思。"

"你就该强奸她的，红头。即使你强奸了她，我也不会难为你的，顶多就是判你三年刑，很快就过去了。"

"听着，执政官，你千万别跟她说，我从没有动过那心思。女人都很敏感，你知道的，她要是知道了，肯定会难过得要命。"

"我早就看出来她对你有意思了，但我没想到，你们居然真到了谈婚论嫁的地步。"执政官焦躁不安地在阳台上走来走去。"听我说，老伙计。"他想了想说道，"我们一起一直很开心，朋友归朋友，我能为你做的只有这些了。我可以把汽艇借给你，你先找个小岛躲起来，等下一班船来的时候，我让他们停一下，你就可以趁机上船离开了。现在，你只有一次机会了，能逃多远就逃多远吧。"

红头泰德摇了摇头：

"不用了，执政官，我知道你是一片好心，但是我准备娶那个可怜的女人。我已经决定了。你不会明白的，引导那些满手鲜血的罪人，让他们知罪悔改，这里头确实也有乐子，天啊！她还会做蜜糖布丁，我长大之后还没吃过那么好吃的布丁呢。"

执政官有点心烦意乱。这醉哄哄的流氓是他在这个岛上唯一的伙伴，他并不想失去他。他发现，自己甚至对他有了感情。第二天，执政官去拜访了牧师。

"我听说你妹妹打算嫁给红头泰德，怎么回事？"他问牧师，"我从没听过这么匪夷所思的事。"

"不管怎么说，事情确实是这样。"

"你得想想办法。这太不可思议了。"

"我妹妹已经成年，有权做自己喜欢的事。"

"你可别跟我说，你赞成这桩婚事。红头泰德是个什么样的人，你不是不知道，他就是个无赖，彻头彻尾的无赖。你有没有提醒过她，这太冒险了吗？我的意思是，引导罪人向善是好事，但也该有个限度。俗话说得好，江山易改，本性难移。"

这时，执政官有生以来第一次看到牧师眼睛一亮。

"我妹妹这个人很坚决，格鲁伊特先生。"他回答，"从他们在岛上过夜那晚起，他就没得选了。"

执政官听了目瞪口呆。此刻他内心的那种惊诧，就好比上帝让驴子开口说话时，先知巴兰①的感受一样，因为驴子居然对他说：我对你做了什么，你竟鞭打我三次？说到底，琼斯先生毕竟也是个普通人。

---

① 巴兰（Balaam），《圣经》中的先知，被请去诅咒以色列人，路上驴子三次提醒他耶和华的使者在路上，被巴兰鞭打，后来巴兰发现了使者，听从耶和华指示，转而祝福了以色列人。

"天啊！"执政官自言自语道。

他们还未多谈，琼斯小姐便走了进来。她整个人容光焕发，看起来年轻了十岁。她面色红润，鼻子倒不红了。

"您是来恭喜我的吗？格鲁伊特先生。"她像个少女那样活泼地喊道，"你看，我说得对吧，每个人都有善良的一面。你不知道在这段可怕的日子里，爱德华表现得有多优秀。他成了英雄，成了圣人，我都感到很震惊。"

"祝你幸福，琼斯小姐。"

"我会幸福的。啊，我要是怀疑会不幸福，那可太罪过了。因为是上帝引领我们走到了一起。"

"你是这么看的？"

"我很清楚。难道您还看不出来吗？多亏了这场霍乱，爱德华才找到了自我。如果不是这场霍乱，我们不会有机会了解对方。这都是天意，我亲眼所见的。"

执政官不禁寻思，牺牲了六百条无辜的生命才使俩人走到一起，这天意可以说并不合算。不过，因为对上帝的全能并不了解，对此，他并未多加评论。

"你绝对猜不到我们要去哪里度蜜月。"琼斯小姐有些顽皮地说。

"爪哇岛。"

"不对，如果您愿意借我们汽艇的话，我们就打算去当时被困的那座小岛。对我们俩来说，那个地方有我们美好的回忆。在那里我第一次意识到，爱德华人有多好、多善良。我要在那里回报他。"

执政官屏住呼吸，忙不迭地走了。因为他觉得，如果此刻不来瓶啤酒压压惊，他定会忍不住要发作，因为他这一生从未经历过这样的震撼。

情非得已

　　她坐在凉台上，等着丈夫回家吃午饭。早晨的清凉劲儿一过，马来男仆就把窗帘拉了下来。她卷起一面窗帘，想观赏河间风景。在午间太阳的炙烤下，河上泛起一片死灰色。一个马来人撑着独木舟行驶在水面上，那舟很小，刚露出水面。天色一味地灰白而暗淡，那是深浅不一的炎热的色调。（就像用小调谱出的东方曲子，单调而含混，听了让人心烦；等着听一首和谐乐曲也是徒劳。）知了不知疲倦地尖叫着，那声音就像是溪水流过石头，永不停歇而又单调乏味；突然，一阵嘹亮的鸟鸣声淹没了蝉噪，这鸟声悦耳动人，悠远浑厚，一瞬间就触动了她的心，使她想起了英国画眉。

　　这时她听到了丈夫踩在屋后石子路上的脚步声，顺着这条路可以走到他工作的法庭。她起身迎上前去。屋子建在桩子上，他跑上那段不长的台阶，这时仆人已经在门口恭候他，接下他的遮阳帽。他走进那间餐厅兼客厅，一见到她，便满眼欢喜。

　　"喂，多丽丝。饿了吗？"

　　"我都快饿坏了。"

　　"我去洗个澡，马上就吃饭。"

　　"快点啊。"她微笑着说。

他钻进更衣室。多丽丝听见他快活地吹着口哨，脱下衣服，漫不经心地扔到地上。多丽丝经常数落他这种大大咧咧的行为。他已经二十九岁了，但还跟一个小学生一样，永远长不大。或许她正是因为这个才爱上他的吧，因为她无论多么爱他也不认为他是个俊男。他个子不高，体型微胖，脸蛋红润，恰似满月，上面长着一双蓝眼睛。他的脸上满是斑点。多丽丝仔细瞧过他，最后不得不承认，他的长相没有一处值得赞扬。她经常跟他说，他压根不是自己喜欢的类型。

"我从没说过我是个俊男啊。"他笑道。

"真不知道我看上你哪了。"

但她很清楚其中的原因。他是个乐观开朗的小伙子，对任何事都不会太当真，整天嘻嘻哈哈的。他能让多丽丝快活。他觉得生活乐趣多多，没必要过得那么一本正经，他的笑容也很迷人。跟他在一起的时候多丽丝快乐无比，温柔可亲。从那双笑盈盈地蓝眼睛里，她能看到他流露出的深深爱意，令她心动。被他那样爱着，多丽丝心满意足。在他们蜜月期间，有一次，她坐在他的膝头，捧起他的脸说：

"你是个又矮又丑还有点胖的男人，盖伊，可你真有魅力，我不由自主爱上了你。"

爱如潮水，情到深处，她不由得热泪盈眶。她看到盖伊感动得脸都抽搐了，他回答时的声音都颤抖起来。

他说："娶了你这么个不正常的女人，太可怕了。"

多丽丝咯咯笑起来。这正是盖伊风格，也正是她想听到的。

很难想象，九个月之前，她还从未听说过他。当时她跟妈妈在海边一个小镇度假，为期一个月，他俩便在那里相遇了。多丽丝给一位国会议员当秘书，而盖伊正休假回家。他俩住在同一个旅馆里，很快盖伊便向她介绍了自己。他出生于森布卢，他父亲在第二任苏丹治下，已经在那儿任职三十年了，他一毕业就到父亲那个部门工作，为自己的国家效力。

"毕竟，英国对于我来说是外国。"他说，"森布卢才是我的家。"

现在，森布卢也是她的家了。一个月的假期快要结束之际，盖伊向她求婚了。多丽丝早就猜到了，本准备拒绝他的。母亲守寡，而她是唯一的孩子，没法离母亲那么远。但当那一刻真的来临时，她不知道自己怎么了，一冲动便接受了他。如今，他们在他分管的署地已经住了四个月了，她很幸福。

有次多丽丝告诉盖伊，她本来打定主意要拒绝他的。

"那你没拒绝，你觉得遗憾吗？"他蓝色眼睛闪烁着笑意。

"要是拒绝了，我可就是个十足的傻子。说不清是命、是机会，还是别的什么，就替我把这事定了，算是我走运吧。"

这时她听到盖伊踢踏着脚步去了楼下浴室。他这个人动静大，即使是光着脚也安静不下来。突然他嚷了一声，又嘟囔了两句，用的是方言，多丽丝也听不懂。随后她听到有人同他说话，声音不大，像是窃窃私语。别人要洗澡的时候拖住人家说话，真是太讨厌了。多丽丝又听到了他在说话，尽管声音很小，但能听出来他很烦躁。另一个声音也提高了，是一个女人。多丽丝猜，她是来向他陈情投诉的。那样偷偷摸摸的，跟马来女人一个样。显然，这个女人一无所获，因为她听到他说：出去。无论如何，这话她还能听懂，然后她听到盖伊拴上门。随即传来哗哗的流水声，那是他在往自己身上浇水（她觉得那套洗浴设备很有意思：浴室在卧室下面，建在地上：里面有一大桶水，洗澡时用一个小铅桶往自己身上浇水），两分钟后他回到卧室，头发还是湿的。他们坐下吃午饭。

"好在我不起疑心，不爱嫉妒。"她笑道，"可你在洗澡的时候还跟其他女人聊得这么起劲，不知道这事我要不要赞成啊。"

他进屋的时候不像平时那样眉开眼笑的，而是阴沉着脸，但此刻脸色又开朗起来。

"我可不想见到她。"

"我从你的语气里也听出来了。说实话，你对那个年轻女士不太礼貌啊。"

"该死，居然那样拦着我。"

"她想干吗？"

"我不知道，她是村里的，可能跟她丈夫吵架了吧。"

"今天早上有个人一直在附近转悠，我怀疑就是她。"

他皱了下眉。

"有人在附近转悠吗？"

"是的，今早我去收拾你的更衣室，然后下楼去浴室。我下楼的时候看到有人溜出门去，我往外看时，发现有人站在那儿。"

"你跟她说话了吗？"

"我问她想干什么，她说了一两句，但是我不太明白。"

"我可不能让这些人瞎头瞎脑地在这溜达，他们没有权利来这儿。"盖伊说。

他微微一笑，但凭借一个热恋中的女人的敏锐直觉，多丽丝注意到，他只是嘴角上扬，眼里却没有往常的笑意。她不由得琢磨：究竟是什么使他烦心呢？

他问："你今天早上在做什么？"

"没什么，就散了会儿步。"

"进村子了吗？"

"我看到一个男人，让链子拴着的猴子上树摘椰子，好刺激啊。"

"好玩，对吧？"

"对了，盖伊，有两个小男孩也在旁边看，这俩人比其他人白很多。我想他们不会是混血儿吧。我和他们说话，可他们不懂英语。"

"村子里确实有两三个混血儿。"他回答道。

"他们是谁的孩子呢?"

"村里一个姑娘的。"

"那他们的父亲是谁?"

"亲爱的,在这地方,打听这种事情是有危险的。"他停顿了一下,"好多人在当地都有老婆。他们回家或结婚的时候,会给当地的老婆一笔钱,送她们回村里。"

多丽丝沉默了。他说话时的那种冷漠,让多丽丝觉得有些冷酷无情。她回答时,那张坦诚、直率而又美丽的英国人面孔上流露出不悦之色。

"但是那些孩子怎么办?"

"我敢保证,他们的生活很有保障,只要经济能力许可,他们的父亲会给足够的钱,让他们受到很好的教育。他们在政府机关任职,过得很好。"

她冲着盖伊苦涩一笑。

"你不会指望我觉得这是个好办法。"

"千万不要过于苛刻。"他也冲她笑了笑。

"我不是苛刻,只是庆幸你没娶个马来老婆。要是那两个小东西是你的呢,恨死我了。"

男仆为他们换了菜。他们的饭菜一向单调,午餐的头菜是河鱼,寡淡无味,要加很多番茄酱才能变得可口些,然后是炖菜。盖伊在上面浇了些伍斯特酱。

"老苏丹认为,白种女人就不该来这种地方。"他紧接着说,"他甚至鼓励人们跟当地姑娘过活。当然,现在不一样了。这地方已经相当平静了,我觉得我们也知道如何更好地应对这里的气候了。"

"但是,盖伊,那些孩子大一点不过七八岁,剩下的也就五岁左右。"

"属地的日子太无聊了。连续六个月见不到一个白人。有个人来这儿的时候还只是个毛头小子呢。"他冲她迷人地一笑，那张相貌平平的圆脸鲜活了起来，"那情有可原，你懂的。"

她总觉得那微笑无法抗拒，那是盖伊最有力的辩词。她的眼神恢复了先前的温柔。

"那当然情有可原。"她手伸过桌子，叠在他手上，"能这么早有了你，我觉得很幸运。说真的，如果我知道你也有过那样的经历，我会非常难过的。"

他紧紧握住妻子的手。

"亲爱的，你在这儿开心吗？"

"超级开心！"

她穿着亚麻连衣裙，看起来清新凉爽。炎热的天气并没有使她烦躁不安。她有年轻人都有的那种青春美，不过那棕色的眼睛确实漂亮；她那种坦率的神气很讨人喜欢，而且她有一头乌黑短发，既整洁又有光泽。她给人一种精力充沛的印象，你会觉得有她这么个出色的秘书，国会议员真是找对了人。

"我一到这儿就爱上了这地方。"她说，"虽然我一个人待在这儿，但我从不觉得孤独。"

当然，她早就读过关于马来群岛的小说，对马来早就有了一种印象：一片暗沉的土地，凶险的河川和无法穿越的寂静丛林。那艘沿海航行的汽艇把他们送到河口的时候，有一艘十几个本土人驾驶的大船，正等着送他们去驻地分署。她当时被眼前的美景惊呆了，只觉得亲切无比，而并不觉得害怕。令她始料未及的是，这里居然洋溢着一种欢乐气氛，就像树丛中鸟儿婉转的歌声。河两岸长着红树林和纳帕棕榈树，后面则是郁郁葱葱的森林。蓝色的山脉绵延不断，层峦迭起，一望无际。她毫无拘束和压抑感，只觉得天高地阔，可以天马行空地驰骋想象。阳光下这满眼苍翠闪闪发光，风轻云淡，赏心悦目。这片亲和的土地像在微笑着欢迎她的到来。

船桨不停地划动，紧紧贴着河岸行进，一对海鸥在上空飞翔。有一道光从他们的水道前掠过，就像是一颗有生命的宝石。原来是一只翠鸟。两只猴子拖着尾巴，并排坐在树枝上。穿过宽阔湍急的河头，越过丛林，天地间飘浮着一缕淡淡的白云。那是天空中仅有的云彩，像是一排身穿白色衣裙的芭蕾舞女，在舞台后兴高采烈而又全神贯注地等待幕布拉起。当时多丽丝满心欢喜；想起这些，她又望了望丈夫，眼睛里充满了感激和深深的依恋。

布置他俩的房间多有意思啊！那房间很大。她刚到的时候，地板上是又脏又破的席子；没有上漆的木墙面上挂着（太高了）皇家艺术协会的凹版印刷画、季亚克盾牌和帕兰刀。桌子上铺着暗色的季亚克土布，上面放着满是污渍的文莱铜器、空烟盒还有一些马来银器。屋里立着一个粗制的木头书架，上面放着几本廉价小说和封皮破烂的皮面游记；另一个架子上堆满了空瓶子。这是一个单身汉的房间，杂乱而单调；她虽觉得好笑，但也不免觉得心疼。盖伊在这里过得肯定枯燥乏味。想到这些，她挽过盖伊的脖子，亲了他一下。

"你真是个可怜鬼。"她笑着说。

她有一双巧手，不久就将这房间布置成一个温馨爱巢。她整整这个，弄弄那个，再把那些不需要的东西清理掉。这时她结婚礼品都派上了用场。现在这个房间已经温馨舒适。玻璃花瓶里插着美丽的兰花，大花盆里种着一簇簇盛开的花草。多丽丝感到异常自豪，因为这是她的家（她过去只住过简陋公寓），而且她替盖伊将他们的房间装饰得如此舒适宜人。

"对我还满意吗？"收拾完之后，她这样问道。

"还算满意。"他笑着说。

这种有意为之的轻描淡写甚合她的心意。他们之间如此心有灵犀，真是让人喜不自胜！他们都不善于表达自己的感情，即使偶尔有所表示，也都是意在言外地相互打趣。

吃过午饭，盖伊窝进长椅里睡觉。她走向自己的房间。当她经过的时候，他把她拉近前来，吻了她的嘴唇。这让她有些惊喜，他们还不习惯白天随时相互拥抱。

"填饱了肚子你就变得多情了吗，我的小可怜？"她打趣地说。

"赶紧出去，至少两个小时别让我再看到你。"

"可别打呼噜哦。"

她走开了。他俩天刚一亮就起床了，所以没过五分钟就都睡着了。

多丽丝被盖伊在浴室的洗澡声吵醒。这屋子的墙更像是一块传声板，不管做什么，彼此都能听到。她懒得动，听到男仆将茶端了进来，便跳了起来，跑进自己的浴室。水不冷，但很凉，让人觉得神清气爽。她走进客厅的时候，盖伊正从拍夹里往外拿网球拍，因为他们在傍晚刚凉下来那会儿打网球。六点就入夜了。

网球场离房子大概有两三百米远，喝过茶后，为了不浪费时间，他们散步到了网球场。

"你瞧。"多丽丝说，"那就是我今天早上看到的那姑娘。"

盖伊快速转过身。他盯着一个当地女人看了一会儿，却没说话。

"她的纱笼好漂亮啊！"多丽丝说，"我想知道她从哪里弄来的。"

他们从她身边走过。她娇小玲珑，长着她们种族特有的乌黑闪亮的大眼睛和一头浓密的秀发。他们经过的时候，她一动不动，却用一种奇怪的眼神打量着他们。多丽丝发现，她没有自己一开始想得那么年轻。她的五官略嫌粗笨，皮肤发黑，但确实非常漂亮。她怀里抱着个小孩。看到她怀里的孩子，多丽丝笑了，但那个女人的嘴唇却一动不动，表情仍然很冷漠。她没有看盖伊，只盯着多丽丝。盖伊也仿佛没有看到这个女人，继续往前走。多丽丝对盖伊说：

"那小孩可爱吗？"

"我没留意。"

盖伊脸上的表情让她感到困惑。他脸色煞白，那些本来就让她觉得碍眼的粉刺，现在红得有点反常。

"你注意她的手和脚了吗？她大概是个公爵夫人吧。"

"这里所有的人手脚都长得好看。"他回答时不像平时那么高兴，好像不太情愿似的。但是多丽丝却很好奇："你知道她是谁吗？"

"她是村里一个姑娘。"

他们现在已经到了网球场。盖伊去看网有没有拉紧时，回头瞅了瞅。那个女孩儿还站在原地。他们的眼神相遇了。

"我发球吗？"多丽丝问道。

"是的，球在你那边。"

这次他打得很差。往常他让她十五分也能赢，但这次多丽丝很轻易就取胜了。而且今天他打球时却一言不发。平时他聒噪得很，全程叫嚷，接不到球的时候会骂自己笨蛋，多丽丝没接到球他就嘲笑她。

"你没在打球啊，小伙子！"她喊道。

"没有的事。"他说。

他开始用力，试图打败她，把球一个个地朝网打飞过去。她从未见过他那等表情。会不会是因为他打得不好所以气恼呢？球场灯熄了，他们不打了。他们来时碰到的那个女人还站在原地，面无表情地目送他们经过。

现在凉台上的窗帘已经拉起，两把长椅中间的桌子上摆上了酒瓶和苏打水。到了喝第一杯酒的时候了。盖伊配好了两杯杜松子酒。宽阔的河流从他们眼前流过，河的对岸，渐次降临的夜幕使丛林平添了几分神秘色彩。一个当地人站在船头，划着桨溯游而上。

盖伊打破了沉默："我打得真臭，我不太舒服。"

"哎哟，你不会发烧了吧。"

"没有，明早就没事了。"

他们周围黑了下来。青蛙开始大声聒噪，不时还能听到夜鸟短促的鸣叫。萤火虫从凉台前飞过，像星星点点的小蜡烛，闪烁着柔和的光，将树装扮成圣诞树的模样。多丽丝似乎听到了一声叹息，这使她心头有些不安，因为盖伊一直都是兴高采烈的。

"怎么了，伙计？"她轻柔地说道，"跟我说说。"

"没什么。再喝一杯吧。"他轻描淡写地说。

第二天，他恢复了平日的笑容，邮件也送达了。海岸汽艇每月经过河口两次，一次是去煤田的时候，另一次是返航的时候。汽艇外出的时候会顺便把信件带回来，盖伊派了艘小船去取。汽艇的到来为他们平淡的生活增添了一些新鲜感。头一两天，他们会把所有寄来的东西浏览一遍，包括信件、英国和新加坡报纸、杂志和书，剩下的几个星期再细细品读。他们抢着看那些带插图的报纸。多丽丝要是不光埋头看报，她可能就会察觉到盖伊的变化。她会发现这种变化很难形容，更难以解释。他眼里多了一种警觉，微微下垂的嘴角流露出忧虑。

大概一周之后，有天早上，她正坐在放下窗帘的房间里学习马来语语法（她正勤奋学习这门语言），突然听到院子里一片嘈杂。她先听到男仆在发火，还有一个男人的声音，可能是挑水夫，然后是一个女人尖锐的叫骂声，似乎还动手了。她走到窗边，打开窗帘。挑水夫正抓住一个女人的胳膊把她往外拖，男仆则从后面把她往外推。多丽丝一眼就认出了，她就是那天早上在院子里转悠，后来又在网球场外碰到的那个女人。她怀里抱着一个婴儿。这三个人都怒气冲冲地叫嚷着。

"别吵了！"多丽丝呵道，"你们在干什么？"

一听到多丽丝的声音，挑水夫立马放开了那个女人，男仆还从后面推，结果那女人一下子跌倒在地上。院子里突然安静下来，男仆沉着脸两眼朝天。挑水工犹豫了一下，赶紧溜走了。那个女人慢慢站起来，抱好孩子，一脸冷漠地站在那里盯着多丽丝。男仆对那个女人说了些什么，声音很小，即使多丽丝能听懂也听不清：可那个女人脸上毫无反应，显然并不为男仆的话所动，但她慢慢走开了，男仆一直跟着她到院门口。他回来的时候，多丽丝叫他，他假装没有听到。多丽丝心头火起，厉声喊他。

"立马过来！"她大喊道。

他猛转身朝平房走过来，躲着多丽丝愤怒的目光。进屋后，他站在门口，板着脸看着她。

"刚才你们跟那个女人是怎么回事？"她陡然问道。

"老爷说，她不能到这里来。"

"你不能那样对一个女人，我不允许。我刚才看到的，我都会告诉老爷。"

男仆没有回答，移开了目光，但多丽丝能感觉到，他正透过那长长的睫毛观察她。她不想跟他啰嗦了。

"就这样吧。"

他一言不发，转身回到了仆人的住处。多丽丝十分恼火，发现自己很难集中精力学习马来语了。过了一会儿，男仆进来铺好午餐桌布。突然，他走到门口。

"怎么了？"她问道。

"老爷回来了。"

他走出门，接过盖伊的帽子。仆人的耳朵就是灵敏，早就听到了主人的脚步。盖伊没有像往常那样直接走上台阶。他停下来，多丽丝马上意识到，男仆要抢先告诉盖伊今早的事情。她耸了耸肩膀。但盖伊进来的时候，她吓了一大跳：他的脸色苍白。

"盖伊，究竟是怎么回事？"

他的脸唰地一下红了。

"没事啊，怎么了？"

她十分诧异，看着盖伊进了自己的房间，把想说的话强咽了回去。他这次洗澡和换衣服的时间比平时要长。当盖伊回来的时候，午饭已经准备好了。

"盖伊，"他们坐下来的时候，她说："那天我们看到的那个女人今天早上又来了。"

"我听说了。"他答道。

"仆人们对她太粗鲁了，我必须制止他们，你一定要好好跟他们说说。"

虽然那个马来仆人很清楚多丽丝在说什么，但他没有任何反应。他把烤面包递给她。

"已经告诉过她不要来这儿了，我吩咐过的。她再来，就把她赶出去。"

"他们用得着这么粗暴吗？"

"她不愿走，我觉得，他们也是没办法吧。"

"看着一个女人那样被人欺负，真是太可怕了。她怀里还有个婴儿呢。"

"不是婴儿，都三岁了。"

"你怎么知道？"

"我对她一清二楚，她不该来这找我们的麻烦。"

52

“她想干什么？”

“就是她刚才做的，她想找事。”

多丽丝沉默了一会儿。盖伊说话的语气让她十分惊讶。他不愿多说，好像这一切都与他无关。她觉得盖伊有些不近人情。他很焦虑，也很烦躁。

“今天下午怕是不能打网球了。”他说，“我看好像要有一场暴风雨。”

当多丽丝醒过来的时候，外面已经在下雨了，出门是不可能了。喝茶的时候，盖伊没有说话，一副心不在焉的样子。她拿起针线，开始干活。盖伊坐下来，读那些还没一页一页认真翻阅的报纸；但他心神不宁；他在宽敞的房间里踱来踱去，然后走到了凉台上，望着外面的暴雨。他在想什么呢？多丽丝隐隐感到不安。

直到晚饭结束，他才开始说话。晚饭很清淡，盖伊竭力装得像平时那样轻松愉快，但伪装得太刻意了。雨停了，夜空中繁星闪烁。他们坐在凉台上。为了避免招引虫子，他们熄了客厅的灯。大河在他们脚下默默地缓缓流淌，不可抵挡而又庄重肃穆。如命运一般，有一种令人生畏的从容不迫和冷酷无情。

“多丽丝，我有事要告诉你。”他突然说道。

盖伊的声音听起来很奇怪，一直在发抖，难道是她的错觉吗？看他忧心忡忡，多丽丝的心也隐隐作痛。她把手轻轻放在他手上，而他却缩了回去。

“这事说来话长。这不是什么好事，我说不出口。我想请你别打断我，什么也别说，让我说完。”

周围一片漆黑，多丽丝看不清他的脸，但仍能感觉到他面色憔悴。她没吭声，盖伊声音很低，几乎没有打破这夜的沉寂。

“我刚来这儿的时候只有十八岁。那时刚念完高中。我在吉隆坡

（吉所罗）待了三个月，然后就被派往森布卢河上游的一个驻地分署了。当然那里有一个驻地长官，还有他的妻子。我在公署住，但我经常跟他们一起吃饭，晚上也跟他们待在一块儿。那段时间，我非常开心。后来这个长官生病了，必须回国。那时因为战争，这里男人很少，我就接替了他的职位。当然我很年轻，可我的马来语很地道，再者我也是沾了我父亲的光。能独立自主，我很高兴。"

他沉默了，把烟灰从烟斗里磕出来，装上新烟丝。他划火柴的时候，多丽丝虽没看他，却感觉到他的手在抖。"我从没独自一个人生活过。在家有父母，通常还有一个仆人。在学校，身边自然有很多同伴。我出国时，船上也一直有很多人，在吉隆坡，甚至在我第一次到任的时候，也是那样的。那儿的人很像我家乡的人。我好像一直生活在人群当中。我喜欢跟人接触，天生喜欢热闹，爱说爱笑。我想过得开心一点。身边的所有事物都能让我笑，但我总不能一个人笑吧。但在这儿不一样。当然在白天还好，我要工作，可以和迪亚克人交流。那个时候他们还是野蛮人，打赢了还割敌人的头，也时不时地给我找点麻烦，但他们是好人。我跟他们相处得很好。我本想有个白人同我谈天说地，但有这些人总比没有好。他们也没把我当外人，我也轻松不少。我很喜欢我的工作。晚上我坐在凉台上喝杜松子酒和苦啤酒，觉得一个人蛮孤独，但是有书可以看。仆人都在旁边。我的仆人叫阿卜杜勒。他认识我父亲。我读书读得累了就会叫他过来，跟他说说话。"

"我受不了的是晚上。晚饭过后，仆人们关好门窗就回村了。只剩下我一个人。平房里除了壁虎发出沙沙的声音以外，啥声音都没有。这种动物出来的时候很突然，所以会吓我一跳。我有时能听到村子里的锣鼓声和鞭炮声。他们过得很愉快，离我又那么近，可我只能待在这儿。我看书看累了，觉得跟待在监狱里的犯人比，我也好不了多少。夜复一夜，我都是这么过来的。我试着连喝三四杯威士忌，发现一个人喝毫无乐趣，仍然开心不起来；结果第二天更萎靡不振。我试过晚饭之后立马睡觉，但是我睡不着。我躺在床上，越来越烦躁，越来越清醒，最后也不知道该怎么办了。天哪，那些夜晚太漫长了。你知道吗？我那时情绪很低落，有时觉得自己很可怜——现在想起来还有些好笑，但我那时才十九岁半——有时候我还哭。

"有天晚上，吃过晚饭之后，阿卜杜勒收拾好餐桌，正准备离开，他轻轻咳嗽了一下。他问我晚上一个人在这房子里会不会寂寞，'不，还好吧。'我说。我不想让他知道我过得不好，但我觉得他都明白。他站在那儿不说话，我猜他有话对我说。'怎么了？'我问，'说吧。'然后他说如果我想要一个姑娘跟我一起生活，他知道有一个愿意来。那姑娘很好，他可以介绍给我。她不会给我添麻烦，再说房子也得有人收拾。她可以替我缝缝补补……我觉得特别消沉。雨下了一天，我没能出去锻炼。我知道我又会好几个小时睡不着觉。他说，那不会花我很多钱，她的家人都很穷，只要一点小礼物就会很满足了。两百叻币就可以。'您看，'他说，'要是您不喜欢她，可以把她送走。'我问他那姑娘在哪里。'她就在这儿。'他说，'我这就去叫她。'他朝门口走去，那姑娘和她妈妈一直在台阶上等着。她们走进来，坐在地上。我给了她们一些糖果。她很害羞，却也很淡定，我跟她说话的时候，她会冲我笑。她很年轻，跟个孩子差不多，他们说她十五岁。那姑娘非常漂亮，还穿上了她最好的衣服。我们开始聊天。她话很少，但是我逗她的时候，她就一直笑。阿卜杜勒说，她跟我熟悉之后，会有很多话说。他让她坐到我身边来。她咯咯笑着，不肯过来，但她妈妈让她过来，我给她腾了个空。她红着脸笑了，但还是挪了过来，依偎着我。阿卜杜勒也笑了。'您看，她已经喜欢上您了。'他说，'您想让她待在这儿吗？'他问道。'你想留在这儿吗？'我问她。她笑着把脸埋在我的肩上。她很温柔，身材娇小。'很好，'我说，'让她留下吧。'"

盖伊往前一探身，拿了一杯威士忌和苏打水。

"我现在可以说话了吗？"多丽丝问。

"等一下，我还没说完。我没爱过她，刚开始也不爱。我留下她，只想屋里能够有个人。要不然我会疯掉的，或者借酒消愁。我当时快崩溃了。我太年轻，没法一个人生活。除了你，我没爱过别人。"他犹豫了一下，"直到我去年放假回家，她才走。你看到的那个在附近逛的女人，就是她。"

"是的，我猜到了，她怀里有个孩子，是你的吗？"

"是，一个小女孩。"

"你们只有这一个孩子吗？"

"你那天在村子里看到的那两个小男孩，你提过的。"

"所以她有三个孩子？"

"是的。"

"你真是家全人全啊。"

听了这话，盖伊一动，但多丽丝没再说什么。

"你突然带着妻子回到这儿，她才知道你结婚了吗？"多丽丝问道。

"她当时知道我要结婚了。"

"什么时候？"

"我离开的时候把她送回村了。我告诉她我和她到此为止，我答应她的也都给她了。她一直都知道，她在这里是暂时的。我受够了，我告诉她我会娶一个白人。"

"但那时你还没遇到我呢。"

"是，我知道。我在家的时候就决定要结婚了。"他咯咯笑着，像以前一样，"不瞒你说，刚遇到你的时候，我还在为这事苦恼呢。我对你一见钟情，后来我发现非你不娶。"

"你为什么不告诉我？你不觉得给我一次自己做决断的机会才公平吗？你应该想象得到，一个女孩发现她的丈夫曾和其他女人一起生活过十年，还有三个孩子，这对她来说是多么大的打击。"

"我当时觉得你没法理解我，这里的情况很特别。这是常事。六个男人里面有五个会这样。我觉得这种事情会吓到你，而且我不想失去你。你知道，我当时非常爱你，现在也是，亲爱的。你本没有必要知道这些，我也没打算回这里。一个人休假回家之后很少回到原来的分署。我们到这儿的时候，我答应她只要她能去其他村子住，我会给她一些钱。刚开始她说可以，后来就变卦了。

"你为什么现在告诉我？"

"她总是来这里捣乱。不知道她怎么发现你对这些毫不知情的。她知道了之后就开始敲诈我。我已经给了她很多钱了。我曾下过命令，不许她到院子里来。今天早上她那样做就是为了引起你的注意。她想威胁我。事情不能这样发展下去。我想，唯一的办法就是实话实说了。"

盖伊说完之后，是长时间的沉默。最后，他把手放在她的手上："多丽丝，你能理解我，是吗？我知道这都怪我。"

她没抽回自己的手。盖伊觉得她的手冰凉。

"她嫉妒吗？"

"我敢说，她从前在这儿的时候弄到了不少钱。现在没钱了，她肯定不愿意。但她从没爱过，她对我、我对她都没什么太深的感情。土著女人从不会真正爱上白种人，你知道的。"

"那孩子们呢？"

"孩子们都很好。我出钱抚养他们。男孩长大之后，我会送他们去新加坡读书。"

"他们对你来说，什么也不是吗？"

他迟疑了一下。

"我想对你实话实说。如果他们发生什么意外，我会很难过。第一个孩子快出生的时候，我觉得我更喜欢他而不是他妈妈。如果那孩子是白人，我可能真的会喜欢他。当然，他还是个婴儿的时候很好玩儿，很招人疼爱，但是我没觉得那是我自己的孩子。我想也就这样了吧；你知道，我不觉得他们是我的。有时，我会斥责自己，因为这想法实在不合情理。但说实话，对我来说，他们和别人家的孩子没什么两样。当然，那些没有孩子的人会把这些说得特别难听。"

现在，一切她都知道了。盖伊等着她开口说话，但她一言不发，一动不动地坐在那儿。

"多丽丝，你还有其他问题要问我吗？"他终于问道。

"没了，我头疼得厉害。我想睡觉了。"她的声音像以往一样平静，"我不知道说什么。当然，这些我完全没想到。你必须给我点时间想想。"

"你生我的气吗？"

"没有，我一点也不生气。只是——只是我得一个人待会儿。你别动。我去睡了。"

她从长椅上站起来，把手放在他肩膀上：

"今晚很热，你睡在更衣室比较好。晚安。"

她走了，盖伊听到她把卧室的门锁上了。

第二天，多丽丝脸色苍白，盖伊看得出来，她一夜未眠。她说话行事并无怨愤之情，语气还像往常那样，但失去了那种自如感；她拉拉杂杂地说说这个，聊聊那个，好像在跟一个陌生人拉话。他们并没吵过架，但在盖伊看来，她这样说话就好像他们刚刚有过不愉快，虽然和好了，但她仍在伤心难过。她的眼神让他很困惑；他像是从中看到了一种莫名其妙的恐惧。吃过晚饭之后，她立马说：

"我今晚不太舒服，我这就去睡了。"

"哦，亲爱的，真糟糕。"他嚷道。

"没事，一两天就好了。"

"待会我会去卧室跟你说晚安。"

"不，别过来。我得想办法尽快睡。"

"好的，亲我一下再去吧。"

他发现她脸红了，好像犹豫了一下，然后移开目光，向他俯下身。他搂住她，想去够她的嘴唇，但她别过脸去，他只亲到了她的脸颊。多丽丝快速离开他，他又听到她轻轻地用钥匙给门上了锁。他重重地倒进长椅里，想看几页书，可总是不由自主地竖起耳朵，捕捉多丽丝卧室里细小的声音。她说她要睡觉，但盖伊没听到她上床的动静。卧室里一片寂静，让他有一种说不出来的紧张感。盖伊用手遮住灯光，看到从她房间门下透出一丝亮光：她还没熄灯。她究竟在做什么呢？他放下书。如果她跟他发火，大吵大闹、失声痛哭，他都不会惊讶，也能应付；但多丽丝的冷静却着实让他害怕。他从她眼里很明显能看到一种恐惧，这究竟意味着什么呢？他一遍遍回想前一天晚上对她说过的话。他不知道自己除了那样讲，还能怎么跟她和盘托出。毕竟最重要的是，他干下的那点事人人都会干，而且在他认识她之前这事早就了结了。当然，照事态发展来看，他还是太傻，但人都是经过历练才变聪明的。他把手放在胸口：奇怪，胸口竟然疼得厉害。

"我想这就是人们所说的心碎的感觉吧。"他自言自语道，"这种感觉还要持续多久呢？"

他是否应该敲开门，告诉她自己必须跟她谈谈？坦诚相对会更好一些。他必须让她理解。但是那片寂静让他害怕。一丝声音也没有！或许让她自己待着会更好。当然，这事儿让她深受打击。他必须给她足够的时间。毕竟，她知道盖伊是多么真心地爱着她。耐心是唯一的解决办法；可能她现在内心正在进行激烈的斗争；他必须给她时间；他必须有耐心。第二天早上，他问她睡得怎么样。

"嗯，好多了。"她说。

"你很生我的气吗？"他可怜兮兮地问道。

她真诚和坦率地看着他。

"一点也不。"

"哦，亲爱的，我太高兴了。我真是个畜生。我知道这对你伤害很大。但是请原谅我，我也很难过。"

"我原谅你，也不怪你。"

他冲着她愧疚地一笑，看上去像是被鞭子抽打过的小狗。

"这两天夜里我自己睡，好不习惯。"

她看着别处，脸色变得苍白。

"我让人把我房间里的床搬走了，它太占地方了。我在那儿放了一张小行军床。"

"亲爱的，你在说什么呢？"

现在她平静地看着他。

"我不想再作为你的妻子和你一起生活了。"

"永远不了？"

多丽丝摇了摇头。盖伊不解地看着她。他简直不能相信自己听到的话，心开始痛起来。

"但是那对我太不公平了，多丽丝。"

"你不觉得，这种处境对我也有点不公平吗？"

"可你刚刚说了，你不怪我。"

"我确实不怪你，但跟你一起生活是另一回事，我做不到。"

"但像你说的那样，我们怎么能一起生活呢？"

她盯着地板，像在深思。

"昨天你想亲我嘴唇的时候，我觉得很恶心。"

"多丽丝。"

她突然看着他，眼神冷酷，充满敌意。

"我睡的那张床是不是她生孩子时睡过的？"她看到盖伊满脸通红，"天哪，太可怕了。你怎么能这样对我？"她绞着双手，手指就像是受到折磨的小蛇在扭动。她努力控制着自己的情绪。"我已经下定决心了。我不想对你太绝情，但是有些事你不能逼我去做。我把事情从头到尾想了一遍。从你跟我说了之后，我没日没夜地想这件事，一直想到我心神俱疲。我的本能反应是起床，离开这儿。立马就走。再有两三天，汽艇就来了。"

"对你来说，我对你的爱一文不值吗？"

"哦，我知道你爱我。我没打算马上走。我想给彼此一个机会。我曾经那么爱你，盖伊。"她的声音有些哽咽，但没有哭，"我不想无理取闹。天知道，我不想太绝情。盖伊，你能给我一些时间吗？"

"我不太明白你的意思。"

"我只想你能让我一个人待着，我自己都害怕我的这种感觉。"

盖伊猜到了，她是害怕。

"什么感觉？"

"请别问我，我不想伤害你。过段时间就好了。天知道，会过去的。我会尽力。我答应你，我会尽力让它过去。给我六个月的时间。我为你什么都可以做，除了那件事。"她恳求似地向他微微示意。"我们一起生活，没有理由过得不痛快。如果你真的爱我，你会——你会有耐心的。"

他深深叹了一口气。

"好。"他说，"我自然不会强迫你做你不喜欢的事。就按你说的来。"

他心情沉重地坐了一会儿，好像一瞬间变老了，连动一下都很费劲；然后，他站了起来。

"我要去办公室了。"

他拿起他的遮阳帽，走出门去。

一个月过去了。女人比男人更善于隐藏自己的情绪，任何来拜访他俩的陌生人都察觉不到多丽丝有了心事；但盖伊就不一样了，他明显精神紧张；那张和善可亲的圆脸拉得老长，眼睛里流露出得不到满足的痛苦表情。他观察多丽丝的一举一动。她轻松欢快，还像以前那样逗他；他们一起打网球，一起谈天说地。但很明显，多丽丝只是在做戏。终于，盖伊忍不住了，他又试着解释自己和那个马来女人的关系。

"哦，盖伊，再提那些陈年旧事一点意义也没有。"她轻描淡写地说，"该说的都说了，我不怪你。"

"你为什么这样惩罚我？"

"我可怜的盖伊，我并不想惩罚你。这不能怨我，如果……"她耸了耸肩膀，"人性就是这么奇怪。"

"我不明白。"

"那就别想了。"

这些话可能有些绝情，但她脸上那亲切、友善的笑容使之缓和了许多。每天晚上，她要睡觉的时候，就会靠近盖伊，轻吻他的脸颊。就只是碰碰嘴唇，就像是飞蛾掠过他的脸一样。

两个月过去了，接着是第三个月，貌似漫长的六个月转瞬即逝。盖伊心想，多丽丝是否还记得说过的话呢。现在，他紧张地时刻观察多丽丝的一颦一笑、举手投足。她仍然那样不可捉摸。她曾要求给她六个月时间；这不，他做到了。

海岸汽艇经过了河口，留下他们的信件，接着又上路了。盖伊忙着写一些信，这样汽艇返航时可以捎带出去。两三天过去了。那是星期二，一艘普拉胡船要在周四凌晨出发，去迎候小汽艇。除了吃饭时多丽丝会打起精神说几句话之外，他们在一起几乎不说话；晚饭之后，他们像往常一样，拿起书开始读；可当男仆收拾完，准备睡觉时，多丽丝放下了书。

"盖伊，我有些事要跟你说。"她喃喃说道。

他的心扑通跳了一下，觉得自己脸色都变了。

"噢，亲爱的，别那样，没那么可怕。"她笑着说。

但他察觉到，多丽丝的声音有些颤抖。

"是什么呢？"

"我想让你为我做一些事。"

"亲爱的，我可以为你做任何事。"

他伸出手，想握住多丽丝的手，但她缩了回去。

"我想请你放我回家。"

"你回家？"他惊慌失措地喊道，"什么时候？为什么？"

"我已经尽了最大努力了。我已经快要崩溃了。"

"你想回家待多久？不回来了吗？"

"我不知道，应该是吧。"她鼓足了勇气，"是的，不回来了。"

"哦，天哪。"

听起来，他完全崩溃了，多丽丝觉得他要哭了。

"噢，盖伊，不要怪我。这真的不是我的错。我控制不了我自己。"

"你说让我给你六个月的时间。我接受了你的条件。你不能说，我惹你讨厌了吧。"

"不，没有。"

"我这段时间过得有多难过，我尽力不让你察觉。"

"我知道，我很感激你，你一直对我这么好。听我说，盖伊，我还想跟你说一遍，不管你做过什么，我都不怪你。毕竟，你那时候只是个孩子，你做的那些事，大家都会做的；我知道在这儿有多寂寞。哦，亲爱的，我真的非常抱歉。我知道这件事的来龙去脉，所以才会让你给我六个月时间。我的常识告诉我，我在小题大做，我不通人情，这样对你不公平。但是，你知道吧，常识与这没有关系；我整个人都很难接受这一事实。我在村子里看到那女人和她的孩子，就觉得两腿发抖。这个房子里所有的东西；一想到我睡的那张床，我就起鸡皮疙瘩……你不知道我是怎么忍过来的。"

"我想我已经劝她离开了，我也申请了调离。"

"没用的。她会一直在这儿。你属于他们，不属于我。如果只有一个孩子，我想我可能会忍一忍，但是有三个呢；而且那些男孩也很大了。你跟她一起生活了十年啊。"现在她终于要和盘托出了，"这是我的身体上的反应，我也没办法，它比我强大。一想到她那双黑瘦的胳膊抱着你，我就觉得很恶心。我想到你抱着那些黑娃娃。噢，太讨厌了。你碰我时，我很不情愿。每天晚上我必须鼓起勇气去亲你。我还得攥紧拳头，逼着自己去碰你的脸。"此刻，她处于极度焦虑中，手指反反复复地攥紧又松开；她的声音已经失控了。"我知道现在是我不对。我很蠢，也很歇斯底里。我以为自己可以克服。然而我不能，我永远也做不到。我是自作自受；我愿意承担这些后果；如果你必须让我留下，我会留下，但是我会死的。我求你让我走吧。"

此刻，她忍了很久的眼泪一下子涌出眼眶，她失声痛哭起来。盖伊从未见她哭过。

"当然，我不想强迫你留在这儿。"他声音嘶哑。

她疲惫不堪地靠在椅子上，整个脸已经完全扭曲变形。往日平和的脸此时看上去痛不欲生，让人看了心痛。

"我很抱歉，盖伊。我毁了你的生活，我也毁了我的。我们本应该很幸福的。"

"你想什么时候走？周四？"

"是的。"

多丽丝可怜巴巴地看着盖伊。他双手捂着脸。最后，他抬起头。

"我太累了。"他喃喃说道。

"我可以走了吗？"

"可以。"

大概有两分钟，他们坐在那里，一言不发。她离开时，壁虎发出刺耳而又嘶哑的叫声，极为奇怪，像是人类的哭声。盖伊站起身，走到凉台上。他倚着柱子，看着缓缓流淌的河水，听见多丽丝走进了自己房间。

第二天早上，他起得比平时要早，走到多丽丝门前，敲了敲门。

"怎么了？"

"我今天要去河上游，要很晚才回来。"

"知道了。"

她看出来了。他故意让自己一整天都在外面忙活，免得看到她收拾行李的场面。收拾行李的过程真是让人肝肠寸断。装好衣服之后，她又环顾了整个客厅，瞧了瞧属于她的东西。把它们都带走太绝情了。除了她妈妈的照片，多丽丝将其他东西都留下了。盖伊直到晚上十点才回来。

"很抱歉，我没能回来吃晚饭。"他说，"我去的那个村子，村长有很多事要我处理。"她看到他来回扫视着房间，发现她妈妈的照片不在原来的位置了。

"一切都准备好了吗？"他问道，"我已经吩咐过船夫，让他天亮在楼梯那里等着。"

"我告诉仆人，让他明早五点叫醒我。"

"我应该给你点钱。"他走向桌子，写了张支票，又拉开抽屉，拿了一些现金，"这些钱够你到新加坡，在那里你可以兑换这张支票。"

"谢谢你。"

"你想让我和你一起去河口吗？"

"不了，我想我们在这里告别比较好。"

"好吧。我想我应该回房间了，我今天累坏了。"

他甚至都没有碰一下她的手，径直进了自己房间。过了几分钟，多丽丝听见他重重地躺到了床上。她坐了一会儿，最后看了看这个房间。这个房间曾带给她无上的幸福，也曾经让她伤心欲绝。她深深地叹了口气，站起身，走进自己的房间。她把一切都收拾好了，只留下一两件今晚用的东西。

仆人叫醒他们的时候，天还没亮。他们赶紧穿衣服，等收拾完，仆人已经把早饭准备好了。不久，他们听到船到了平房下面的码头，仆人把多丽丝的行李拿了下去。俩人都没心思吃东西。黑夜逐渐褪去，河流依然一片幽暗。天还没亮，但黑夜已经过去了。一片寂静中，当地人在码头上说话的声音格外清晰。盖伊看了一眼自己妻子丝毫未动的早餐。

"如果你吃完了，我们就下去吧。我想你该出发了。"

多丽丝没说话，起身走进自己的房间，最后检查一遍有没有忘了东西。随后她和盖伊并肩走下了台阶，顺着一条蜿蜒小路走到河边。在码头，当地警卫队穿着整洁的制服，排成一列。多丽丝和盖伊经过的时候，他们举枪行礼。她走上船的时候，领头的船工伸手去扶她。她回头看着盖伊，想最后说点儿话安慰他，再一次请求他原谅，但如鲠在喉、有口难言了。

他伸出手来。

"再见了，一路平安。"

他们握了下手。

盖伊朝那个领头船工点了点头，接着小船就开走了。晨曦逐渐漫过朦朦胧胧的河流，但黑暗依然蛰伏在幽暗的丛林间。他一直站在码头，直到船消失在清晨的阴影中。他叹了口气，转身离开了。警卫队再次向他致敬，他漫不经心地点了点头。但一回到平房，他立刻叫来了男仆。他在房里四处搜寻，挑出了所有多丽丝的东西。

"把这些东西都放起来。"他说，"留在这儿不好。"

之后，他坐在凉台上，看着天光逐渐放亮，就像是一种苦涩却无法释怀的痛苦。最终，他看了看自己的表，是时候去办公室了。

下午他睡不着，头疼得厉害，索性就拿了枪到丛林里去了。他什么也没猎到，只是想走一走让自己累一点。他迎着落日回到家，喝了两三杯饮料，然后就到了更衣吃饭的时间。现在没必要收拾了，舒服自在就好；他穿上一件当地人穿的宽松外套和一条笼纱。多丽丝到来之前，他经常这样穿。他光着脚，无精打采地吃完了晚饭。仆人收拾好餐桌，离开了。盖伊坐下来读《闲谈者》。平房里很安静，他读不下去，就把报纸放在膝盖上。他身心俱疲，无法思考，脑子里一片空白。那晚壁虎很聒噪，它们沙哑而又突兀的叫声好似在嘲笑他。你很难想象，这么小的喉咙发出的声音居然能在空中这样回荡。这时，他听到了轻微的咳嗽声。

"谁在那儿？"他大喊。

咳嗽声停止了。他朝门口望了望。壁虎发出尖锐的嘲笑。一个小男孩悄悄走进来，站在门槛上。这是一个混血儿，穿着破旧的汗衫和笼纱。那是盖伊的大儿子。

"你想干什么？"盖伊问道。

男孩儿走进房间，盘腿坐下。

"谁让你来这儿的？"

"我妈妈让我来的，她问你需要什么吗？"

盖伊目不转睛地看着他。男孩不再多说什么，坐下一面等，一面怯生生地看着地面。盖伊用手捂住脸，陷入痛苦的沉思。有什么用呢？一切都完了。完了！他妥协了。他坐回椅子里，深深地叹了口气。

"告诉你妈妈，收拾一下你们的东西。她可以回来了。"

"什么时候？"男孩面无表情地问道。

盖伊那张逗人的、长满雀点的圆脸上流下了行行热泪。

"今天晚上。"

天涯末路

　　诺曼·格兰奇家里有个橡胶种植园。天不亮他就起床了，先去给种植园里的工人点名，然后围着庄园转一圈，检查机器是否都已准备妥当。工作完成后他就回家洗澡、换衣服，和妻子面对面吃一顿丰盛的饭，这种在早饭和午饭之间的餐在婆罗洲被称为早午饭。格兰奇边吃饭边看书。餐厅里光线阴暗，有磨损的银具、破旧的调味瓶，还有切碎的饭菜，完全是穷人家的样子，而且穷得已经漠然了。桌子上再放几朵花会显得好看一点，但显然没人在乎身边是什么样子。格兰奇吃饱之后，打了个嗝，又把烟斗填满，点上，随即起身走到了凉台上。他没多看妻子一眼，好像她不存在一样。他在一张长藤椅上躺下，继续看书。格兰奇夫人伸手从香烟罐里拿了一支烟，边喝茶边抽烟。她忽然向外面张望，原来是家里的仆人走上了台阶，还带着两个男人来找她丈夫。一个是迪亚克人，另一个是中国人。这里很少有陌生人来，她不知道他们要干什么，就站起身，走到门口听他们说话。虽然她在婆罗洲生活了许多年，但还是不知道如何跟这些仆人相处，而且只能大概听懂他们的话。从丈夫的语气中，她得知出了些事，惹他生气了。他像是先问了那个中国人一些问题，又问了迪亚克人；看起来，他们在逼着丈夫做一些他不想做的事；不过，最后格兰奇皱着眉头从椅子上站起来，跟着他们走下台阶。她很好奇他要去哪儿，就偷偷溜到了凉台上去看个究竟。格兰奇走上了那条通往河边的路。她耸了耸瘦削的肩膀，进了自己的房间。不久格兰奇突然喊了她一声，吓了她一跳。

"维斯塔。"

她走了出来。

"备好一张床，码头上有条马来帆船，里面有个白人，病得很厉害。"

"他是谁？"

"我怎么可能知道？他们带过来的。"

"家里不能住其他人。"

"闭嘴，照我说的做。"

他转身离开，继续朝河边走去。格兰奇夫人把仆人叫来，吩咐他铺好阿空房里的床，然后就站在台阶上面等着。过了一会儿，她看到丈夫回来了，身后跟着一群迪亚克人，用床垫抬着一个男人。她站到一旁，让他们过去，顺便瞟了一眼那个白人的脸。

"我该做点什么？"她问格兰奇。

"先出去，别说话。"

"你说话可真客气啊。"

他们把那个白人架进房里，过了两三分钟，格兰奇和那些迪亚克人就出来了。

"我去看看他的行李，然后把它们带过来。他的仆人在照顾他，你就不用进去了。"

"他怎么了？"

"得了疟疾。船工觉得他活不长了，不想让他上船。他叫斯凯尔顿。"

"他真的快死了吗？"

"要是死了埋了就行。"

但是斯凯尔顿活了下来。第二天他醒过来，发现自己在一个房间里，躺在一张床上，上面还挂着蚊帐。他完全不知道自己在哪儿。身下是一张廉价的铁床，床垫很硬，但是比马来帆船的床舒服多了。他看到房间里几乎没什么东西，只有一个五斗柜，大概是当地工匠打的，很粗糙，还有一把木椅子。对面就是门口，拉着门帘，他猜从这个门可以到凉台。

"阿空。"他叫了一声。

门帘被拉到一边，他的仆人走了进来。看到主人退了烧，这个中国人露出了笑容。

"好多了您，老爷。很高兴我。"

"我究竟在哪里？"

阿空解释了一番。

"行李都在吗？"斯凯尔顿问道。

"是的，都在。"

"这位伙计叫什么——就是这房子的主人？"

"诺曼·格兰奇先生。"

为了证明自己的话，阿空让斯凯尔顿看一本小书，上面写着它主人的名字，确实是格兰奇。斯凯尔顿发现，这书是培根的散文集。在婆罗洲河流上游的种植园主家里发现这本书，让人心生好奇。

"告诉他，我想见他。"

"老爷刚出去，过一会儿才回来。"

"我能洗个澡吗？老天爷，我还想刮一下胡子。"

他努力从床上爬起来，但是眼前一阵眩晕，他大叫了一声，重重地躺了下去。阿空只好帮他洗了澡，刮了胡子，还给他换下了从生病以来一直穿着的短裤和汗衫，穿上了笼纱和新衣服。洗漱完毕之后，他很乐意一直躺着不动。不久，阿空进来说，房子的主人回来了。先传来了一阵敲门声，随即进来了一个身材魁梧的男人。

"听说你身体好多了。"他说。

"噢，好多了，您能让我住进您家里，真是天大的好心。这样拖累您，我心里真是过意不去。"

格兰奇回答得不够友善。

"没关系，你病得太重了，怪不得那些迪亚克人要把你弄下船。"

"只要我好得差不多了，我就不再麻烦您了。要是能够租到一艘快艇或者马来帆船，我今天下午就离开。"

"这里租不到快艇。你最好多待一会儿。你现在肯定虚弱得跟老鼠一样。"

"我对你们真是个大麻烦。"

"不见得吧。你有自己的仆人，他会照顾你的。"

格兰奇刚刚在庄园里转悠了一圈，还穿着脏短裤，开着卡其色衬衫的领口，头上戴着破旧的毯帽，邋里邋遢，像个流浪汉。他摘下帽子擦去眉毛上的汗珠，露出了灰色的短发；他的脸色红润，面庞宽大丰腴，一撮灰色胡茬下面有一张大嘴；鼻子虽小，却很高挺；眼睛不大却目光凌厉。

"您是否可以给我点书看看？"斯凯尔顿说。

"什么样的？"

"只要轻松易懂就行了。"

"我不大爱看小说，但我可以给你两三本。我妻子那里有，她只读小说。那都是些乱七八糟的书，可能适合你。"

他点了点头，出去了。这人不怎么讨喜，但从斯凯尔顿现在躺着的房间和格兰奇的穿着可以看出，他显然很穷；很有可能，他靠管理这个庄园只能领点微薄的工资，那斯凯尔顿和阿空在这里的花销也够让人烦心了。住在穷乡僻壤，又很少看到白人，见到陌生人难免会觉得不自在。有些人熟络了之后关系会大大改善，但格兰奇那双严厉机警的小眼睛还是会让人难以心安。他红润的脸庞和魁梧的身躯使人感觉亲近，会让人以为他性格开朗、平易近人，但这双眼睛却告诉人们：这只是一种错觉。

过了一会儿，仆人带来了一堆书。其中有半打书的作者他连听都没听过，瞥一眼就知道都是些滥书；这些一定是格兰奇夫人的；里面还有鲍斯威尔的《约翰逊传》、博罗的《拉文格洛》和兰姆的《散文》。这些书就很奇怪了，它们不像是可以在种植园主家里找到的书。大部分种植园主家里最多有一两书架的书，大部分还是侦探小说。斯凯尔顿对人性抱有好奇心，他饶有兴趣地从诺曼·格兰奇送过来的书、他的表情和两个人的谈话中揣测格兰奇先生的为人。令他惊讶的是，那天格兰奇先生就没再来探望他；格兰奇似乎觉得，能给斯凯尔顿提供食宿就够了，他对这位不速之客没有任何兴趣，无须过多来往。第二天早上，斯凯尔顿身体有所好转，可以起床了。在阿空的帮助下，他坐在凉台上的一把长椅上。这凉台该好好刷一遍漆了。这座平房坐落在山头上，离河流约有五十码；河面非常宽阔，显得对岸很小，那里当地人的房子建在桩子上，掩映在一片苍翠之中。斯凯尔顿没有心思读书，翻看了一两页，就神思恍惚。能懒洋洋地观察浑浊的河水缓缓流过，他心满意足。这时，他看到一个身材矮小的老女人朝自己走过来，意识到一定是格兰奇夫人，就挣扎着想起身。

"别动！"她说，"我就是来看看你需要的东西都全了没有。"

她身穿一条蓝色棉布裙，非常朴素，但更适合年轻点的女孩子，而不是她这个年纪的女人；她的短发乱蓬蓬的，好像起床后用梳子梳一下都嫌麻烦似的，而且染得鲜黄，只是没染好，头发根还是白的。她干燥的皮肤尽显疲态，两侧脸颊处都涂了一大团腮红，但涂得很笨，没人相信这是自然的肤色。她还胡乱涂了些口红。但最奇怪的是，格兰奇夫人会无意识痉挛，头一抽一抽的，像是在请人进屋似的。这种动作好像挺规律，大概一分钟三次，她的左手也在不停地动；不是颤抖，而是一种快速的转动，好像她想吸引你注意她身后某样东西。格兰奇夫人的打扮让斯凯尔特很意外，她下意识的抽搐又使他觉得尴尬。

"希望我没给你们添太多麻烦。"他说，"我觉得我快好得差不多了，明后天就能走了。"

"你知道，在这里很少能见到人。有个人能和我们聊聊天，对我们也是好事。"

"你不坐下？我让仆人给你拿把椅子过来。"

"诺曼说不让我来打扰你。"

"我已经两年没和白人说过话了，一直很想好好聊聊。"

她的头猛烈抽动，比平常更快，手也奇怪地痉挛个不停。

"他得再过一个小时才回来，我去拿把椅子。"

斯凯尔顿告诉格兰奇夫人自己的名字，之前一直在做什么，却发现她早就问过阿空，对自己了如指掌。

"你一定特别想回英国吧？"她问。

"要是现在就回去，我的确求之不得。"

格兰奇夫人突然发作了，那种发作只能称为"神经风暴"。她的头疯狂抽搐，手也迅猛颤抖，让人看了心惊，只能移开目光。

"我已经十六年没回英国了。"她说。

"是真的吗？为什么？我以为你们种植园主最多五年回家一次呢。"

"我们负担不起；我们已经严重破产了。诺曼把所有的钱都投进了这个种植园，已经好多年没有收益了。赚的钱只够我们维持温饱。当然，诺曼不在乎这些，他不算是真正的英国人。"

"他看起来很像。"

"他出生在沙捞越，父亲在政府工作。要说起来，他算是个土生土长的婆罗洲人。"

接着，她毫无征兆地哭了起来。格兰奇夫人仍在不断地抽搐，眼泪从那脂粉厚重的苍老的脸颊上流过，实在是凄惨不已。斯凯尔顿不知道该说些什么，也不知道该怎么做。最终他保持了沉默，这也可能是最合适的做法了。她擦干眼泪。

"你一定认为我老太婆很蠢。我有时候也很奇怪，这么多年了，我一直哭哭啼啼的，大概是天性吧。我以前在舞台上也是这样，想哭就能哭出来。"

"噢，你以前还登过舞台？"

"是的，那是在结婚之前，也是那个时候遇到诺曼的。我们当时在新加坡演出，他在那里度假。现在我再也见不到英国人了。我得在这里待到死，每天看着那条讨厌的河。我永远也走不了了，永远。"

"你怎么会去新加坡呢？"

"那时战争刚结束，伦敦没有适合我的演出。我在舞台上待了很多年了，演烦了小角色；经纪人告诉我，一个叫维克托·帕里斯的人要组个剧团去东方。他的妻子演主角，我可以演女二号。他们大概有五六个剧目，都是喜剧，还有恶搞剧。薪水不高，可是他们要去埃及和印度，还有马来一些州和中国，然后往南到澳大利亚。能有机会看看世界，我就答应了。我们在开罗的演出效果不错，在印度也挣到了钱，但是在缅甸演得不好，暹罗更差；在槟榔屿演得一塌糊涂，在马来其他州也是如此。有天维克托把我们叫到一起，说他破产了，没挣到我们回英国的路费，这场巡演最后算是失败了，他很抱歉，但我们必须尽力回国。当然，我们就说他不能这样对我们。你不知道当时吵成啥样了。反正他说那些布景和道具，我们想拿什么都可以，要钱没用，他死活拿不出来。第二天，我们发现，他跟他的妻子一声不吭，就坐上去法国的船，溜了。我跟你说，我当时很惨，只有攒下的一点工资，那是我所有的积蓄了；有人告诉我，要是我们实在没钱，政府会送我们回去，只能坐统舱，我不太想那样。我们让媒体把这倒霉事给捅了出去，有人建议我们进行一场义演。我们也确实义演了一场，可没有维克托和他的妻子，我们也成不了事。扣除了演出费，我们没比以前好多少。我算是没办法了。跟你说实话，就是那个时候，诺曼向我求婚了。最搞笑的是，我那时并不了解他。他开车带我在岛上转了几圈，我们在欧洲大酒店喝了两三次茶，跳过舞。男人做事从不会毫无企图、无缘无故的，我以为他只是想找点乐子。这种情况我也见多了，心想要是他能得手，也算他有本事。他向我求婚的时候，我很惊讶，都不敢相信自己的耳朵。他说他在婆罗洲有自己的庄园，稍微花点工夫，就能大赚一笔。那庄园在一条大河边，周围都是丛林。听起来好浪漫啊。我年龄也一天天大了，你知道，我那时三十了，再继续找工作也不容易，能有一幢自己的房子什么的，太有吸引力了。再也不用到经纪人的办公室门口晃悠了，再也不用半夜睡不着、琢磨下周怎么交房租了。那时候他长得不错，棕色的皮肤，人高马大，很有男人味。谁也不能说，我随便什么人都愿意嫁，只要……"说到这她突然停住了，"他回来了。别说我们见过。"

她拿起一直坐着的椅子，迅速溜进了房子。斯凯尔顿很困惑。她外表那么古怪，哭得那么伤心，一边抽搐一边讲她的人生故事，一听到院子里丈夫的声音就吓成那样，忙不迭地就逃走了，这一切都让他一头雾水。

过了几分钟，诺曼·格兰奇迈着重重的步子走到凉台上。

"我听说你好点了。"他说。

"好多了，谢谢。"

"如果你想和我们一起吃早午餐的话，我会给你留个位子。"

"我很乐意。"

"好的。我要去洗个澡，换身衣服。"

他走开了。不久，一个仆人走进来告诉斯凯尔顿，老爷在等他。斯凯尔顿随着仆人走进一个狭小的客厅，为了凉快，百叶窗拉了下来。这房间太过拥挤，里面摆满了各式各样的家具，英式的、中式的都有，临时茶几上堆满了废品，一看就让人很不舒服，也不凉爽。格兰奇换上了当地人的纱笼裤和巴汝衣，显得粗鲁却很健壮。他向夫人介绍了斯凯尔顿，俩人握手寒暄，像从未见过一样。仆人说饭已经准备好了，他们便走进了餐厅。

"我听说，你在这破地方待了一段时间了。"格兰奇说。

"两年了。我是个人类学家，想研究与文明隔绝的部落的生活方式和风俗习惯。"

这家人虽收留了他，但并不情愿，斯凯尔顿虽然能感觉到，可也别无他法，他觉得自己应该把身不由己的落难经历一五一十告诉格兰奇。其实，他离开村庄的营地之后，在陆路走了十来天才到河边。他雇了两艘马来帆船去海边，自己和行李用一艘，另一艘给他的中国仆人阿空和宿营设备。以前他在野外长途跋涉都过得极为艰苦，这回他却发现，用破草席搭个凉棚，再铺上床垫，躺在上面，格外舒适自在。出门之后，斯凯尔顿身体一直很好，沿河而下的时候，他只觉得是自己运气不错。之所以庆幸自己以前运气好，也是因为他当时已经意识到，他不像以前那样舒服了。前一晚在长屋，也就是他宿营的地方，确实有人劝他喝了很多烧酒，但他都习惯了，也不觉着头疼。可那会儿，他觉得自己全身乏力，只穿短裤和汗衫觉得冷；这很奇怪，因为外面的太阳热辣辣的，船舷热得烫手。要是手边有件大衣的话，他就穿上了。他觉得越来越冷，不一会儿牙齿就开始打冷战；他整个人蜷缩在床垫上，浑身发抖，像是只有这样才能取暖似的。他大概也猜到了这是怎么回事。

"上帝啊。"他呻吟道，"疟疾。"

领头船工正在掌舵，斯凯尔顿把他喊过来。

"叫阿空过来。"

领头船工朝第二艘船喊了几声，又命令自己的桨手停下。不久两艘船就靠到了一起，阿空迈了进来。

"阿空，我发烧了。"斯凯尔顿喘着粗气说，"把药箱拿过来，还有，我的上帝啊，给我几条毯子。我快冻死了。"

阿空让斯凯尔顿服下了很大剂量的奎宁，把所有衣被都给他盖上。他们再次出发。

他们停船过夜的时候，斯凯尔顿病得太厉害了，没法上岸，就在船上过得夜。接下来两天，他的病情没有好转。有时候一两个船工会去看看他，船工头领经常待在那儿，若有所思地盯着他看。

"还有多久能到海边？"斯凯尔顿问仆人。

"四到五天。"他犹豫了一下，"船工头说，他海边不去。他说，他回家。"

"让他去死吧。"

"船工头说，你病得厉害，快死去。他去海岸，如果你死，他麻烦。"

"我还没想死呢。"斯凯尔顿说，"我会好的，这只是普通的疟疾而已。"

阿空没作声。他的沉默惹怒了斯凯尔顿。他知道中国人向来有话会憋在心里。

"有话快说，蠢东西。"他喊道。

阿空只好如实相告，他的心沉了下去。当晚他们到了停靠的地方，领头船工就会问他要钱，并在黎明之前开着两艘马来帆船溜走。他不敢载着一个快死的人走太远。

斯凯尔顿如果极力坚持，或许管用，可他已经没有那个力气了；他只能多给头领一点钱，希望他继续按合同行事。阿空和头领吵了一整天，晚上他们停船休息的时候，头领沉着脸告诉斯凯尔顿，他不能跟着他们往前走了，还告诉他附近有一座长屋，他可以先住在那儿，把身体养好。头领正说着就开始动手卸他的行李，但斯凯尔顿不肯下船，他交给阿空一把左轮手枪，告诉他谁敢靠近就威胁杀了他。

阿空、船员和头领都去了长屋，把斯凯尔顿一个人留在了船上。时间一个小时一个小时地过去，他躺在那儿，身体灼热，嘴唇焦干，头脑一片混乱。随后他看到了亮光，还听到了几个男人说话的声音。阿空和头领走进来，还带着另一个男人，斯凯尔顿从未见过这人，是从旁边长屋来的。他费了很大劲儿才听懂阿空的话。好像是说往下游再开几个小时，那里住着一个白人，要是斯凯尔顿愿意，船工头领可以把他送到那儿。

"你同意他好。"阿空说，"那白人可能有快艇，我们靠岸早点。"

"他是谁？"

"一个种植园主。"阿空说，"伙计说，他有个橡胶园。"

斯凯尔顿筋疲力尽，不想继续争执了，只想睡觉。他妥协了。

"说实话，"他最后说，"我昨天早上醒来，发现我变成了这里的不速之客，在此之前的事情，我就只记得这些了。"

"你知道的，我不怪那些迪亚克人。"格兰奇说，"我上了马来帆船，一看你那个情形，就知道你病得不行了。"

斯凯尔顿自述经历的时候，格兰奇夫人一直默不作声，她的头和手很有规律地抽搐着，像是有只隐形的闹钟在控制她。格兰奇只跟她说过一次话，是问她要伍斯特酱，她又不自觉地猛抽起来，让人看了害怕。她把伍斯特酱递给他，一言不发。斯凯尔顿有种很不舒服的印象，她很害怕格兰奇。这就怪了，格兰奇怎么看都不像个坏人。他知识渊博，脑子也不笨，虽然说不上态度热情，但也乐意做些力所能及的事。

天气很热，他们吃完了饭，就各自休息了。

"六点太阳落山的时候，我们再见。"格兰奇说。

斯凯尔顿好好睡了一觉，洗了个澡，读了一会儿书，然后走到凉台上。格兰奇夫人走过来，像是一直在等他。

"他从办公室回来了。我不跟你说话，你不要觉得奇怪。要是他觉得我想留你在这儿，他明天就会把你撵走。"

她小声说完这些，就溜回了屋子，斯凯尔顿大吃一惊。他就这样阴差阳错地进入了一个莫名其妙的家庭。他走进拥挤不堪的客厅，见到了房子的主人。从客厅的陈设一望而知，这家人一贫如洗，斯凯尔顿不免担心，他们能否负担得起收留自己的那点花销。他已经有了一种印象，格兰奇急躁易怒而且生性多疑，如果自己主动帮他，不知道他会如何反应。斯凯尔顿决定冒险一试。

"我有话要说。"他对格兰奇说，"看来我还得打扰你们几天，如果我在这里的吃住你让我自己承担，我心里会好受一点。"

"噢，没关系，你住在这儿花不了多少钱，这房子抵押出去了，你吃饭也没多少钱。"

"不管怎么说，我还喝了你的酒，你商店里的烟草我也用了不少。"

"我们这里一年也来不了一个人，能来的也就只有地方官什么的，我都破产成这样了，也不在乎这一点了。"

"那这样吧，你愿意要我的野营装备吗？我不想要了，如果你喜欢我哪支枪的话，我也愿意给你。"

格兰奇犹豫了。那双狡猾的小眼睛中闪过一丝贪婪。

"如果你给我一支枪，就可以顶你很多天的吃住。"

"那就这样说好了。"

依照东方习俗，他们一起欣赏日落，还聊了威士忌和起泡葡萄酒。聊天时他们发现彼此都会象棋，还下了一局。格兰奇夫人一直到晚饭时分才来。晚饭很单调，汤寡淡无味，河鱼也没什么味道，牛排煎得太硬，还有一份焦糖布丁。诺曼·格兰奇和斯凯尔顿喝啤酒，格兰奇夫人喝水。她从未主动说过一个字。斯凯尔顿又有了那种不舒服的感觉：她怕自己丈夫怕得要死。有一两次，斯凯尔顿出于礼貌，也跟她说两句，给她讲个故事或问她问题，想自然而然地让她加入谈话。但很明显，这只会让她非常痛苦，她的头疯狂地抽搐，手也猛烈地痉挛，斯凯尔顿觉得还是让她随意的好。吃完饭，格兰奇夫人站起身。

"你们两位好好喝点波尔图葡萄酒吧。"她说。

她走出房间的时候，他们都站了起来。在婆罗河这样的穷山恶水，看到有人刻意保持着这种社交礼仪，会让人觉得很荒谬，甚至罪恶。

"还有，这里没有波尔图酒了，可能还剩下一点本尼迪克特甜酒。"

"噢，不用麻烦了。"

他们聊了一会儿，格兰奇开始打哈欠。他每天天不亮就起床，到了晚上九点就困得睁不开眼睛了。

"好，我得去睡了。"他说。

他只冲着斯凯尔顿点了点头，没多客气就走了。斯凯尔顿躺在床上，难以入睡。虽然热气逼人，但他睡不着并不是因为天气炎热。他总觉得，这房子，还有住在这房子里的那两个人，有点莫名其妙的恐怖。斯凯尔顿不知道是什么使他如此不安，他只知道，要是能离开这座房子和那对夫妇，他会求之不得，而且离得越远越好。格兰奇说了不少自己的事情，但斯凯尔顿也没多了解到什么。不管从哪方面说，他只是一个时运不济的种植园主。战争结束之后，他立马买了地，种上树；橡树结果的时候，经济危机爆发，自那以后庄园就一直惨淡经营。庄园和房子差不多都抵押了，橡胶能卖了，但所得全部交给了抵押人。在马来西亚，这是寻常事。格兰奇的奇特之处是他没有祖国。他出生在婆罗洲，和父母一直住在那儿，等到了上学的年龄就去英国上学了；十七岁的时候，他回到婆罗洲，除了战争时去过美索不达米亚，他再也没有离开过这里。对他来说，英国没有任何意义，他在那里没有亲人，也没有朋友。大多数的种植园主，比如政府人员，都来自英国，他们有时放假会回去，也盼着退休能回国定居。但是英国能给诺曼·格兰奇带来什么呢？

"我生在这里。"他说，"也会死在这里。在英国我是个陌生人，我不喜欢他们的生活方式，也听不懂他们在说什么。不过，我在这里也是个陌生人。对于马来人和中国人来说，我是个白人，就算我的马来语和他们说得一样好，他们也一直觉得我是白人。"然后他说了一句话，很耐人寻味："当然，要是我有头脑，娶个马来姑娘就好了，再生五六个混血儿。对我们这些土生土长的人来说，这是唯一的出路了。"

格兰奇的苦恼不仅仅在于他窘迫的经济状况。他对殖民地的白人都没什么好感，总觉得那些人瞧不起土生土长的他。这是一个心灰意冷而又自命不凡的人。他向斯凯尔顿展示了自己的书，书不多，却也都是英国文学中的精品；这些书他读了一遍又一遍，但看起来并没有学到书中的慈悲和善意，也没有为书中的美所打动；书读百遍只使他变得更加自负。从外表看他真诚爽朗，是个地道的英国人，与他的内心相去甚远；你会禁不住怀疑，那外表下掩藏着一个邪恶的人。

第二天一大早，为了享受一天中的凉爽时刻，斯凯尔顿带着书和烟斗坐在屋外的凉台上。他的身体还是很虚弱，但已经好多了。过了一会，格兰奇夫人来找他，手里拿着一本相册。

"我想让你看一些我以前的照片，还有新闻报道。你可别以为我一直就长这样子。他出去巡视了，再过两三个小时才能回来。"

格兰奇夫人还是穿着昨天那条蓝裙子，头发还是那么蓬乱，却不知为何格外兴奋。

"能让我想起过去的只有这些了。有时我觉得活不下去了，就会看看我的相册。"

斯凯尔顿一页一页翻看相册的时候，她就坐在旁边。这些报道都来自地方报纸，格兰奇夫人当年的艺名显然叫作维斯塔·布莱斯，因为这个名字下面都小心翼翼地画了横线。看照片就知道，虽然长得有点俗气，但她当年也算美人坯子。她演过音乐剧、滑稽剧、闹剧和喜剧，从照片和报道中不难看出，这个平庸的女孩凭借漂亮的脸蛋和曼妙的身姿走上舞台，勉为其难地演绎了一段平淡无奇而又低俗不堪的表演生涯。格兰奇夫人看着照片，饶有兴致地读那些报道，像是从来没见过一样。她的头在抽搐，手也在痉挛。

"在演艺界要有影响，可我没有。"她说，"如果给我机会，我会做得很好。毫无疑问，我运气不好。"

这一切简直惨不忍闻，还有些可悲可叹。

"我敢说你现在过得好点了。"斯凯尔顿说。

她一把从斯凯尔顿手里抢过那本相册，"砰"的一下合上了。她又疯狂地抽搐起来，吓得人不敢直视。

"你说这话是什么意思？你知道我在这过的是什么日子吗？要不是我知道他想让我死，我很多年之前就自杀了。报复他唯一的办法就是活着，我要活下去；我不能死在他前头。噢，我恨他。我老想毒死他，可我又害怕。其实我不知道该怎么下毒，再说要是他死了，那些中国人就会收走抵押的东西，还会把我赶出去。那时我该去哪里呢？在这个世界上，我一个朋友也没有。"

斯凯尔顿惊得瞠目结舌，一个念头闪过他的脑海：她疯了。他不知道该说些什么，格兰奇夫人用犀利的眼神扫视了他一下。

"我猜，我说的这些话会让你觉得很吃惊。我就是这个意思，你知道，每句都是真心话。他也想杀了我，可他不敢。他很清楚该怎么杀我。他出生在这儿，知道马来人是怎么杀人的，这个国家没有他不知道的事。"

斯凯尔顿硬逼着自己说了两句。

"格兰奇夫人，你知道，我在这儿完全是个陌生人。把我不需要知道的事情全都告诉我，你不觉得这很不明智吗？毕竟，你们的生活很封闭，容易惹怒对方。现在情况好转了，你会有机会回一趟英国的。"

"我不想回英国，我没脸让他们看到我现在的样子。你知道我多大岁数了？四十六了。我知道，看上去像六十。所以我才让你看那些照片，不然你会以为我一直是现在这副样子。噢，上帝啊，我这辈子算是给糟蹋了！他们都说东方有多浪漫，让他们去享受好了。我宁可在乡下剧院里管管服装，当个清洁工，打扫卫生，也比现在好。我到这里之前，我一直活在人堆里，从没孤单过；现在一年到头连个说话的人都没有，你不知道那是什么滋味。什么都得憋在心里。除了这个世界上你最讨厌的人，再就见不到一个人，一天又一天，一周又一周，十六年了，你知道这是什么滋味吗？和一个看都不愿看你的人一起生活十六年，你会是什么感觉？"

"唉，没那么糟糕吧。"

"我说的都是实话，为什么要骗你呢？我们再也不会见面了，你怎么想我都无所谓。要是你上了岸，把我的话跟人说了，会怎么样？他们会说：'天哪，你不会真和那些人住在一起吧？我真可怜你。那男的是个外来户，那女的疯疯傻傻，有抽搐病，像是裙子上沾了血，老想擦掉一样。他们闹了档子滥笑话，谁也不知道是怎么个情况；这事很早了，那时这里还是荒地。'没错，确实是档子滥笑话。我正要跟你说道说道。他们在俱乐部就等着听我们的笑话呢。你可以好几天不用付酒钱了。该死的，噢，耶稣啊，我恨透了这个国家。我恨那条河，我恨这座房子，我恨那些该死的橡胶。那些下作的当地人我讨厌得要命。可我往后的日子就得面对这些——直到我死，没有医生照顾我，也没有朋友握握我的手。"

她歇斯底里地大放悲声，哭号起来。格兰奇夫人讲话居然有这样强烈的戏剧感染力，斯凯尔顿真是始料未及。她嗓音嘶哑，含讥带讽，跟她的痛苦生活一样，听了让人难过。斯凯尔顿还年轻，不到三十岁，不知道该怎么应对这种尴尬的局面。不过，他也不能一言不发。

"非常抱歉，格兰奇夫人。希望我能帮你做点什么。"

"我不是来找你帮忙的，没人帮得了我。"

斯凯尔顿忐忑不安。格兰奇夫人的话让他怀疑，她可能卷进了一桩神秘的恐怖事件，也许向他一吐为快能使她释怀。

"我不想插手与我无关的事，但是格兰奇夫人，如果你告诉我你刚才提到的事，就是你说的那件档子滥笑话，能让你心里好受些，我以我的名誉起誓，绝不会告诉任何人。"

她突然不哭了，上上下下打量着他，打量了很久。她犹豫了。斯凯尔顿感觉格兰奇夫人话到嘴边，不吐不快了。但她最终还是摇了摇头，叹了口气。

"说出来也没用了，怎么也帮不了我了。"

她站起身来，丢下斯凯尔顿走了。

午饭时候，只有两个男人在饭桌上。

"我的妻子让我转达她的歉意。"格兰奇说，"她头疼病犯了，今天一直躺在床上。"

"噢，我很难过。"

斯凯尔顿注意到，格兰奇扫视自己的眼神中充满了猜疑和敌意。他脑中闪过一个念头：格兰奇不知怎么发现她找过自己，还可能说了些不该说的话。斯凯尔顿努力想找点话题，可格兰奇一直不搭话。一直到吃完饭，餐桌上一片沉默，直到格兰奇起身，才说：

"你今天看起来身体不错，我猜你也不想继续待在这鬼地方了吧。我已经传话到河对面，安排了两艘马来帆船送你到海边。他们明早六点会在这儿等你。"

斯凯尔顿现在能确定他没猜错。格兰奇已经知道他妻子口无遮拦，说得太多，他想赶紧赶走这个危险的客人。

"真是太感谢您了。"斯凯尔顿笑着说，"我已经恢复得差不多了。"

可格兰奇的眼中却没有一丝笑意，他目光冰冷，充满敌意。

"我们等会儿再下一盘棋吧。"他说。

"好，你什么时候从办公室回来？"

"今天那儿没事要忙，我不出门了。"

斯凯尔顿觉得格兰奇的话里带着一丝威胁的语气，不知道是不是自己胡思乱想。看起来似乎如此，格兰奇不让斯凯尔顿和自己的妻子独处。格兰奇夫人没来吃晚饭。他们喝了咖啡，抽了雪茄，格兰奇把椅子往后一推，说："你明天得早点出发，还是去睡吧。你走的时候，我应该已经去巡视了，所以就现在跟你道个别吧。"

"等我去拿枪，我想让你挑一支你最喜欢的。"

"让仆人去拿吧。"

仆人把枪拿来，格兰奇挑了一支，却丝毫没有表现出对这份厚礼的喜爱。

"你应该很清楚，用这支枪抵你的吃喝、烟酒绰绰有余。"他说。

"不管怎么说，你救了我的命，送你一把破枪不算什么。"

"噢，好吧。要是你这么想的话，那就是你自己的事了。不管怎样，还是谢谢你。"

他们握了握手，就各自去睡觉了。

第二天早上，行李都装到了马来帆船上，斯凯尔顿问仆人，能否在出发之前向格兰奇夫人道个别。仆人说他可以去问问。斯凯尔顿等了一会，格兰奇夫人从房间里出来，走到凉台上。她穿着条粉色的日本丝睡袍，上面缀满了廉价的蕾丝，睡袍很旧，不光皱巴巴的，还脏兮兮的。她脸上擦了厚厚的粉，两颊通红，嘴唇上抹了猩红色的口红。格兰奇夫人的头似乎比平时抽动得更厉害了，手也做着那个奇怪的痉挛动作。第一次见到这些的时候，斯凯尔顿还以为她想让别人看她身后什么东西，昨天听了她的话，才发现那姿势确实很像要擦掉裙子上什么东西。她说的是"血"。

"走之前，我想感谢你这几天的好意。"他说。

"噢，不用谢。"

"好吧，再见了。"

"我和你一起去码头吧。"

他们没走太远就到了，船夫还在收拾行李。斯凯尔顿朝河对面望去，那里有一些当地人的房子。

"这些人都是从那里来的吧，那村子看上去还挺大。"

"没有，只有那几座房子。原来那里有个橡胶园，后来破产了，园子就荒了。"

"你去过那里吗？"

"我？"格兰奇夫人喊道，"没去过。我为什么要去那里？"她的声音变得尖利，手和头也不自觉地一阵剧烈抽搐。

斯凯尔顿没话找话地问了这个问题，却不知为何让她如此激动。好在现在一切都准备妥当了，他们握手告别。他走到船上，舒舒服服地坐了下来。船出发了，斯凯尔顿向格兰奇夫人挥挥手。船驶入河道时，她突然尖叫一声："代我向莱斯特广场问好。"船夫奋力地划桨，带着斯凯尔顿划离了那恐怖的房子和那对令人反感的不幸夫妇，随着船越划越远，斯凯尔顿长舒了一口气。此刻，他很庆幸格兰奇夫人嘴边的故事没有说出来。他不想让那些愚蠢或罪恶的悲剧故事沉淀在记忆中，使自己难以摆脱。他只想忘了那些人和事，就像忘掉一场噩梦。

格兰奇夫人一直看着那两艘船，直到他们驶过弯道，离开了视野。她慢慢上了坡回到家，走进卧室。为了阻隔外面的热气，窗帘拉了下来，屋子里有些昏暗。她坐在梳妆台前，看着镜子里的自己。他们结婚后不久，诺曼就让人给她做了这梳妆台。这是当地一个木匠做的，当然，镜子是从新加坡运来的，尺寸和形状都是她自己设计的。梳妆台很大，能放下她所有梳洗打扮的东西。她盼着能有这样一个梳妆台，但一直没有。直到现在，她仍然记得第一次见到这梳妆台的时候，自己有多高兴。她搂住格兰奇的脖子，亲吻他。

"噢，诺曼，你对我真好。"她说，"能找到你这样的男人，我真是太幸运了，你说是吧？"

那时，无论见到什么，她都兴高采烈的。丛林和河水中一片生机勃勃，森林繁密茂盛，鸟儿羽毛明丽，蝴蝶斑斓炫目。她开始给房子增添一些女主人的痕迹；她把自己所有的照片都摆出来，弄了花瓶放花；她又翻出了许多小玩意儿，摆在房间各处，说是"那会让房间更有家的感觉"。她不爱诺曼，却很喜欢他；婚后生活也很幸福。她从早到晚什么也不做，听一听留声机，玩一玩接龙，读会儿小说，也不用担心未来的生活。当然，有时会觉得有些孤独，但诺曼说她会习惯的，并且保证每一年——最多两年之内带她回英国待三个月。在朋友面前炫耀自己的丈夫该多开心啊。她以为是舞台的魅力吸引了格兰奇，但实际上她没有自己说的那么成功。她想让格兰奇认识到，自己牺牲了演艺生涯，做了种植园主夫人。她声称自己认识许多明星，实际上，那些人连话都没跟她说过。回国确实要花些工夫，但她都可以搞定；毕竟，可怜的诺曼对舞台的了解并不比未出生的孩子多多少。只能这样说，如果她连这样的傻子都搞不定，那她十二年的舞台生活算是白过了。第一年，生活还不错。有一次，她以为自己怀孕了。后来证明没怀孕，他们都很失望。那以后，她开始觉得无聊。她像是每天做着同样的事情，一想到以后每天都要这样，她就觉得害怕。也就是那一年，诺曼说，他不能离开种植园，俩人为此吵了一架，当时他说的话把她吓坏了。

"我讨厌英国。"他说，"要依我，我再也不会去那个该死的国家了。"

生活太过孤寂，格兰奇夫人养成了自言自语的习惯，她把自己关在房间里，可以一连说好几个小时；眼下，她用粉扑沾一些粉，一边往脸上抹一边对着镜子说话，好像那是另一个人。

"我该意识到那个警告啊。我该坚持回去，谁知道呢，说不定我回到英国就能找到工作了。我有演出经验，其他条件也不差。我可以写信告诉他，我不回来了。"她想到了斯凯尔顿。"我真应该告诉他真相。"她继续说，"我当时没下定决心，也许他是对的，我说出来会好受一些，真想知道他听了会怎么说。"她模仿着斯凯尔顿的牛津口音："很抱歉，格兰奇夫人。真希望我能帮到你。"她咯咯一笑，那声音更像是哭泣："我好想跟他说说杰克。噢，杰克。"

结婚两年之后，来了个邻居。那时橡胶的价格很高，很多新种植园都在开发，一个大公司在河对岸买了一大片地，这家公司很有钱，凡事都办得很阔气。他们派来的管家有汽艇，只要他愿意，随时都可以开过来喝一杯。那人叫杰克·卡尔，跟诺曼完全不同；一方面，他是个绅士，上的是公立学校，读过大学；他大概三十五岁，高个子，不像诺曼那样健壮，但身材高挑，穿上晚礼服非常帅气；他留着波浪鬈发，眼中带着笑意。杰克正是她喜欢的类型。她对他一见钟情，觉得有个人可以跟她讨论英国和剧院是一种享受。杰克性情开朗，容易相处，说的玩笑话都能听懂。不到一两个礼拜，她发现与杰克相处更自在，这种感觉自跟诺曼结婚两年来从没有过。她始终没搞明白诺曼的底细。当然，他疯狂地爱着她，会把自己很多事情告诉她，但她有种奇怪的感觉，就是他有些事瞒着自己，不是故意的，只是——算了，没法解释，可能这事太怪了，他自己说不清楚吧。后来，她跟杰克熟络了之后，曾跟他提起这事。杰克说，那是因为诺曼生在马来，虽然他身上没有当地人的血统，可这个国家的一点一滴已经融入他的生命，他不再是个纯粹的白人了；他身上有了东方人的烙印。不管怎么努力，他也做不回地道的英国人了。

厨子和仆人都在各自的住处，格兰奇夫人便在这空荡荡的房子里放声自言自语。她的声音划过木地板，穿过木墙，神秘诡异，不像人的声音，而像是新酒在缸里发酵的动静。她讲故事的样子就好像斯凯尔顿就坐着面前，但又讲得不大连贯，就算他在场，恐怕也听不懂。

没多久她就发现，杰克·凯尔对她有意。她很激动。她不是朝三暮四的女人，在舞台上许多年，也不是没遇到这种事。长年累月地在外奔波，如果不给自己找找乐子，恐怕熬不过来。当然，现在她不想轻易就范，因为那会显得自己很廉价。但就现在的生活来看，要是错过天赐良机，那她绝对是个傻子；至于诺曼，唉，反正眼不见心不疼。杰克和她心有灵犀，他们知道那事迟早会发生，只需等候时机而已；现在，机会来了。但后来发生的事他们始料未及：他们疯狂地相爱了。要是格兰奇夫人真把这个故事当面讲给斯凯尔顿听，他可能会和这对男女一样吃惊。这两个人都很平凡，一个是普通的种植园主，性格开朗、敦厚善良，一个是算不上聪明的小演员，年龄也不小了，除了俊俏的面庞和匀称的身材，别无长处。刚开始两人只是自然而然地相互吸引，但很快就爱到神魂颠倒、意乱情迷的地步，使这两个肉体凡胎几乎无法自拔。俩人渴望待在一起，一旦分开，便会焦虑不安、痛苦难耐。有段时间，她觉得诺曼乏味无趣，可因为是自己的丈夫，她便一直忍着；现在他妨碍了她和杰克的好事，她对他简直厌恶到了极点。远走高飞是不可能的，杰克除了一份薪水什么也没有，他不会扔掉这份求之不得的工作。他们见一面都很难，要冒很大的风险。或许他们抓住的机会、克服的障碍都成了俩人爱情的燃料；一年过去了，他们还像刚开始那样情难自禁、如胶似漆；这一年充满了悲痛和欢乐，也充满了忧虑和狂喜。这时，她怀孕了。毫无疑问，孩子是杰克的，她为此欣喜万分。生活确实很难，难到有时她觉得自己都熬不下去了，但若是有个孩子——杰克的孩子，那一切就简单了。她打算去古晋坐月子，恰好那时杰克要去新加坡做生意，得离开几个星期；但他保证会在她离开前回来，一到新加坡也会差当地人给她捎信。信件到达的时候，她悲喜交集，心力交瘁。她从没这么思念过他。

"听说杰克回来了。"她晚饭的时候告诉诺曼，"我明早过去一趟，去拿他答应带给我的东西。"

"别了吧，他傍晚一定过来，会自己带过来的。"

"我等不及了，太想要那些东西了。"

"好吧，那就随你吧。"

她情不自禁地要说说杰克。有段时间，她和诺曼之间没什么话说。但那天晚上，她兴致勃勃，滔滔不绝，就像他们结婚头几个月一样。她平时都起得很早，六点就起了。第二天早上，她下河洗了个澡。河岸上有个小水塘，还有一小片沙滩，在凉爽清澈的水中洗澡真是赏心乐事。水塘上面的树枝上站着一只翠鸟，映在湖水中，蓝得晶莹璀璨。真美啊。她喝了杯茶后，上了独木舟，仆人划着船把她送到对岸，用了大半个小时。快靠岸了，她急不可耐地朝岸上来回张望；杰克知道她会尽快赶过来，肯定会在那等她。果不其然，他就在那里！她心里爱恨交加，悲喜交集，几乎不能自持。杰克走到码头上，扶她下了船。他们手牵手走上一条小径，躲开了仆人和岸边人家窥探的目光，然后停了下来。他伸开双臂一把搂住她，她则欣喜若狂地投进他怀里，和他紧紧依偎在一起。他吻了她，这个吻里有小别的煎熬，也有重聚的欢欣。俩人完全陶醉在奇迹般的爱情中，几乎忘了他们身处何时、身在何地。此时此刻，两人已不只是肉体凡胎，而是在圣火中结合的两个灵魂。他们什么都不想，也什么都不说。突然之间，不知哪里传来了剧烈的震感，像是打来的一记重拳，与此同时，能听到震耳欲聋的一声巨响。她懵里懵懂，又觉得害怕，于是紧抱住杰克不放，而他握住她的那只手却在抽搐；她吓得喘不过气，感觉杰克在向自己重重地压过来。

"杰克。"

她想扶他起来，可杰克身子太重，倒下的时候把她也压倒了。随后她摸到了一股热流，发现杰克的血溅了她一身，她不禁放声大哭。

这时有一双手猛地抓住她，把她从地上拎了起来。原来是诺曼。她几近疯狂，不知道这是怎么回事。

"诺曼，你干了什么？"

"我宰了他。"

她呆呆地看着他，把他推开。

"杰克，杰克。"

"闭嘴，我去找人帮忙，这是个意外。"

诺曼急急顺着小路走了。她跪下身子，把杰克的头抱在怀里。

"亲爱的。"她呻吟道，"噢，亲爱的。"

诺曼带了几个苦力回来，他们把杰克抬到屋里。那天晚上，她流产了，而且病得厉害，有好多天看上去像是没治了。等身体恢复之后，她的神经性抽搐就时常发作，直到现在。她以为诺曼会打发她走人，但他没有，他只有留下她，才能减少外人的怀疑。当地人说过一些闲言碎语，不久，地方警官就来了，问了很多问题。当地人都怕诺曼，警官从他们嘴里也问不出什么。送格兰奇夫人过河的迪亚克人也再没露面。诺曼说，是他的枪出了问题，杰克去检查的时候，枪走火了。在那个国家，人一死很快就埋掉了，等他们把人挖出来，也找不到什么东西能证明诺曼没说实话。地方警官对这事不太满意。

"这案子太可疑了。"他说，"但没有证据，我只能接受你的说法了。"

只要能离开这里，格兰奇夫人可以不惜代价，但自从得了那种神经性抽搐，她绝对没有机会谋生了。她必须留下——要么就饿死；诺曼也必须留下她，要么就被绞死。从那之后，什么也没有发生，今后也不会有什么发生。年复一年，他们疲惫的生命在无尽的岁月中消磨殆尽。

格兰奇夫人突然停下不说了。她敏锐的耳朵听到了小路上的脚步声，知道那是诺曼巡视回来了。她的头开始猛烈地抽搐，又开始不由自主地做着那个恐怖的手势。她从乱糟糟的梳妆台上找到那只宝贝口红。把口红胡乱抹在唇上后，她突发奇想，又用口红涂满了整个鼻子，看上去活脱脱成了音乐厅里的红鼻子小丑。她端详着镜子里的自己，突然放声大笑。

"让生活见鬼去吧！"她吼道。

认识布兰德夫妇很久之后，我才发现他们和菲尔迪·拉本斯坦的关系。最初结识菲尔迪之时，他就有五十岁了，而当我写下这些文字的时候，他已年过七十。这些年里他没怎么变：一头粗硬的头发虽已泛白，却依旧浓密卷曲；身形也依然挺拔，风度翩翩不减当年。毋庸置疑，他年轻的时候真像大家说的那么帅气英朗。他现在依然拥有犹太人俊秀的外表，一双深邃有神的黑色眼眸曾使多少异邦人为之倾倒。他又高又瘦，椭圆形的脸，皮肤也很干净。他穿衣很有品位，即使是现在这个年纪，穿上晚礼服，依旧是我见过的最英俊的男子。他那时胸前戴着一个黑色的大珍珠，手上戴着铂金和蓝宝石的戒指。或许他这打扮有些花哨，但你会觉得这才是他应有的性格，若非如此倒显得奇怪。

"毕竟我是个东方人。"他说，"可能自带一种粗野的奢华。"

我常常在想，菲尔迪·拉本斯坦将会是传记作品里人人艳羡的人物。他并不是什么了不起的大人物，但他将有限的生活过得犹

---

① 《异邦谷田》(Alien Corn)，出自济慈的诗《夜莺颂》。诗中描写《圣经》人物路得在丈夫死后跟随婆婆回到以色列，在"异邦的谷田中落泪"。

如一件艺术品，一件微型杰作，就像波斯的细密画，因完美无瑕而备受关注。只可惜能写进传记的素材太少了；只有些可能已经遭到损毁的书信，还有些即将离世的老年人的记忆。菲尔迪有着非比寻常的记忆力，但他是绝对不会写回忆录的，因为他觉得往事就是供个人自娱自乐的，何况他做事一向十分慎重。此外，除了马克斯·比尔博姆，我不知道还有谁能写好菲尔迪的传记。如今世风日下，人心浇薄，除了比尔博姆，再没人能够用如此温柔和同情的笔调描述这些细节，也再没人能从一无用处的琐事中捕捉到如此细腻的悲情。我很奇怪，说起来马克斯在很早之前就认识菲尔迪了，肯定比我知道的多，但他从未想过在菲尔迪这个主题上发挥自己奇异的想象力。菲尔迪天生就是马克斯笔下的人物。在我的脑海中，除了奥布里·比尔利兹，还有谁够资格为这本优雅的书配上插图？这样一来，一座三重铜甲纪念碑就此建立，将昙花一现的风姿封存于晶莹剔透的琥珀中，以飨后人。

菲尔迪在社交方面可谓"战无不胜"。他的战场正是这大千世界。他生于南非，二十岁才到英国。他有段时间在证券交易所工作，但父亲去世后，继承了一笔巨额财产，便退出商业圈，纵身于城市灯红酒绿的生活。那时的英国上流社会还很封闭，对于一个犹太人而言，想要突破壁垒跻身其中并不容易，但是在菲尔迪面前，原来的铜墙铁壁就像耶利哥的城墙一般轰然倒下。菲尔迪英气俊朗，财大气粗，酷爱运动，不失为一个风趣幽默的伙伴。他在柯曾大街有一栋房子，里面尽是无比精美的法式家具，还有一个法国厨师和一辆布鲁厄姆车。他辉煌的事业是如何起步的已经不得而知，但若能了解一二也蛮有趣的。我初次见他之时，他已久负盛名，是伦敦最聪明的人。那是在诺福克一栋富丽堂皇的豪宅里举行的宴会上，女主人喜好文学，我作为小说界的后起之秀被邀请出席；但是在座的其他宾客个个出类拔萃，让我自觉形秽。宴会上一共有十六个人，和这些内阁成员、贵妇人和世袭贵族待在一起，我感到局促不安、孤立无援，因为他们谈论的都是我闻所未闻的人和事。他们对我很客气，但更像是漠不关心，我也意识到，对女主人来说，我更多是个累赘。菲尔迪替我解了围。他挨着我坐，陪我四下走动，和我聊天。听说我是个作家，就和我聊起了戏剧和小说；知道我曾在大陆生活过很长一段时间，他又饶有兴趣地和我聊起了法国、德国和西班牙。他很喜欢和我待在一起。他给我一种印象，我俩与其他人格格不入。这使我倍感荣幸。相比之下，其他人张口闭口的政治局势、离婚丑闻以及雄鸡不愿死，等等，听来多少有些愚不可及。但即使菲尔迪打心底里对这些兴高采烈的英国贵族有一丝鄙夷之情，我相信他也只是在我面前才表现出来；回想起来，那或许只是他对我一种圆滑而含蓄的恭维罢了。我想，他自然是喜欢施展个人魅力的，我敢说，看到自己用三言两语就能给我带来极大的愉悦，他也会感到满足；但其实，除非确实是对艺术和文学抱有兴趣，他没理由大费周章地讨好我这个小说界的无名之辈。我觉得菲尔迪和我一样，从骨子里跟那个圈子格格不入，我只是个小作家，而他是个犹太人，但我很羡慕他能左右逢源、应对自如。他面对这里的一切都淡定从容、得心应手。每个人都喊他菲尔迪。他似乎永远精神饱满，从来不会担心想不出俏皮话、玩笑话和机智的应答。大家都喜欢和菲尔迪待在一起，因为菲尔迪可以为他们带来欢乐，但又不会故作高深而让他们觉得不舒服。菲尔迪为他们的生活带来了一丝东方的浪漫气息，同时也让他们觉得自己更有英国范儿。只要有菲尔迪在身边，你就永远不会觉得无聊，有他在场的话，就不用担心英国社交场合经常发生的那种让人无力招架的沉默。当冷场不可避免的时候，菲尔迪·拉本斯坦已经转入了一个大家都感到津津有味的话题。对任何聚会来说，菲尔迪都是个无价之宝。他脑袋里有取之不尽的犹太故事。他非常善于模仿，能将意第绪语的口音和犹太人的手势模仿得惟妙惟肖。他把头缩起来，装出一脸狡诈，说话油腔滑调，可以立马变身成一个拉比，一个旧衣服商人，一个脏兮兮的旅行推销员，或者一个法兰克福的胖老鸨。那真是活灵活现的真人秀。因为他自己就是个犹太人，而且老是强调这一点，所以大家都笑得很坦然，而我内心却暗暗地有些不舒服。我不太喜欢他这种幽默感，因为这对自己的种族过于残忍。后来我发现，讲犹太故事是他的拿手好戏，不论在哪儿碰到他，总会听到他讲刚刚收集的故事。

但是他在宴会上讲的最精彩的故事倒和犹太人没关系。那个故事给我留下深刻印象，至今难以忘怀，只是种种原因让我一直没能有机会讲给别人听。我之所以此时讲这个故事，是因为这个小趣闻里的人物都是维多利亚时代的名流，若是此时再不提及，未免可惜了。他说自己年轻的时候，曾有一次住在乡下，当时那房子里还住着兰特里夫人，正值芳华，是个远近闻名的美人。巧的是萨默塞特公爵夫人就住在离他们车程不远的地方，她是埃林顿骑士比武大会的"美皇后"；菲尔迪跟她略有来往，头脑中便生出让这两位女士见上一面的念头。他把这个想法跟兰特里夫人说了以后就获得了同意，随即就写了封信给公爵夫人，询问能否带着这位名满天下的美人去拜访她。他说，让这个时代（当时是八十年代）最可爱的女性向上个时代最可爱的女性致敬，可谓佳话。"当然可以带她来。"公爵夫人回信说，"不过我得提醒你，她会大吃一惊的。"他们坐着一辆双驾马车去了，兰特里夫人戴了紧贴头顶的蓝色帽子，用长长的绸带系着，正好显出她漂亮的头形，蓝色的眼睛也更加美丽；迎接他们的是一个相貌丑陋的糟老太太，圆溜溜的小眼睛略带嘲讽，直勾勾地盯着眼前这位绝代佳人。她们吃了下午茶，聊了会儿天，就坐着马车回来了。一路上兰特里夫人都没怎么说话，菲尔迪发现她正颔首垂泪。回到住处后，她径直回了房间，晚上也没有下楼吃饭。兰特里夫人第一次意识到，美貌是会枯萎的。

菲尔迪要了我的地址，我回伦敦没几天就收到了他的晚宴邀请。宴会只有六个人，一个嫁给英国贵族的美国贵妇，一个瑞典画家，一个女演员，一个知名评论家。我们品尝着珍馐美酒，谈话也是轻松灵活。宴会之后，盛情之下，菲尔迪为大家弹了钢琴。他只弹了维也纳华尔兹舞曲，后来我发现这也是他的拿手节目；音乐轻盈、悠扬、动人，很符合他慎重而又不失张扬的性格。他的演奏活泼轻快，指间自带一种优雅，毫无造作之感。从那之后，我便常常和他出现在同一个宴会中，每年他都会邀请我两三次，随着时间推移，我们更加频繁地在其他人举办的宴会上相遇。我在小说界开始崭露头角，而他则渐渐失去了往日的光环。最近几年，我时不时地会在犹太人出席的聚会上碰到他；他炯炯有神的目光停留在自己的犹太同胞身上，似乎在善意地感慨这世界居然会沦落至此。有人说他是个势利小人，我倒不这么认为；他不过在早年偶然结交了些有头有脸的人物而已。他对艺术可谓是满腔热情，和艺术家打交道最是游刃有余；因为和他们来往，他丝毫没有和头面人物打交道时那套插科打诨的做派，会让你觉得他从来就不艳羡权贵们的势派。菲尔迪的品位无可挑剔，他的朋友们也乐于向他请教。他很早就敏锐地看到了旧式家具的价值，从世代相传的阁楼里抢救出不少无价之宝，并且毕恭毕敬地把它们陈列在客厅最神圣的角落。对他而言，在拍卖行里闲逛真是美差一件；有的贵妇人既想获得一件精美的摆设，又希望能从中有利可图，这时菲尔迪总是乐意给出自己的意见。他家境殷实，性格温厚；喜欢赞助热爱艺术的人，常常不辞劳苦地为自己欣赏的年轻画家争取机会，也会费尽心力地安排不被赏识的小提琴手去富人家里演奏。但他也从来不会让自己的富人朋友失望。他的品位无可挑剔，所以尽管他待人彬彬有礼，但资质平庸的人想浑水摸鱼、谋求帮助是不可能的。他自己举办的音乐会虽然规模不大，但表演者都是精心挑选的，绝对是一场视听盛宴。

他一直没有结婚。

"我也算是个见过世面的人。"他说，"我自诩没什么偏见，人各有喜好，但我还是觉得自己没法娶一个非犹太人的妻子。说起来，穿着晚礼服去听歌剧并没有什么不妥，只是我从未想过要这么做罢了。"

"那你为什么不娶一个犹太人呢？"

（这话不是我亲耳听到的，是后来一个活泼、大胆的女人把刁难菲尔迪的经过转述给我的。）

"哦，亲爱的，我们犹太女人太能生了。一想到这个世界上到处都是小艾奇、小雅各布、小丽贝卡、小利厄、小蕾切尔，我就觉得受不了。"

但他也有过几段值得铭记的风流韵事，过往的风花雪月仍给他平添了些许魅力。他年轻时也是个情种。我遇到过一些老夫人，她们都说年轻的菲尔迪魅力无穷，简直难以抗拒；一旦起了怀旧的兴致，她们还会跟我讲起被菲尔迪迷得神魂颠倒的女人，我猜，这些迷恋菲尔迪美貌的女人，老夫人们也不忍心苛责。我曾在当时的回忆录中读到过一些贵妇人的故事，有的贵妇人我见到时就已经成了年迈可敬的老太太，正为自己在伊顿上学的孙子唠唠叨叨，桥牌打得也是一团糟；她们当年居然也为了一个英俊的犹太小伙子而满脑子的激情欲望，这事想想十分有趣。菲尔迪跟赫里福德公爵夫人有过一段恋情，搞得满城风雨、人人皆知。福德公爵夫人可是维多利亚时代末期倾国倾城、风华绝代的美人。这段感情维持了二十年。毫无疑问，在这期间菲尔迪也和别的女人藕断丝连，但和赫里福德公爵夫人的关系是最稳定的，也是社交圈所共知的。这段恋情结束之后，他竟能把这位韶华已逝的情人变成了推心置腹的朋友，可见他是何等的人情练达。不久之前，我还在一次午宴上遇到了他们两位。夫人已经是个老太太了，身材高大，气度不凡，但饱经风霜的脸上却好似戴了一张脂粉面具。聚会设在卡尔顿酒店，东道主菲尔迪迟到了几分钟。他来到之后给我们点了杯鸡尾酒，公爵夫人告诉他我们都已经喝过一杯了。

"啊，怪不得您的眼睛这么有神。"他说。

老太太疲惫的脸上泛起幸福的红晕。

我也不年轻了，已经步入了中年人的行列，不知再过多久我就必须得承认自己是个老头了；我写书、写戏剧，四处旅行，体验各种经历，我曾陷入爱河，也体会过失恋的滋味；但有件事一直没变，就是在聚会上遇见菲尔迪。战争爆发了，愈演愈烈，数百万人战死沙场，整个世界都变了模样。菲尔迪憎恶这场战争。他年纪太大没法参战，而他的德国名字也着实令他有些尴尬。但他向来小心谨慎，不会让自己遭到羞辱。老朋友们都对他很忠诚，他得以有尊严地避世而居，但又不至于完全与世隔绝。进入和平时代后，他鼓起勇气，准备好好享受战后的新世界。现在整个社会鱼龙混杂，各种派对嘈杂喧嚣，但是菲尔迪对这种新生活适应良好。他还会讲妙趣横生的犹太故事，依旧弹奏着迷人的施特劳斯圆舞曲，仍然穿梭在拍卖行，告诉新富豪们该买些什么东西好。我住在国外，但每次回伦敦我都会约菲尔迪见面。我觉得，他有些令人匪夷所思。他一点没变，没生过一天的病，似乎从来不知疲倦，而且穿着依然很讲究。他对每个人都有兴趣。菲尔迪依然思维敏捷，大家请他出席宴会不是因为旧日的交情，而是他确实难能可贵。他依然会在柯曾大街的宅子里举办迷人的小型音乐会。

他邀请我去音乐会的时候，我才发现他认识布兰德夫妇，于是写下了这些关于他的记忆。当时我们正在希尔大街参加一个盛大的晚宴，女士们上楼之后，我恰巧和菲尔迪坐在了一起。他说莉亚·玛卡特下周五晚上会去他家里演奏，要是我能去的话，他会很高兴的。

"真是太抱歉了。"我说，"我计划好了要去布兰德家。"

"哪个布兰德？"

"他们住在苏赛克斯郡一个叫提尔比的地方。"

"没想到你也认识他们。"

他看我的时候眼神有些古怪，随即又笑了笑，我也不知道他在笑什么。

"嗯，对，我们认识很多年了。在他们家做客非常舒服。"

"阿道夫是我的侄子。"

"阿道弗斯爵士？"

"听起来像是摄政时期某个家伙的名字，对吧？实不相瞒，他的名字就叫阿道夫。"

"我认识的人都叫他弗雷迪。"

"我知道，我还知道米里亚姆，也就是他的妻子，只有别人叫她穆丽尔的时候她才会答应。"①

"他怎么就成你的侄子了？"

"因为我的姐姐汉娜·拉本斯坦嫁给了阿尔方斯·布莱克戈尔，他去世的时候是阿尔弗雷德·布兰德爵士，第一代准男爵；他们唯一的儿子自然也就成了阿道弗斯·布兰德爵士，第二代准男爵。"

"这么说弗雷迪·布兰德的母亲，也就是住在波特兰街的布兰德夫人，是你的姐姐？"

"是的，我姐姐汉娜是家里最大的孩子。今年有八十岁了，身体依旧硬朗，实在是个了不起的女人。"

"我还从来都没有见过她呢。"

"我想是你的朋友布兰德夫妇俩不想让你见吧，因为她还是没有

---

① 米里亚姆（Miriam），犹太人的名字，穆丽尔（Muriel）则源自凯尔特语。

完全改掉德国口音。"

"你从没跟他们见过面吗?"我问。

"我已经有二十年没和他们说过话了。我就是个地地道道的犹太人,而他们就'太英国化'了。"他笑着说,"我记不住弗雷迪、穆丽尔这种名字,以前常常会不合时宜地把他们叫成阿道夫或者米里亚姆。他们也不喜欢我讲的犹太故事,所以说我们还是不见面的好。战争爆发之后,我不肯改名字,我们之间也就完了。现在为时已晚,朋友们一想到我,永远都只能是菲尔迪·拉本斯坦这个名字,否则我没法接受;我其实很满意,也从来没想过要变成一个史密斯,一个布朗,或者一个罗宾逊。"

虽然他说起这事似在调侃,但隐隐流露出一丝嘲讽。我模模糊糊地感到——之前我经常有这样的感觉——其实在他难以触及的内心深处,对于这些被他征服的异邦人有一种冷酷的蔑视。

"这么说你也不认识他们家的两个小伙子了?"我问。

"不认识。"

"哦,大的叫乔治。他可能不像弟弟哈里那么聪明,但是个很有意思的年轻人,我觉得你会喜欢他。"

"他现在在哪儿?"

"呃,刚被牛津停学了。现在应该在家。哈里的话,还在伊顿。"

"何不带乔治来我这一起吃个午饭呢?"

"等我问问他。我想他一定很乐意过来。"

"其实我知道这孩子,都说他老惹事。"

"这我倒不清楚。他们想让他参军,特别想让他进近卫团,但是乔治不愿意,所以就去了牛津。他不读书也不工作,大把大把花钱,就知道寻欢作乐。标准的败家子。"

"他怎么就被停学了?"

"我也不知道。没什么大不了的吧。"

正巧这时候宴会的东道主站起身来,我们也跟着上了楼。在和菲尔迪互道晚安的时候,他提醒我不要忘了邀请他的侄孙来做客。

"记得给我来个电话。"他说,"周三挺合适的,周五也行。"

第二天我就去了提尔比。那是一座伊丽莎白一世时期的大豪宅,四周的园地一片宽敞,黇鹿在悠闲地漫步,从窗户望出去是连绵起伏的草场。据我所知,目之所及的地方都是布兰德家的地产。佃户们一定认为阿道弗斯爵士是个好东家,因为我从来都没见过如此井井有条的农场,谷仓和牛棚整洁得出奇,猪圈简直像图片上的一样;酒馆看起来就像过去的英国水彩画,周围的村舍既赏心悦目,又方便宜居。照他这个标准来经营农场的话一定花费不小,好在阿道弗斯爵士花得起这个钱。花园里的参天古树(一个九洞高尔夫球场)被精心打理得像园林一样。这个宽敞的花园成为当地人的骄傲。这座豪宅有陡峭的屋顶和装了直棂的窗户,由英国最知名的建筑师修葺,内部的家具和装饰则是出自布兰德夫人之手,显示出不俗的品位和见识,风格搭配与整体建筑更是相得益彰。

"当然了,布置得都很简单。"她说,"就是乡下的一座房子而已。"

餐厅里挂着几幅表现传统英国户外运动的画作,安放着几张价值不菲的齐彭代尔式椅子。客厅里是雷诺兹和庚斯博罗的肖像画,还有老克罗姆和理查德·威尔逊的风景画。即便在我住的客房里,除了那张四柱大床,也还有一些伯基特·福斯特的水彩画。住在这么漂亮的地方实属赏心乐事,但奇怪的是,它完全没有达到穆丽尔想要追求的效果——最让她难受的就是知道这事——它丝毫不会让你觉得自己是住在一栋英国房子里。你会觉得,这房子里的每件物品都是为了整体美观而精挑细选的。在这里，餐厅墙上不会挂那种满是皇家学院风格的肖像画，旁边也不会有先辈从"大旅行"带回来的卡洛·多尔齐，更不会有老太太所画的那些让客厅显得满满当当的水彩画。这里没有维多利亚时代那种难看的沙发——就是那种一直放在那儿、没有人想把它搬走的沙发，也没有待嫁少女为大博览会不辞劳苦赶制的手工绣花椅子。在这里只有美，但没有情感。

但这里可真是个舒适的住处，客人们被照顾得无微不至！布兰德夫妇总是用最热忱的问候迎接客人！他们似乎真的很喜欢跟人来往。他们既慷慨又善良，最大的乐事莫过于招待整个郡的朋友，所以他们虽然拥有这房产不过二十余年，但早就在邻居当中有口皆碑。他们的生活如此精彩纷呈，他们把庄园经营得如此得法，这足以让人觉得，他们已经在这里生活了好几百年。

弗雷迪去过伊顿和牛津，现在五十出头，做事低调，谦逊有礼，看得出来他非常聪明，却又寡言少语。他举止得体优雅，但又不是英国式的优雅：灰白色的头发，泛白的倒三角短胡茬，炯炯有神的深色眼睛，还有一个鹰钩鼻。他个头要比一般人略高一些，看上去不像是个犹太人，倒像是位声名卓著的外交官。弗雷迪是个很有个性的人，虽然人生如此成功，但奇怪的是，他会让人觉得他有一点忧郁。他的成功都是在政治和经济领域；而在运动方面，不论他怎么努力，都表现平平。多年来他一直热衷于狩猎，但骑马却不在行，所以我想，人到中年，生意场上的压力也越来越多，对他而言，劝自己放弃狩猎也算是一种解脱。这里有一流的射击场，他还举办过不少盛大的派对，但他射击水平不怎么样；虽然园地里也建了高尔夫球场，但他从来也没能打出什么名堂。这些运动在英国是什么地位弗雷迪再清楚不过了，所以他也曾痛恨自己无能。不过乔治弥补了这个缺憾。

乔治是个"零差点"的高尔夫球手①，虽然不怎么打网球，却也比普通人打得好很多；到了拿得动枪的年纪，布兰德夫妇就开始教他射击，而他的枪法也确实不赖；两岁的时候，家人便把他扶到矮种马的马背上，弗雷迪观察儿子上马的姿势，就断定他日后打猎时冲到围栏前必定是兴高采烈，而不像自己，只觉得恶心想吐。虽然他这么多年都决意要追捕狐狸，但这种恶心的感觉让打猎成为一种折磨。乔治高挑纤瘦，浅棕色的鬈发很是俊美，眼珠特别蓝，毫无疑问就是英国青年的样板，具有这个种族极具魅力的坦率性情。乔治的鼻梁直挺，虽然鼻翼有些肥大，嘴唇也略显丰满、性感，但他有一口美丽的牙齿，皮肤也同象牙一样光滑白净。父亲将乔治看作掌上明珠，对小儿子哈里就没这么喜欢。与同龄人相比，哈里矮小敦实、肩膀宽厚，体格也稍显壮硕，而他炯炯有神的黑眼睛，粗硬的黑头发以及那个大鼻子，则暴露了他的种族。弗雷迪对他很严厉，常常显得不耐烦，但对乔治却极为溺爱。哈里有头脑，有追求，也会接手生意，可乔治才是家族继承人。乔治将会是一位英国绅士。

　　乔治主动开着敞篷车来接我，那是父亲送他的生日礼物。他开得很快，我们比其他客人先到一步。布兰德夫妇坐在草坪上，面前摆着茶点，身后是一株美丽的雪松。

　　"对了。"到了没多久我就说道，"前几天我见到菲尔迪·拉本斯坦了，他想让我带乔治去和他吃顿午饭。"

　　我在来的路上没有和乔治提这件事，因为我觉得，如果他们家族里有什么不和，我还是先跟他父母说明比较好。

　　"菲尔迪·拉本斯坦是什么人？"乔治问。

---

① 零差点（scratch），高尔夫球中的选手等级以"差点"表示，即高于标准杆多少杆。"零差点"形容一位高尔夫球手达到了顶尖水平。

人一生的辉煌真是昙花一现！对上一辈人来说，这样的问题实在是极其荒诞。

"他算是你的舅公吧。"我回答道。

我刚开始说话，乔治的父亲就瞟了妻子一眼。

"他是个招人嫌的糟老头。"穆丽尔说。

"这层关系在乔治出生之前就断了，我觉得丝毫没有必要让乔治去重建联系。"弗雷迪说得很坚决。

"不管怎么说，消息我已经送到了。"我说，觉得自己有些自讨没趣。

"我可不想见那个老家伙。"乔治说。

其他客人陆陆续续地到了，打断了我们的对话，过了一会儿，乔治就和他牛津的朋友去打高尔夫球了。

到了第二天，我们才又重新谈起这个话题。上午我和弗雷迪打了一轮不怎么尽兴的高尔夫，下午又打了几场所谓的"乡间别墅网球"。之后就和穆丽尔两个人坐在露台上。英格兰天气总是不好，所以天清气朗的日子理应比别处更美才是，而这个六月的黄昏正是个极美的时刻。蓝莹莹的天空一望无云，柔和的空气中沁着芳香；面前起伏的草原和树林绵延不绝、郁郁葱葱，远处村子里教堂的红屋顶清晰可见。在这样的日子里，能活着就已经很幸福了。零散的诗句在我的记忆中不断浮现。穆丽尔和我一直随便闲聊着。

"我们不让乔治和菲尔迪一起吃午饭，希望你不要因为这个觉得我们很可怕。"她突然说道，"他才是个讨人厌的势利鬼，对吧？"

"你觉得吗？他对我一直都很和善。"

"我们得有二十年没说过一句话了。战争期间他干下的事，弗雷迪从来没有原谅过。依我看，他一点也不爱国，人做事总得有点底线。你知道吗？他怎么都不肯改掉那个要命的德国名字。弗雷迪当时在议会，负责军需什么的，有一个德国亲戚可不是件小事，可他做事就绝到那个地步。我不明白他为什么想见乔治。乔治对他又算得了什么。"

"他岁数大了。乔治和哈里都是他的侄孙。他的钱总得留给谁吧。"

"我们宁可不要他的钱。"穆丽尔冷冷地说。

其实，我一点都不关心乔治会不会和菲尔迪吃饭，我巴不得这件事就此不提，但显然布兰德夫妇已经说过这个，穆丽尔觉得应该跟我解释一下。

"当然你也知道，弗雷迪有犹太血统。"她说。

说话间她突然朝我瞥了我一眼。穆丽尔是个金发女子，天生大骨架、容易发胖，所以花了很多工夫来控制体重。她年轻的时候非常漂亮，即使是现在，也是风韵不减；不过她稍显突出的蓝色圆眼睛、肉鼻头、脸型、后颈，以及热情洋溢的风格，都暴露了她的种族。一个英国女人，头发再怎么金黄，都不可能是这个模样。其实，她刚才的一番言论另有目的，就是希望我不要把她当成犹太人。我小心谨慎地回答道：

"现在很多人都有犹太血统。"

"我知道。但没有必要抓住这件事不放，对吧？归根结底，我们都是纯粹的英国人；不管是外貌、举止还是其他方面，没有谁比乔治更英国化了；我是说，他是一个出色的运动家，各种运动都擅长。就算他有几个犹太远亲，让他去认识这些人又有什么意义呢？"

"现如今，在英国想不认识犹太人都难，是吧？"

"是啊，我知道，在伦敦确实会遇到很多犹太人，我也觉得有些犹太人真的很不错。他们既风雅又有才华。我和弗雷迪倒还不至于要故意避开他们，那样的事我当然做不出来。我们只是不太认识犹太人罢了。搬到这里之后，更是一个也不认识。"

我由衷地佩服她说话时那种言之凿凿的样子。即便有人说，穆丽尔真的相信自己刚刚说的每一个字，我也不会感到惊奇。

"你说菲尔迪可能会把钱留给乔治。其实，我倒不相信他能有多少钱；战争之前那可能算是一笔不小的财富，现在的话可就不值一提了。另外，我们希望乔治稍长几岁后能进入政坛，要是他的钱是从一个拉本斯坦先生那儿继承来的，日后他可如何面对选民？"

"乔治对政治感兴趣吗？"我借此转换话题。

"哦，我真希望他能感兴趣。不管怎么说，他要继承家里这个选区的。这是个安安稳稳的保守党席位，总不能让弗雷迪永远在下议院操劳下去。"

穆丽尔真是不同凡响。听她的口气，这个选区的席位似乎已经在布兰德家族传了二十代。不过，她的这番话让我第一次意识到，弗雷迪的政治抱负尚未实现。

"我想，等乔治到了可以参政的年纪，弗雷迪就要进上议院了吧。"

"我们可是为这个党做了不少事。"穆丽尔说。

穆丽尔是个天主教徒，经常说起自己在修道院受教育的经历——"那些修女可真是太贴心了，我一直在说，要是我有女儿的话，一定也把她送到修道院去。"——但是她想要个英格兰国教会的仆人。周日晚上，为了能让他们去教堂，我们晚饭将就吃了点没热过的鱼和冰激凌，侍候的仆人也由四人减到俩人。饭后天还亮着，我便和弗雷迪一起去露台抽雪茄，在暮色中来回踱步。我没猜错的话，穆丽尔已经把我们之间的对话告诉他了，是弗雷迪不让乔治见舅公的，但他仍为此事感到为难，所以聊起了这个话题。不过，弗雷迪比穆丽尔更含蓄老练，说话更会拐弯抹角。他说他最近很操心乔治，儿子不肯参军，他感到很失望。

"我还以为他会喜欢这样的生活呢。"他说。

"他穿上近卫团的军服一定特潇洒。"

"一定很潇洒，是吧?"弗雷迪这话接得很自然，"可我没想到，他居然能抵抗这种诱惑。"

乔治在牛津一直游手好闲，虽然父亲给了他一大笔生活费，但他还是落得负债累累，现在又被停学了。弗雷迪虽然话说得刻薄，但我看得出来，他仍然为自己这个无可救药的儿子感到骄傲。他的这种爱，唉，英国人是做不来的，而他心里仍盼着乔治能出人头地。

"你担心什么啊?"我说，"乔治能不能拿到学位，你又不是真的在乎。"

弗雷迪笑了笑。

"是啊，我不应该在乎。我一直觉得，去牛津的话，最重要的就是让别人知道你去过了;我敢说，乔治的那些年轻朋友肯定也像他一样荒唐。我考虑的是将来的事。他真的太懒了，似乎除了玩乐，其他任何事情他都不想干。"

"你也该理解，他还年轻。"

"他对政治不感兴趣，虽然有运动天赋，但也不热衷于此。他好像大部分时间都弹钢琴了。"

"这个爱好倒是无伤大雅的。"

"哦，没错，我也不介意，可他总不能一直这么混日子吧。你也知道，终有一天，这里的一切都是他的。"弗雷迪大臂一挥，似乎要把整个郡都包括进去，不过我知道，他的产业没那么大，"我只盼着他能早日承担起自己的责任。他的母亲对他寄予厚望，我就只想让他成为一个英国绅士。"

弗雷迪用余光瞥了我一眼，好像话到嘴边又怕我笑话，所以犹豫了一下；当作家有这么个好处，就是大家都认为你无关紧要，所以有些事不便向亲友同僚说的，常常会向你吐露。弗雷迪大概觉得可以和我说说。

"你知道吗？我一直觉得，在这个世界上，只有住在自家庄园里的英国乡绅，才能完美地诠释希腊人所向往的理想生活。这种生活就像艺术品一样美。"

那个时候，英国乡绅要是没有一大笔钱安安稳稳地投资美国债券，他们的生活则举步维艰，想到这我不禁露出微笑，当然也带有一丝同情。一个犹太金融家竟有这等浪漫情怀，我觉得实在感人。

"我希望他能成为一个好地主。我希望他能积极参与经营乡间事务。我希望他能成为一个更全面的运动家。"

"可怜的傻瓜。"我心里这样想，但嘴上说的是，"那你现在对乔治作何打算？"

"我看他对外交挺感兴趣的，打算让他去德国学语言。"

"这主意不错。"

"不知怎的，他打定了主意要去慕尼黑。"

"是个好地方。"

第二天我回了伦敦，随即就给菲尔迪打了电话。

"我很抱歉，乔治周三不能过来吃午饭了。"

"那周五能来吗？"

"恐怕也不行。"我想再这么拐弯抹角地说下去也没用，"实际上，他家里人不怎么想让他和你一起吃饭。"

电话那头沉默了片刻。

"我明白了。那你周三还会过来的吧？"

"我当然会去。"我回答。

周三一点半的时候，我溜达着来到了柯曾大街。菲尔迪迎接客人向来礼貌周到，接待我的时候也没有提布兰德家的事。坐在客厅里，我不禁感叹，这一家人确实独具眼光，特别善于发现美。按今天的流行趋势来看，这个房间过于拥挤了些；玻璃橱窗里的鼻烟盒、法国瓷器，我通通欣赏不了，但毫无疑问这都是上等精品；那套路易十五的家具，配上些精美的针绣织品，一定价值不菲。我对墙上那些出自朗克雷、佩特、华托之手的法国画都不怎么感兴趣，但我看得出这些作品画技精良。对于一个见多识广的老人来说，这样的装饰再合适不过了，正适合他那个年代。突然间，门被打开了，管家宣布：乔治到了！看到我一脸惊讶，菲尔迪露出了胜利的微笑。

"很高兴你最后能来。"他握着乔治的手说。

我看到菲尔迪在暗中打量这个第一次见到的侄孙。乔治那天穿着很得体，黑色短外套，条纹裤子，还有当时很时兴的双排扣黑色马甲。这衣服只有又高又瘦、肚子还很平坦的人才能穿出优雅的感觉。我敢肯定，乔治用了哪位裁缝、买了哪家的服饰用品，菲尔迪都知道得一清二楚，而且还很欣赏他的选择。乔治相貌英俊，身形修长，穿衣服也很有品位，看起来自然极为帅气。我们去了餐厅。

菲尔迪对这些俗套的社交礼仪轻车熟路，很快就让乔治放松下来了，但我看得出，他正观察着这小伙子；接着，不知道为什么，他开始讲起他的那些犹太故事，一边饶有趣味地讲，一边生动传神地模仿。我注意到，乔治脸红了，虽然礼貌地赔着笑，但笑声中略带尴尬。我真的想不通，老练的菲尔迪怎么会做出这么失策的事情。他看着乔治，故事一个接一个地说个没完，似乎没有要停的意思。我在琢磨，他是不是故意让这个年轻人感到尴尬，从中获得一种恶毒的快感，只不过我无法理解其中的缘由。后来我们终于上了楼，为了缓解尴尬，我请菲尔迪去弹钢琴。他大概弹了三四首华尔兹，指间依旧优雅轻盈，活泼轻快的节奏感也不减当年。然后他转向乔治，问道：
"你会弹钢琴吗？"

"会一点。"

"不弹上几曲吗？"

"我只会弹古典音乐，您怕是不会感兴趣的。"

菲尔迪微微一笑，没再坚持。我说我该走了，乔治陪着我一起出
来了。

"真是个恶心的犹太糟老头。"我们一上街乔治就抱怨道，"我真
讨厌他的那些故事。"

"这可都是他的拿手好戏，他就喜欢讲这些故事。"

"你要是犹太人的话，你会讲吗？"

我耸了耸肩。

"你怎么又来吃午饭了呢？"我问乔治。

他轻轻一笑。这是个很有幽默感的乐天派，早把舅公带给他的些
许不愉快忘光了。

"他去见奶奶了。你还不认识奶奶吧？"

"不认识。"

"奶奶还把父亲当成在伊顿上学的小孩。奶奶说，我应该去和菲
尔迪舅公吃饭，奶奶说什么就是什么咯。"

"我明白了。"

一两周之后，乔治就去慕尼黑学德语了。那段时间我碰巧出了趟
远门，第二年春天才又回到伦敦。回来后不久，在一次晚宴上，我恰
巧和穆丽尔坐在了一起。我问了一下乔治的情况。

"他还在德国。"她回答道。

"我看到报纸上说，你们要为乔治的成年礼在提尔比举办一场盛

大的豆宴^①？"

"我们打算招待一下佃户，他们给乔治准备了礼物。"

穆丽尔不像平常那么有活力，不过我也没怎么在意。她整天忙里忙外的，大概是累的吧。我知道她一向喜欢聊乔治的事，就继续说道："乔治在德国应该过得很不错吧？"

她半天没回答，我瞥了她一眼才惊讶地发现：她早已热泪盈眶。

"恐怕乔治已经疯了。"她说。

"你说什么呢？"

"我们真的担心极了。弗雷迪气坏了，他都不愿意提这事。我也不知道该怎么办才好。"

当然，我立马想到的是，乔治和大多数去德国学语言的英国青年一样，住在德国人的家里，并且爱上了这家人的女儿，想要娶她。我确信，布兰德夫妇一心想要给乔治安排一段不同凡响的婚姻。

"怎么了，出什么事了？"我问。

"他想当一个钢琴家。"

"一个什么？"

"职业钢琴家。"

"他怎么会有这种想法啊？"

"天晓得。我们之前什么也没意识到，一直以为他在努力准备考试呢。后来我去看他，我原以为他一切都好，可是天呐，他现在是一副什么鬼样子啊。他以前多漂亮啊，我真要哭了。他说他不会去考试的，而且也从未有过这种打算；他之所以说自己对外交感兴趣，完全是为了让我们放他去德国，这样他就能学音乐了。"

"他有天赋吗？"

---

① 豆宴（Beano），英国乡下雇主一年一度招待雇工的宴会，因席间必有熏肉豆子拼盘，故名。

"哦，这倒无关紧要。就算他有帕岱莱夫斯基①那样的天分，我们也不能让他在全国游荡、办音乐会。没有人会说我不热爱艺术，弗雷迪也一样，我们热爱音乐，我们也结识了很多艺术家，但是乔治日后会有显赫的地位，绝不能去弹什么钢琴。我们一心想让他进议会，他以后会腰缠万贯；只要他想，就没有做不成的事。"

"这些你都跟他明说了吗？"

"我当然说了。他却笑话我。我告诉他，你这样会让父亲心碎的，他却说父亲总归还是可以靠哈里。我当然也很爱哈里，这孩子是个人精，只不过我们向来认为他是要接管生意的。就连我这个做母亲的，也看得出他不具备乔治的那些优势。你知道他跟我说了什么吗？他说，如果父亲保证每周给他五英镑的话，他愿意放弃一切，让哈里继承父亲的准男爵爵位和所有财产。这太荒唐了。他还说，既然罗马尼亚的王储可以放弃王位②，那他怎么就不能放弃爵位呢。但这事办不到啊。他无论如何都会成为第三代准男爵，而且如果弗雷迪获得了贵族头衔，那么他去世后也只能留给乔治。你知道吗？他甚至不想要布兰德这个姓氏了，要换成某个可怕的德国姓。"

我忍不住问是哪个德国姓氏。

"布莱克戈尔还是什么的。"她说。

这个姓我有印象。我记得菲尔迪跟我说过，汉娜·拉本斯坦嫁给了阿尔方斯·布莱克戈尔，布莱克戈尔最后成了第一代准男爵阿尔弗雷德·布兰德爵士。这整件事情简直不可思议。我很想知道，短短数月，那个地地道道的英国翩翩少年到底经历了些什么。

---

① 帕岱莱夫斯基（Ignacy Paderewski，1860—1941），波兰钢琴家、作曲家、政治家，19世纪末曾在美国巡演，广受欢迎。一战期间致力于波兰独立运动，1919年一度出任新波兰的首任总理。
② 指罗马尼亚国王卡罗尔二世（Carol II，1893—1953）两次为情人放弃继承权。

"我回家后告诉了弗雷迪，他自然是勃然大怒。我从来没见过他这么生气，骂得嘴角都是唾沫。他发电报给乔治让他立刻回来，乔治回了一封电报，说忙于工作回不来。"

"他在工作吗？"

"从早干到晚。这是最让人生气的了。他长这么大哪里干过一丁点活儿啊。弗雷迪以前总说他生来就是享福的。"

"嗯。"

"然后弗雷迪又发了一份电报给乔治，说如果他不回来的话，就断了他的生活费。乔治回了一句：'断就断吧。'这下子事情变得一发不可收拾。你是不知道，弗雷迪发火时有多可怕。"

我知道弗雷迪继承了一大笔财产，也知道他这些年来一直财运亨通。所以不难想象，在这位提尔比乡绅彬彬有礼、温厚可亲的外表下，其实是一个不讲情面的务实之人。他已经习惯了自己的那套行事作风，所以我相信，一旦有人违背他的意志，他会变得强硬又冷酷。

"一直以来，我们给乔治的生活费都非常充裕，可你也知道，他太能挥霍了。我们都觉得没有生活费他撑不了多久，实际上，不出一个月他就给菲尔迪写信了，要借一百英镑。菲尔迪去见了我婆婆，你知道的，就是他姐姐，问这是怎么回事。虽然弗雷迪有二十年没和菲尔迪说过话了，但他还是去见了菲尔迪，求他一分钱也不要借给乔治，菲尔迪也答应了。我在想，乔治的日子可能不好过了。我相信弗雷迪是对的，但还是忍不住担心。要不是向弗雷迪保证过不给乔治寄任何东西，我肯定会偷偷往信里塞几张钞票，生怕出什么岔子。他不会连饭都吃不饱吧，想想多可怕呀。"

"过几天苦日子对他也没什么坏处。"

"我们当时的处境很糟糕。我们为他的成人礼做了各种准备，请柬也送出去了几百封，结果这孩子突然说不回来了。我一时间不知所措，简直要疯了。我给他写信、发电报，要不是弗雷迪拦着，我就跑到德国去了。说起来，我已经算是给他跪下了，求他不要让父母这么难堪。我是说，这种事情该怎么跟别人解释啊。这时候我婆婆出马了。你还不认识她吧？她真是个了不起的老太太。你绝对想不到弗雷迪能有这样的母亲。她也是德国人出身，但她的家世很好。"

"是吗？"

"不瞒你说，我有点怕我这个婆婆。她这边安顿好弗雷迪，那边又亲自给乔治写信。她在信里说，只要乔治肯回家过二十一岁生日，她就帮他还清在慕尼黑的所有债务，而且全家都会耐心地听听他自己的想法。乔治答应了，下周就回来，具体哪一天还不知道。但老实说，我都不敢想到时候会是怎样的局面。"

她深深地叹了口气。宴会之后我们往楼上走，这时弗雷迪叫住了我：

"我看到穆丽尔和你说了乔治的事。这个愚蠢的浑小子！我对他已经失去了耐心。还想当一个钢琴手，这是绅士该干的事吗？"

"你也得理解，他还年轻嘛。"我宽慰道。

"他以前活得太安逸了，我也是，太纵容他；凡是他想要的东西，我统统都给。这回得给他点教训。"

布兰德一家深谙宣传之道。我从报纸上了解到，乔治二十一岁生日的庆祝活动是在提尔比举办的，非常符合英国乡村家庭的惯例。上流社会的贵族参加盛宴和舞会，佃户们则在草坪上的帐篷里吃点心、跳舞。他们从伦敦请来了豪华的乐队。画报里的照片上，家人围坐在乔治身边，佃户们正给乔治送银质茶具。佃户们原本打算送乔治一幅他的肖像画，但因为乔治不在国内，无从画起，所以只能用茶具代替了。我从八卦栏目中读到，乔治的父亲送了他一匹猎狐马，母亲送了一台留声机，奶奶布兰德老夫人送了他一套《大英百科全书》，而舅公费迪南德·拉本斯坦则送了一幅意大利画家佩莱格里诺·阿雷图西的《圣母与圣子》。显然，这礼物笨重了点，想兑换成现金需要费些工夫。菲尔迪也全程出席了这些活动，我推断是乔治离经叛道的荒唐事让父亲和舅公这对叔侄和解了。我想得不错。菲尔迪一点儿也不希望自己的侄孙去当什么职业钢琴手。一旦出现危及家族荣誉的迹象，整个家族就会团结一致，统一战线，共同抵制乔治荒诞不经的计划。当时我并不在场，所以对生日庆典的事也只是道听途说、略知一二罢了。菲尔迪跟我说了一些，穆丽尔也说了一些，后来乔治又跟我讲了他的版本。布兰德家的人想法如出一辙：当乔治回到家中，成为众人瞩目的焦点，过上显赫富贵的日子，他便会再次感受到继承一份丰厚的家产有多重要，这样一来他就不会一意孤行了。他们对乔治关怀备至，竭力讨他欢心，将他的话奉为圭臬，一心指望着乔治不失本性，不忍伤害这么关心他的家人，能浪子回头。家人想当然地认为，乔治已经放弃了回德国的念头，言谈间都在为他谋划未来。乔治不怎么说话，似乎很享受现在的生活。他回家后就没再碰过钢琴，看上去一切都很顺利。这个乱作一团的家庭又恢复了平静。一天午餐时分，大家聊到下周要应邀参加一个花园派对，乔治快活地说：

"不要算上我。我到时候就不在这儿了。"

"哦，乔治，你要去哪儿？"他母亲问道。

"我必须回去工作了。下周一我就回慕尼黑。"

房间里顿时鸦雀无声。每个人都在想该说点什么，但又怕说错话，气氛愈发令人窒息，最后似乎陷入了永久的沉默。午餐在一片寂静中收场。随后乔治去了花园，剩下的其他人，包括老太太、菲尔迪、穆丽尔和阿道弗斯爵士，都去了晨室。他们开了一个家庭会议。穆丽尔哭了；弗雷迪火冒三丈。不一会儿，客厅传来肖邦的夜曲，是乔治在弹琴。似乎宣布了自己的决定后，他便可以在自己热爱的乐器上寻找安慰、宁静和力量。弗雷迪暴跳如雷。

"赶紧让那噪声停下来。"他大吼道，"我绝不允许他在我的房子里弹钢琴。"

穆丽尔摇摇铃，吩咐仆人去传话。

"你去告诉布兰德先生，老太太头疼得厉害，让他不要再弹钢琴了。"

菲尔迪入世颇深、见多识广，就代表全家去和乔治谈话；全家人授意菲尔迪，只要乔治放弃当钢琴家的念头，菲尔迪不妨做出一些承诺。要是他不愿意从事外交工作，他的父亲也不会强求，但只要他愿意进议会，家里人不但会为他筹备好竞选费用，还会为他在伦敦购置一套公寓，每年还有五千英镑的生活费。不得不说，这些条件的确很诱人。我不知道菲尔迪和那个年轻人说了什么，大概是描绘了一番如此富足的年轻人在伦敦的美好生活。我敢肯定凭他口吐莲花的嘴上功夫，这一切一定是无限风光。但一点用没有。乔治就只要一周五英镑，好让他继续完成学业，并且不想受到干扰。他对以后的显赫地位毫不在乎。他不想打猎，不想射击，不想成为议会议员，不想做百万富翁，不想成为准男爵，也不想成为贵族。菲尔迪离开时垂头丧气的，而且大为恼怒。

晚饭过后又是一场唇枪舌剑。弗雷迪生性急躁，习惯了别人对他言听计从，所以对乔治恶语相向。据我所知，他当时的言语的确非常粗鲁，就连试图劝阻他的女士都噤若寒蝉，这大概也是弗雷迪生平第一次不顺从母亲的意思。乔治依旧固执己见，闷不作声。他早就打定主意，即便父亲不乐意，也只能让他自己生气好了。弗雷迪态度蛮横，坚决不许乔治再回德国；乔治说他已经二十一岁了，是时候自己做主了，想去哪里就去哪里。弗雷迪发誓不会再给他一分钱。

"好啊，那我自己挣。"

"你！你长这么大干过一丁点儿活吗？你拿什么赚钱？"

"把旧衣服卖了。"乔治咧嘴一笑。

在场的人都倒吸一口凉气。穆丽尔被吓昏了头，说了一句蠢话："跟个犹太人似的？"

"得了吧，我不就是个犹太人吗？你不也是犹太人吗？还有爸爸，不也是吗？我们，我们这一群人，每一个都是，大家都知道，装有什么用呢？"

真正可怕的事情发生了。弗雷迪突然间放声痛哭。此刻的他已经不像一个阿道弗斯·布兰德爵士、准男爵、议员，也不像他一直所憧憬的风度翩翩的英国绅士，他就是一个情绪失控的阿道夫·布莱克戈尔；他爱自己的儿子，但此刻他倾注在儿子身上的深情厚望全都落了空，他一生的抱负也成了泡影，想到这他痛心疾首，悲从中来。他号啕大哭，哭得泣不成声，还捶胸顿足地扯着胡子，身子都前后摇晃起来。接着，一屋子的人都跟着哭了起来，布兰德老太太哭了，穆丽尔哭了，菲尔迪也是涕泗横流，不停地擦鼻涕、抹眼泪，就连乔治都哭了。当然了，这样的场面让人痛心，但是对我这种性格粗犷的盎格鲁-撒克逊人来说，也未免有些滑稽。他们谁都没打算安慰别人，都自顾自地啜泣。晚餐就这么散了。

但事情并没有任何转机。乔治丝毫不为所动。父亲也不肯和他说话。后来又闹腾了几回。穆丽尔试图唤起儿子的同情，可乔治对她的苦苦哀求充耳不闻，似乎不在乎母亲是否会为此伤透了心，也不管这会不会要了他父亲的命。菲尔迪想以运动家和过来人的身份规劝他，可乔治竟然油腔滑调，甚至出言冒犯。布兰德老夫人操着一口浓重的德国口音和他讲道理，可乔治听不进去。不过最后还是老夫人找到了解决办法。老夫人让乔治认识到一点：若是没有才华，抛弃这世间唾手可得的美好生活也没有意义。当然乔治一直觉得自己有才华，但谁说得准呢。她和乔治达成共识，当一个二流的钢琴家实在没什么意思；乔治必须有弹钢琴的天赋，才能证明他的选择是对的，才是他选这条路的唯一理由。如果他真的是钢琴天才，那家里人也没有权利再阻挠他了。

"你们不能指望我现在就把天赋表现出来。"乔治说，"我需要好好练上几年。"

"你都想好了吗？"

"这是我在这世上唯一的愿望。我会拼命练习的。我只希望你们能给我一个机会。"

老太太的提议是这样的。父亲打定主意什么都不给他，显然家里人是不会眼睁睁看着他挨饿的。他提出每周只要五英镑的生活费。行，老太太二话不说，这笔钱就由她来出。乔治可以回德国再学两年，但是时间一到他就必须回来，他们会找一个称职且公正的人来评判他的表演，如果那个人觉得他有望成为一名一流的钢琴家，那家里人也就不再阻拦了，而且还会全力帮助他、鼓励他，为他创造有利条件。但如果那个人认为乔治没有足够的天分，功成名就对他来说遥不可及，那他必须信守承诺，放弃一切用音乐谋生的念头，并竭力实现父亲的心愿。乔治简直不敢相信自己的耳朵。

"你说的是真的吗，奶奶？"

"当然。"

"可是爸爸会同意吗？"

"我会让他同意的。"她答道。

乔治紧紧抱住奶奶，激动地亲吻着她的脸颊。

"奶奶万岁。"他喊道。

"啊，那你的保证呢？"

他用自己的名誉郑重起誓，一定会严格遵守约定。两天后他便回了德国。父亲不置可否地答应了，说到底他也别无他法，但还是不肯与儿子和解，乔治离开的时候他也没有与儿子道别。

在我看来，他实在没必要如此自苦。容许我说一句陈腐的庸言：人活一世，寄蜉蝣于天地，渺沧海之一粟，都只是匆匆过客，为何要想方设法地让自己如此不痛快呢？实在是奇怪得很。

乔治和家人约法三章，在外求学的两年里，家人不去打扰他，所以在他还剩几个月就回国的时候，穆丽尔听说我要去维也纳办事，途中会经过慕尼黑，便拜托我去看看她的儿子。她这么做也是人之常情，毕竟她迫切地想知道儿子的最新情况。从穆丽尔那儿拿到乔治的地址后，我便提前写信告诉他，我会在慕尼黑待一天，并邀请他共进午餐。到酒店时，我发现他的回信已经在等着我了。他说自己一天到晚都要工作，没法和我一起吃午饭，但是如果我六点多钟能去找他的话，他就可以带我参观一下他的工作室，另外，如果我晚上没有什么安排的话，他也愿意和我共度。六点刚过，我按他给的地址去找他。这片公寓楼面积不小，乔治住在二楼，我来到他门前时听到了一阵钢琴声。我按了按门铃，乔治给我开了门，琴声停了。我简直认不出他。他真胖了不少，乱糟糟的头发又长又卷，胡乱地披散着；胡子也至少有三天没刮过了。他穿着一条脏兮兮的牛津裤①，一件网球衫，脚上踩着一双拖鞋。整个人也不怎么整洁，指甲上一圈黑乎乎的。上次见他时，他还是一个干净漂亮、细长高挑的青年，穿衣打扮优雅得体，和眼下比真是天壤悬隔。我不禁想，若是菲尔迪看到他这个样子，该是何等惊诧啊。这个工作室空间倒是不小，只是空荡荡的：墙

---

① 牛津裤（Oxford Bags），踝部特别宽大的裤子，20 世纪 20 年代流行一时。

上挂着几幅尚未装裱的立体派油画，几张扶手椅也已经破得不像样子，除此之外，就是一架大钢琴。书、旧报纸、艺术杂志乱七八糟地丢了一地。整个房间又脏又乱，弥漫着一股陈年烟酒的腐臭味。

"你一个人住在这儿吗？"我问。

"对，有个女工每周来打扫两次。早饭和午饭都是我自己做。"

"你还会做饭？"

"哦，午饭我就吃面包和奶酪，再喝上瓶酒。晚饭就去小酒馆解决。"

看他见了我很高兴，我也着实轻松了不少。他看起来情绪高涨，心情很不错。乔治向我打听了一下家人的近况，又天南海北地闲聊了一通。他每周要上两节课，其余的时间都在练习。他还告诉我自己每天要工作十个小时。

"你可真是变了不少。"我说。

他笑了起来。

"爸爸总说我从小就好吃懒做，其实我不懒，我只是觉得，煞费苦心地做一件自己讨厌的事情一点意思都没有。"

我问他钢琴练得如何，他似乎对自己的进步很满意，我便邀请他为我弹上一曲。

"现在恐怕是不行，我从早到晚都在弹，有些乏了。我们先去吃个晚饭，待会再回来，我到时候再弹给你听。我一般都去同一个地方吃饭，有几个我认识的学生也在那儿，挺好玩的。"

我们随即就出发了。乔治穿上鞋袜和一件很旧的高尔夫外套，我们一起走在宽阔寂静的街道上。那真是一个清冽的夜晚。他步伐轻快，环顾四周后欢愉地舒了一口气。

"我真是太喜欢慕尼黑了。"他说道，"只有在这里，呼吸的空气中都是艺术的味道。毕竟，艺术才是唯一重要的事情，对吧？我一点儿都不想回家。"

"只怕你总归是要回去的。"

"我知道。我会回去的，不过时候不到我就先不想这事。"

"你回家之前，不妨先把头发理一理。我说了你不要介意，你现在太艺术范了，反倒不那么有说服力。"

"你们这些英国人，都是些庸夫俗子。"他说。

乔治带我进了巷子里一家规模挺大的餐馆，虽然时候尚早，却早已挤满了吃饭的人，里面的家具装潢带有浓厚的德国中世纪风格。一直往里走，有一张盖着红布的桌子，是专门为乔治和他的朋友留的；我们走到跟前时，已经有四五个年轻人在那儿坐着了。一个是学习东方语言的波兰人，一个学哲学的，一个画家（大概乔治家那几幅立体派画作就是出自他之手），一个瑞典人，还有一个叫汉斯·莱廷的德国人，自我介绍的时候两个脚后跟一碰，像是立正敬礼一样，是个诗人。他们都是二十出头的年纪，倒让我觉得有些格格不入。他们都用德语中较亲近的第二人称"你"[①] 称呼乔治，乔治的德语也极其流利。我有好长一段时间没说过德语了，所以有些生疏，自然也没法加入到他们热烈的讨论中。即便这样，我还是很享受这段时光。他们吃得不多，啤酒倒是喝了不少。他们谈艺术、聊女人，颇有变革创新精神，欢声笑语中不乏严谨诚挚。我们这些人在他们眼中都是凡夫俗子、不值一提，言谈中他们达成的唯一共识便是在这个是非颠倒的世界中，唯有"俗"才有可能成功。他们兴致勃勃地探讨技术诀窍，相互辩驳、互不服气，甚至大喊大叫，污言秽语也脱口而出。所有人都十分快意。

大约十一点钟，我便和乔治返回他的工作室。慕尼黑这座城市，

---

① 原文为德语：du，"你"的主格形式。

宛如一位娴静的名门闺秀，嬉闹狂欢的时候都带着端庄含蓄，除了玛丽恩广场附近，其余街道早已一片寂静、空无一人。我们进屋之后，乔治便脱下外套，说道：

"我现在要为你弹琴了。"

我坐在一张破破烂烂的扶手椅上，一截断掉的弹簧扎到了我的屁股，但我还是尽量让自己坐舒服了。乔治弹的是肖邦的曲子。我对音乐知之甚少，写起这个故事来格外吃力。每次去"女王大厅"听音乐会，幕间休息时捧起节目单，就像读天书一样。和声与复调我更是一窍不通。有一次，我到慕尼黑参加瓦格纳音乐节，那场无与伦比的《特里斯坦与伊索尔德》演出，我竟一个音符都没有听到，如此丢脸的经历我永远都无法忘怀。音乐响起，开头的几小节就让我出了神，思绪回到手头创作的东西上，我笔下的几个小人儿跃然纸上，顿时活了过来，我听见他们正促膝长谈，与他们同悲共喜；流光飞逝，世事纷扰，我在春天里肆意欢笑，在冬季中又冻馁交迫；我爱过，恨过，也历经死亡。我在幕间休息的时候应该到花园转悠过，或许还吃了面包夹熏猪肉，喝了啤酒，只是我全然不记得了。我只记得演出终了、帷幕落下时，自己一下子惊醒了。我度过了一段美好时光，但跑了这么远的路、花了这么多的钱，却没能专心欣赏这美妙的视听盛宴，我不禁为自己的愚蠢深感懊恼。

乔治弹奏的曲子我大都听过，是音乐会上常见的曲目。他弹得很是酣畅。接着他又弹了贝多芬的《热情奏鸣曲》。我年少之时也曾弹过钢琴（弹得很差），对这首曲子尤为熟悉，其中的每一个音我都记得清楚。毋庸置疑，这是一首伟大的经典之作，没人否认这一点，但我不得不说，这次的演奏并没有打动我。就像《失乐园》，虽然弹得很精彩，却稍嫌呆板单调。乔治的演奏气势磅礴，整曲下来他本人也是大汗淋漓。起初我没弄清楚问题出在哪儿，只是觉得这场演奏有些不对劲，后来我突然发现，他的双手不能完全同步，所以高低声部之间总是有些细微的间隔。但我必须重申一遍，在音乐方面我只是个一无所知的门外汉；或许出现这种令人不安的情况只是因为那晚乔治喝多了，也有可能就只是我的幻想。我绞尽脑汁，想出各种词语来赞美乔治。

"当然了，我知道我还需要大量的练习。我初来乍到，还只是个新手，但我相信我一定能弹好。我打心眼里相信。这也许要花上十年时间，但到那时我就是个钢琴家了。"

他有些累了，起身走到一旁。时间已经是午夜，我也准备告辞了，乔治却不肯让我走。他又开了几瓶啤酒，还点上烟斗，打算继续和我聊天。

"你在这儿开心吗？"我问他。

"非常开心。"他正色道，"我想留在这儿，永远留在这儿。我这辈子没这么高兴过。就拿今天晚上来说，这样的生活不是很精彩吗？"

"确实很有意思。但谁也不能永远都是学生吧，这样轻松的日子总会结束。你的这些朋友也会长大、变老，然后各奔东西。"

"还会再有新人来的。这里总会有学生，或者满身学生气的人。"

"是这样没错，可你也会变老的。人到中年，还要费尽心思地仿效大学生的生活方式，还有比这更可悲的吗？一个老家伙非要在一群年轻人里装嫩，还想方设法地麻痹自己，认为年轻人能接受自己——这样的人太可笑了。这也不现实。"

"我在这里觉得很自在。我可怜的父亲，一心想让我成为英国绅士。想到这个我就头皮发麻，浑身鸡皮疙瘩。我不是什么运动家，打猎、射击、板球，我一点儿兴趣都没有。我不过是在演戏罢了。"

"你演得可真是自然啊。"

"我也是到了这儿才意识到，之前的种种都是假的。我爱伊顿，在牛津的日子里我也是我行我素，活得潇洒，但我知道，我终究不属于那里。我会装，因为我骨子里就会演戏，只不过我始终觉得不满足。我们在格罗夫纳广场的房子本就是不动产，父亲却又在提尔比上花了十八万英镑；也不知道你能不能明白我的意思，我是说提尔比这地方只是装修好了租给我们一个季度，说不准哪天它真正的主人就回来了，我们到时候就只得卷铺盖走人。"

我听得倒是很仔细，却还是搞不清他的这番话中，有几分是他当时就隐约感受到的，又有几分是时过境迁，他如今才琢磨出来的。

"以前一听到菲尔迪舅公讲那些犹太故事，我就满心的厌恶。真是刻薄极了。现在我明白了，那其实是个安全阀。天啊，做个游手好闲的纨绔子弟也不容易啊。父亲倒容易些，在提尔比当他的英国乡绅，到了城里便又可以做回自己了。他没什么可担心的。我已经卸了妆、脱了戏服，总算是能做回真实的自己了。简直如释重负啊。你知道吗？我不喜欢英国人。和你们在一起的时候，我从来都搞不清楚自己到底在做些什么。你们又古板，又老派，整天端着架子，不知道释放一下。你们没有自由，灵魂深处的自由，都是一群懦夫。在这个世界上，最让你们惊慌失措的莫过于做错了事。"

"别忘了，你也是英国人啊，乔治。"我低声说。他笑了起来。

"我才不是什么英国人呢。我身上可没有一滴英国人的血。我是个犹太人，你知道的，而且还是个德国犹太人。我不想当英国人，只想当个犹太人。我的朋友们也都是犹太人，你不知道我和他们在一起时有多自在。我就是我自己。在我们家，大家都想方设法地回避犹太人；妈妈觉得自己有一头金发，就可以摆脱自己犹太人的身份，装成一个非犹太人。想什么呢！你知道吗？我有时候会在慕尼黑的犹太人区闲逛，看看那些犹太人，就觉得真有意思。我去过一次法兰克福，那儿的犹太人更多，我就四处逛逛，看到很多长着鹰钩鼻的老头儿，邋里邋遢的，还有一些带着假发的胖女人。我很是同情这些人，觉得自己也是他们的一分子，甚至想上去吻他们。我在想，他们看我的时候，是不是已经知道我就是他们中的一员呢？我多希望自己能懂意第绪语啊。我想和他们交朋友，想到他们家里做客，想吃符合犹太教规的食物，想做很多这类的事。我想去一个犹太教堂，又唯恐自己做错了事，会被赶出来。我喜欢贫民窟的味道，喜欢那种生命的感觉，那种神秘、尘埃、污秽和浪漫。我永远也忘不了脑海中的这种渴望。那才是真实的。其他一切都只是假象。"

"你这样你父亲会伤透了心。"我说。

"不是他伤心就是我伤心，总会有人受伤的。他为什么就不能放手呢？他还有哈里啊。哈里乐意接管提尔比，正常的话也会成为一名英国绅士。你也知道，妈妈一心想让我娶一个基督教徒，而这正是哈里心里想的，他一定觉得老牌的英国世家挺好的。不管怎么说，我想要的真不多，每周五英镑就够了，什么头衔、园林、庚斯博罗的名画，还有那些小玩意儿，全都留给他们吧。"

"话虽如此，可你总归是拿自己的名誉发过誓，两年之后还是得回去。"

"我会回去的。"他闷闷不乐地说道，"莉亚·玛卡特已经答应来听我弹琴了。"

"要是她说你琴艺欠佳怎么办？"

"一枪毙了我自己。"他嬉皮笑脸地说。

"胡说什么呢。"我也玩笑似的回道。

"你在英国待着觉得自在吗？"

"不自在。"我说，"其实我觉得哪儿都不像自己的家。"

但显然他对我不感兴趣。

"一想到要回家，我就觉得很烦。我已经知道自己想怎么生活了，实在没必要去当什么英国乡绅。天呐，无聊，太无聊了！"

"钱可是好东西，我印象中，做个英国贵族一直是件令人愉快的事情。"

"钱对我来说不值一提。钱能买到的东西我都不想要，反正我也不是什么贪便宜的势利鬼。"

夜越来越深了，我第二天还必须早起。对于乔治说的话，似乎也不必太在意。一旦让一个年轻人混迹在画家和诗人中间，往往就会有这样的胡言乱语。艺术是杯烈酒，酒量好的人才能品味其中的滋味。艺术的圣火在头脑简单的人那里，烧得最旺。说到底，乔治还不到二十三岁。时间会教会他很多。归根结底，他的未来也用不着我操心。我向他道了晚安，走回酒店。繁星在清冷的夜空中闪烁着。第二天一早我就离开了慕尼黑。

回到伦敦后，我没有告诉穆丽尔乔治跟我说了什么，也没有提到他现在是什么样子，只是让她放宽心，说乔治一切都好，很开心，很努力，日子过得很节制。六个月后乔治回来了。穆丽尔邀请我去提尔比过周末；菲尔迪请了莉亚·玛卡特来听乔治的演奏，特别希望我也能到场。我答应了。穆丽尔在车站接我。

"你觉得乔治怎么样？"我问。

"他现在很胖，但精神很好。我想他又回到家，自己也觉得挺高兴的，对父亲也很恭顺。"

"听到你这么说我真开心。"

"哦，天呐，我真希望莉亚·玛卡特会说，乔治的琴艺不怎么样。要是这样的话我们全家都要谢天谢地了。"

"那样的话，恐怕乔治会大失所望。"

"人生不如意事，十之八九。"穆丽尔说得干脆利落，"人总要学会面对。"

我冲她欣然一笑。我们正坐在一辆劳斯莱斯里，车上除了司机还有一个仆人。穆丽尔戴的那串珍珠项链估计要花四万英镑。我突然想起来，国王生日时授予了三个人贵族头衔，阿道弗斯·布兰德爵士却与之无缘，这倒算得上是件不如意事。

莉亚·玛卡特只能短暂停留。那一晚她在布莱顿还有演出，周日上午会坐车来提尔比用午餐；当天还要返回伦敦，参加周一在曼彻斯特举行的音乐会。乔治的表演就安排在周日下午。

"他练得很刻苦。"他的母亲向我说道，"所以没法跟我一起来接你。"

我们从庄园的大门拐了进去，沿着一条气势雄伟的榆树大道向别墅驶去。我发现这里没有要开派对的样子。

这是我第一次见布兰德老夫人。一直以来我都想一睹老夫人尊容。在我脑海中有一个让人过目难忘的老妇人形象：一个独自生活在波特兰大街豪宅里的犹太老夫人，一手包办家里的大小事务，事无巨细都要由她来定夺。今日一见，果然不出我所料。老夫人威风凛凛，高大硬朗，却毫无臃肿肥胖之态。从外表来看，她明显一副希伯来人的面庞，上嘴唇的汗毛长得浓密，棕色的假发也带着一点难以名状的金属质感。她身穿一条黑缎质料的裙子，富丽华贵，胸前佩戴着一排巨大的钻石五角星，脖子上挂着一条钻石项链，满是皱纹的手上还戴着几个亮晶晶的钻石戒指。老夫人操着浓重的德国口音，说起话来嗓音有些刺耳。穆丽尔把我引见给她时，她那双精明的眼睛一直盯着我看，很快便给我贴好了标签，并且，据我观察，她丝毫不打算掩饰对我的消极看法。

"你认识我的兄弟费迪南德好多年了，是吗？"她问道，她的R音似乎是从喉咙深处发出的舌音，"我兄弟费迪南德一直跟有头有脸的人打交道。穆丽尔，阿道弗斯爵士在哪儿？他知不知道你们的客人已经到了？还有，你把乔治叫来吧。如果他到现在还没准备好的话，那再怎么临时抱佛脚也是没用的。"

穆丽尔解释说，弗雷迪和秘书打完这轮高尔夫球就过来，另外她也通知了乔治我已经到了。布兰德老夫人对穆丽尔的回答似乎并不满意，又扭头对我说：

"我儿媳说，你去过意大利？"

"是的，我刚回来没多久。"

"那个国家挺美的。他们国王怎么样了？"

我说我不清楚。

"我认识他的时候他还是个孩子呢。当时身子就不怎么硬朗。他的母亲玛格丽塔王后和我是好朋友，大家都认为他永远都不会结婚，所以当他爱上黑山公主的时候，奥斯塔公爵夫人非常恼火。"

她看上去已经与时代脱节了，却依旧思维敏捷，我想任何蛛丝马迹都难逃她那双机警的眼睛。不一会儿弗雷迪就进来了，他穿着宽大的高尔夫球服，看上去精神抖擞。这男人说话做事一向趾高气扬，胡须都泛白了，现在却在老夫人面前承欢膝下，唯唯诺诺，还赶着老夫人叫"妈妈"。真是既风趣可笑，又感人至深。接着乔治进来了，跟上次见面时一样胖，好在他听从了我的建议，把头发剪了；他再也不是那个稚气未脱的大男孩，现在俨然一副身强体健的青年模样。他喝茶的时候满脸惬意，让人看了心生欢喜。乔治吃了许多三明治，蛋糕也吃了不少，像小孩子一样大快朵颐。父亲注视着儿子，目光中带着柔情与笑意；我注视着乔治，似乎能理解他家人为何对他百般挂念了。他有一种率真、一种魅力和一种热情，感染着身边的人，让人觉得舒心。他胸襟开阔、落落大方、天性友善，真的是人见人爱。不知是奶奶私下和他说了什么，还是因他生性淳厚，很明显他正竭尽全力地取悦父亲；而此刻父亲眼神柔和，全神贯注地倾听着儿子的每一句话，快乐、骄傲和幸福之情溢于言表。不消说，过去两年父子失和实在令他苦不堪言。他打从心底里爱着乔治。

早上我们打了一场仁人的高尔夫球，穆丽尔要去参加弥撒，所以不在；下午一点钟，菲尔迪和莉亚·玛卡特一起坐着她的车到了。随后，我们落座用餐。莉亚·玛卡特的盛名我自然是早有耳闻，没人会质疑她欧洲最出色女钢琴家的头衔。她和菲尔迪是多年的挚友，幸得菲尔迪的赏识和资助，她才得以在初出茅庐之际便崭露头角，这次也是受菲尔迪的邀请，来评估一下乔治的琴艺，看他有没有能耐吃这碗饭。曾经有段时间，只要一有空我就会去听她的演奏。她的表演自然流畅，没有让人眼花缭乱的花架子，就像百灵鸟唱歌一样婉转动听、游刃有余；银铃般的音符从她轻盈的指尖轻轻滑落，节奏变幻之际如行云流水、一气呵成，一切都好似即兴表演。他们常说玛卡特的琴艺无与伦比。她的表演的确带给我无上的享受，但我也说不准这有多少要归功于她的个人魅力。那时候，她俨然一副遗世独立的仙子模样，更令人惊讶的是，她的纤纤玉指之下竟有如此雷霆之力。她身材纤瘦，皮肤白皙，一双大大的眼眸，一头漂亮的黑发；坐在钢琴前，她会露出孩提般怅然若失的神情，令人动容。她的美不同凡响，简直像仙子下凡，弹琴时丹唇紧闭，低眉浅笑，好似记起了另一个世界的故事。不过，她现已年过四十，已不复往日的仙姿灵态，不仅体阔腰圆，面庞也冷峻沧桑；她超凡出尘的空灵气质早已不在，早年成名使她愈发干练果决，气度不凡，令人难以抗拒。莉亚·玛卡特充满了神采与活力，好似有聚光灯打在身上，如同环绕圣徒周身的光环。她其实对别人的事情并无兴趣，只不过性情随和，而且通晓世故，所以应付起来倒也乐在其中。餐桌上的谈话都是她在主导，但也没有喋喋不休地说个没完。乔治不怎么说话。莉亚·玛卡特会时不时地向乔治瞥上几眼，但没有逼着他说话的意思。除了我，在场的各位都是犹太人。除了布兰德老夫人，大家都说一口地道的英语；只是我始终觉得，他们的元音更圆润，声音自然也更加洪亮。更为奇怪的是，他们说话时，那些字词似乎不是一个个从唇间蹦跶出来的，更像是喷涌出来的。毫不夸张，我即便是在别的房间，也能听到他们的声音，只不过可能听不清具体说了什么，感觉就像他们在用一门外语对话。这多少有点让人不知所措。

莉亚·玛卡特希望六点能动身回伦敦，所以乔治的演奏安排在四点。不管这次试听的结果如何，只要莉亚·玛卡特一走，我就成了这个家里唯一的外人了，多少会有些不自在，所以借口第二天一早在城里还有安排，问她能否用车捎我一程。

快到四点的时候，大家纷纷走进客厅。布兰德老夫人和菲尔迪坐在沙发上；弗雷迪、穆丽尔和我各自找了合适的扶手椅坐下。莉亚·玛卡特碰巧选了一张詹姆斯时期的高背椅，一个人坐着，倒有几分君临天下的王者气派；她身着一袭黄色长裙，衬着橄榄色的皮肤，显得十分端庄；她的眼睛顾盼生姿，妆容厚重精致，双唇呈深红色。

乔治镇定自若。他早早在钢琴前坐好，静静地看着我和他父母落了座，也没吭声，只是似笑非笑地瞅了我一眼。等我们都舒舒服服地坐好了，乔治才开始表演。他弹的是肖邦，两首我熟悉的华尔兹，一首波洛奈兹舞曲，一首练习曲，整场演奏酣畅淋漓。要是我对音乐有丰富的了解，就能绘声绘色地再现乔治的表演了。这场演奏有一种力量，洋溢着青春的张扬和激情，但我总觉得，乔治没有抓住肖邦舞曲的精髓，那是一种独特的魅力，是难以言说的温情，是不安的忧郁，是怅惘中的欢乐，也是淡淡的浪漫，总会让我想起维多利亚早期的纪念品。我再一次隐约感觉到他两只手没有完全同步，这种感觉影影绰绰，几乎难以觉察。我注意到，此时菲尔德正注视着他姐姐，神情中带着些许的惊讶。乔治开始弹琴时，穆丽尔一直目不转睛地望着他，但随即她又转移了视线，只是怔怔地盯着地板。弗雷迪也默默注视着自己的儿子，目光坚定，如果我没看错的话，他的脸色变得苍白，满脸藏不住的错愕。这个家族的人都有着极好的音乐素养，看过无数次顶级钢琴家的表演，毋庸置疑，他们凭直觉就能判断琴艺高低。只有莉亚·玛卡特，自始至终都面不改色。她全神贯注地听着，却始终像壁龛里的塑像一样不为所动。

乔治终于完成了演奏，接着转过身子面对着莉亚·玛卡特。他没有说话。

"你希望我说点什么呢？"她问道。

他们对视了片刻。

"我想知道，假以时日，我有机会成为一流的钢琴家吗？"

"简直是天方夜谭。"

一时间整个房间一片死寂，静得出奇。弗雷迪头垂得很低，直盯着脚下的地毯。乔治则一直注视着莉亚·玛卡特。

"菲尔迪把事情的来龙去脉都告诉我了。"她终于又开口了，"也不用担心我会受他们的影响。这些对我来说都不算什么。"说着她双臂一挥，很明显，不论是这华丽的房间，还是精致的器具，还是我们这些人，对她来说根本不足挂齿。"如果我能在你身上看到成为艺术家的潜质，那我会毫不犹豫地规劝你放弃眼前的一切，大胆追求艺术。毕竟艺术才是唯一重要的事情。和艺术相比，财富、地位和权力根本都不值一提。"说到这里她扫了我们一眼，目光如此真挚坦诚，丝毫没有恃才傲物之意。"只有我们才重要，世界因为我们才有意义。你们只是我们的素材。"

老实说，被这样笼统地归入"你们"之流，我觉得不大受用，但眼下这算不得什么要紧事。

"当然，看得出来你练得很刻苦。你也不要觉得以前的工夫都白费了。对你来说，弹钢琴永远都是一种享受，而且，你比一般人更能欣赏高超的琴艺。看看你的双手。那不是钢琴家的手。"

我不由自主地瞥了一眼乔治的手。以前我从来都没有留意过。乔治的手掌胖乎乎的，手指又短又粗，着实让我吃了一惊。

"你的听力也有点问题。依我之见，你恐怕只能是个实力超群的业余琴手。对我们搞艺术的人而言，业余和专业之间又岂止云泥之别。"

乔治没有作声。这话使乔治全部的希望瞬间破灭，若不是看到他脸上一阵惨白，大家简直怀疑他没有听到。接下来一片寂静，静得可怕。突然间，莉亚·玛卡特热泪盈眶。

"别只听信我这一家之言。"她说，"说到底，我也难保自己每次都万无一失。还是再问问别人的意见。你们也知道，帕岱莱夫斯基不仅琴艺超群，为人更是慷慨大方。我会给他写封信，告诉他你的情况，你去弹给他听听。我相信他一定会好好听你弹琴的。"

乔治此时挤出一丝微笑。他是个懂礼数的孩子，不管自己作何感想，他还是会设身处地地为别人着想，不至于让大家太难堪。

"不必麻烦了，您的意见我愿意接受。实不相瞒，慕尼黑的老师们也基本是这个意思。"

他站起身来，点了一支烟。气氛总算缓和了些。其他人也稍稍松了口气，在椅子上稍微活动了一下。莉亚·玛卡特面带微笑对乔治说：

"要我为你弹一曲吗？"

"那当然好，您请。"

她站起身来，走到钢琴边，把满手的戒指取了下来。她弹的是巴赫的曲子。有些作品我确实叫不出名字，但我听出了略带法兰西风情的德国宫廷里的繁文缛节，听出了中产市民独有的恬淡闲适，听出了乡村绿野上的歌舞升平，听出了绿树营造的圣诞氛围，听出了阳光明媚的辽阔的德国乡村，听出了温馨舒适；一股暖暖的泥土清香充溢了我的鼻孔，我感受到一种坚固的力量在大地上愈发根深蒂固，那是一种超越时空、无涯无际的洪荒之力。她的表演美不胜收，让人想起夏夜长空的满月柔光。我抬眼向四周看去，他们早已完全沉浸在这场表演之中，听到心醉神迷、浑然忘我的地步。我满心希望自己也能像他们一样心驰神往，尽情享受音乐之美。莉亚·玛卡特弹完了，嘴上还挂着一抹微笑，随即又把戒指戴回手上。乔治轻声笑道：

"高下立判，我也没什么好说的了。"

随后仆人把下午茶端了进来，吃完茶点，莉亚·玛卡特和我便与众人道了别，一同上车去伦敦。一路上她滔滔不绝，虽然谈不上妙趣横生，倒也说得津津有味；她讲到了自己早年在曼彻斯特的遭遇，还说起了刚入行时摸爬滚打的经历。她这人蛮风趣的。不过她倒是没有提起乔治，这对她来说不过是一段无关痛痒的小插曲，过去了也就无需再想了。

之后提尔比发生的事情我们没能亲历。我和莉亚·玛卡特离开之后，乔治去了露台，随即父亲也跟了过去。按道理说，弗雷迪今天是大获全胜，可他一点也高兴不起来。有时候，他的心思比女子还要敏锐细腻，所以对乔治的苦楚更是感同身受，痛比锥心。那一刻，他对儿子又多了几分疼爱。见他出来，乔治微微一笑，打了个招呼。弗雷迪的声音哽咽了。忽然之间，强烈的父爱涌上心头，他决定拱手让出胜利的果实。

"听着，儿子。"他说，"一想到你这么失望我也于心不忍。不如这样，你再去慕尼黑练上一年，到时候我们再决定如何？"

乔治摇摇头。

"不用麻烦了，没用的。您已经给过我机会了，就这样吧。"

"看开些，别太在意了。"

"看吧，我在这世上唯一的梦想就是成为一名钢琴家，却还是一无所成。仔细一想还有点可笑呢。"乔治强颜欢笑。

"要不然你去周游世界吧？叫上牛津的朋友一起，费用什么的你不用操心。这两年你也累坏了。"

"太感谢了，爸爸，这事以后再说吧。我现在只想去散散心。"

"要我和你一起吗？"

"不用了爸爸，我想一个人待会儿。"

接下来乔治的举动真是出人意料。他搂着父亲的脖子，亲了他一下。接着他微微一笑，笑得很动情，也很耐人寻味，然后就走了。弗雷迪回到客厅，他母亲、菲尔迪，还有穆丽尔还在那坐着。

"弗雷迪，何不让乔治结婚呢？"老太太说道，"他二十三了，结了婚那些烦心事也就过去了；等一结婚有了孩子，他就会跟其他人一样安定下来了。"

"去哪找正合适的人啊，妈妈？"阿道弗斯爵士微笑着问道。

"这有何难？前几天，弗瑞林豪森夫人来看我，她的女儿维奥莉特也过来了。真是个不错的姑娘，将来也会继承一大笔钱。弗瑞林豪森夫人跟我聊了不少，意思是说，如果维奥莉特能有桩门当户对的婚姻，她和她先生雅各布爵士会出一大笔嫁妆。"

穆丽尔听完红着脸说：

"我有点讨厌弗瑞林豪森夫人。乔治现在还小，不着急结婚。再说了，就我们这样的家庭，什么样的姑娘娶不到啊？"

布兰德老夫人白了儿媳一眼，嗔怪道：

"别犯傻了，米里亚姆。"她口中还念着穆丽尔早已多年不用的名字，"只要有我在，就决不许你做傻事。"

穆丽尔的意思老太太心知肚明，她不想让自己的儿子娶个犹太女人；但老太太也知道，只要自己还在世，弗雷迪和穆丽尔就不敢明说。

实际上，乔治没去散步。大概是打猎的季节快到了，他一时兴起，就去猎枪室看了看。二十岁生日时，母亲送了他一把枪，此刻他拿着枪擦拭了起来。自从他去了德国，这枪便再没人用过。突然"砰"的一声枪响，仆人都被吓了一跳；冲过去看时，只见乔治倒在地上，枪正中心脏。据说，当时枪上满了膛，乔治在把玩时，不小心走火射中了自己。这样的意外经常见诸报端。

创作冲动

　　阿尔伯特·福里斯特夫人是怎么写出《阿喀琉斯雕像》的，我猜没有几个人知道。既然它被誉为是当下最伟大的小说之一，想必所有认真研习文学的人都会对它的诞生历程感兴趣。诚如评论家们所言，如果这是一部传世之作，那么以下叙述就不只是供读者消遣，它还有一个更好的用途，那就是历史学家们会当它是当代文学史的一个有趣脚注。

　　该书出版时的轰动想必每个人都还历历在目。一连好几个月，印刷机和装订工都没闲下来；英美的出版商们，即便是昼夜不歇，也难以完成各大书店的加急订单。很快，《阿喀琉斯雕像》的欧洲各国语言译本纷纷问世，最近还传出消息，说要不了多久就能读到日语和乌尔都语译本了。不过，该书此前就已经在大西洋两岸的一些杂志上连载过，而从这些杂志主编那里，阿尔伯特·福里斯特夫人的代理商为其谋得的稿酬可以说是相当可观。它还一度被改编成戏剧，在纽约上演了整整一个季度，毫无疑问，要是搬到伦敦，它也一样能大获成功，座无虚席。此外，它的电影改编权也以天价售出。关于这本书为阿尔伯特·福里斯特（在文学圈里）赚了多少钱的传言或许有些夸大，但这笔钱足以让她下半辈子衣食无忧，这一点是毋庸置疑的。

很少有书能受到公众和文学评论家的一致赞誉。而在所有人中，只有她能画方为圆（如果我能这么说的话），这对于她本人来说，必是春风得意之事。自此，虽然她在文学评论界颇受赞赏（事实上她本人也认为这是实至名归），但公众对她的作品竟出奇的冷淡。她出版的每部作品都印刷精美，并用白色的麻布装订成薄薄的一小册。书评家们常常用整个专栏对其大加赞赏，将其誉为经典；在年代久远的俱乐部里，你甚至还能在那尘封的图书馆中扒出这些作品的周刊评论，其篇幅之长可达一整页；所有的文人学者读完后也都赞赏有加，但显然，他们不会去买，因此，她的书的销量一直惨淡。而一个蜚声文坛、想象细腻、文风清美的作家，竟一直被大众忽视，这说起来确实有些难堪。可以说，她在美国几乎就是一个默默无闻的存在，虽然美国小说卡尔·范维钦先生曾写过一篇文章痛斥公众的无知愚昧，但大家依旧是无动于衷。她的经纪人极度崇拜她的写作天分，曾要挟一位美国出版商出版阿尔伯特·福里斯特夫人写的两本书（自然是粗制滥造的），否则就拒绝授权那几本他真正想出的书。这么一来，那两本书也就顺理成章地出版了。媒体对她一直吹捧赞誉，这也表明在美国，精英们能敏锐地察觉到她的天分。但在向那位美国出版商强推她写的三本书的时候，这位出版商她的经纪人（以出版商们一贯的粗鄙态度）说，要有这个闲钱，他还不如去买配制酒[1]呢！

也就是在《阿喀琉斯雕像》畅销后，阿尔伯特·福里斯特夫人此前写的书得以再版（而卡尔·范维钦先生在他的另一篇文章中说道，早在十五年前他就提醒读者去好好关注这位名不见经传的作家，他说

---

[1] 配制酒（Synthetic gin），在美国禁酒时期（1920—1933），大部分酒精饮料是地下工厂用蒸馏法提取乙醇之后合成的，口感极差。

这话时，既为作者多年的埋没而深感遗憾，同时也为自己慧眼识珠而自豪），而这些书的宣传力度之大，以至于任何一个受过教育的人都免不了要读一读。因此，实在没必要再介绍一下这些书了。而且，经过卡尔·范维钦先生写的这两篇精湛的文章，我再赘述就变得索然无味了。阿尔伯特·福里斯特夫人很早就开始创作，她的第一部作品（一卷挽诗集）问世时，她不过还是个十八岁的少女。而后，她每两年或三年才出一本诗集或散文集，因为她对自己的艺术构想总是精益求精，所以很难追求产量。当《阿喀琉斯雕像》成形的时候，她已经五十七岁了，算得上是德高望重的年龄了，这时候要是去估算她的作品数量，想必是相当可观的。她留给这个世界六部诗集，都以拉丁文标题出版，像《幸福》、《和平之海》和《三重铜甲》，都是比较严肃的那种。因为她的缪斯不愿轻佻起舞，只想迈出庄严的步伐。她对挽诗情有独钟，也花了不少心思在十四行诗上，但主要成就还是使颂诗这种在当时不被重视的诗歌体裁重现异彩。或许我们也可以毫不含糊地断定，她的《总统法利埃颂歌》在每本英文诗集中都能占有一席之地。而这首诗之所以能备受推崇，不仅在于它那高昂响亮的韵律，还在于恰如其分地描绘了法兰西大地一派祥和愉悦的景象。阿尔伯特·福里斯特夫人写了卢瓦尔河谷，其中还穿插了杜·倍雷的回忆，写了沙特尔大教堂以及那镶嵌珠宝的彩色玻璃，写了阳光照耀下的普罗旺斯。在描绘这些景象的时候，她竟惊人地感同身受。要知道，除了婚后乘坐邮轮短暂地游历过布伦，她从未深入探索过法国这片土地。不过，极度晕船的生理戕害以及心智上所蒙受的屈辱——她发现在这座人气海滨度假胜地，当地居民竟听不懂她那流利地道的法语，使她坚决不想再有这般狼狈不悦的体验了。自此，她从未在危险重重的海上航行过，不过在《和平之海》中，她还是用了大量或悲沉抑郁或轻快甜美的语言来颂扬大海。

在《伍德罗·威尔逊颂歌》中，也有一些相当精妙的段落，然而遗憾的是，阿尔伯特·福里斯特夫人对这一无可争议的杰出人物发生了一些情感变化，使她决定不再重印它。但我认为，她最优秀的作品一定还是散文。她写过几卷散文，虽精炼简短，但都匠心独运、构思巧妙，内容涉及苏塞克斯郡的秋天、维多利亚女王、死亡、诺福克郡的春天、乔治王朝时代的建筑之风、佳吉列夫先生以及但丁。她还描写过十七世纪的耶稣会建筑，引导我们从文学角度审视英法百年战争，这些专著无一不展现了她的博学多识和才思敏捷。也正是散文为她赢得了一批忠实的拥趸者——虽然为数不多，但个个都是伯乐（阿尔伯特·福里斯特夫人曾如是评论，可见其在遣词造句上的极高天分），他们宣称阿尔伯特·福里斯特夫人当属本世纪以来在英语方面的泰斗级人物。她本人也承认自己最出彩的地方是写作风格，浑厚高亢而又不失生动活泼，精巧优美而又雄辩有力。她那只有在散文中偶尔显露的绝妙而又内敛的幽默感，常常让读者们欲罢不能。而这种幽默不仅是见解上的幽默，也不只是措辞上的幽默，那是一种更妙不可言的幽默——是一种通过标点符号表达的幽默。往往在灵感乍现的瞬间，她感知到了分号的戏剧效果，于是拿它大做文章，可以说是尽臻其妙。如果你是一个有文化且幽默感十足的人，见到这种标点符号的用法，虽不会像套着马颈轭 [①] 一般咧嘴大笑，但肯定能让你咯咯笑，而且文化程度越高，你就越发咯咯笑个不停。她的友人曾说，这种幽默使其他所有的幽默形式都显得粗俗夸张。也有几位作家试图模仿她，但都以失败告终。不论你对阿尔伯特·福里斯特夫人做出何种评论，你都得承认她能将分号里每一盎司的幽默感都发挥殆尽，在这一

---

① 马颈轭（horse-collar），指英国旧时一种游戏。大多在酒吧外，众人轮流将脸探出马轭做鬼脸，以表情最夸张者为胜。

点上，任何人都是望尘莫及的。

　　阿尔伯特·福里斯特夫人住在大理石拱门附近的一所公寓，地段良好，租金也不算贵。朝街方向有一个体面的会客厅，每周二下午，阿尔伯特·福里斯特夫人都会在那个漂亮的会客厅招待友人。那间宽敞的卧室是她自己用的，房子另一头是光线幽暗的餐厅，而厨房隔壁那个狭小的房间是阿尔伯特·福里斯特先生的，他也正是那个掏房租的人。这是一所简朴素净的公寓，壁纸是英国画家威廉·莫里斯本人设计的，墙上挂着的黑色画框装着美柔汀版画，这些都是在它们升值之前收藏起来的；家具多是齐本德尔时期的，只有那张她用来创作的书桌，隐约是路易十六时期的风格。每每游客前来观赏，都会先给他们介绍这张书桌，这时绝大多数人都会深情动容地注视着它。地毯厚重，光线幽暗，阿尔伯特·福里斯特夫人就坐在那张红色锦织包面的直背扶椅中。这张椅子倒也没什么特殊之处，但它是房间里唯一一张坐着舒服的椅子，所以仅凭这一点就使阿尔伯特·福里斯特夫人和她的客人与众不同，衬托得她高高在上。上茶的是一位年龄不明的妇人，她沉默寡言、不苟言笑，虽从未被阿尔伯特·福里斯特夫人引荐给客人过，但她深知，能替阿尔伯特·福里斯特夫人做端茶倒水这种乏味的累活儿是莫大的荣幸。这样一来，阿尔伯特·福里斯特夫人就能全身心投入到谈话中——还真得承认，她的谈话还挺精彩。虽说不上是轻快，而且在口头表达的时候因为不能使用标点符号，听上去也缺少点幽默感，但话题广泛、论证有力、发人深思且生动有趣。阿尔伯特·福里斯特夫人熟知社会科学、法学和神学。她博闻强记，也难怪有旁征博引这种天赋，而这种天赋也能最为有效地弥补智力的欠缺。三十年来，她与很多社会名流都相交甚好，因此谈话时总能引出不少关于他们的逸闻趣事。当然，讲述这些趣事的时机她拿捏得很得当，即便是重复地讲上几遍，也不会引来当事人的责怪。阿尔伯特·福里斯特夫人的交际天分很高，总能结交到形形色色的朋友，甚至还能在她的会客厅内同时招待前首相、报社老板以及一流国家的大使。我常想这些大人物之所以挤在这小小会客厅内，就是因为他们能在这儿接触到放荡不羁的文化人，而且这些人相当整洁干净，不至于弄得他们灰头土脸。她还热衷于政治，我曾亲耳听到内阁首相对她直言相告，说她具有男人的心智。她曾一度反对女性选举权，而当女性最终赢得选举权时，她又动了心思，想进国会了。可难就难在，她不知道该加入哪个政党。

她耸了耸那有点宽的肩膀，略带戏谑地说道："我总不能建一个人的党吧。"

就像很多严肃的爱国者一样，在没有摸清楚形势以前，她不会表明自己的政治观点。不过最近，她显然明确倒向了工党，认为它是国家的希望所在。如果在工党内有稳当席位，她肯定会毫不犹豫地站出来，为备受压迫的工人阶级摇旗呐喊。

她的会客厅对外国人一向是敞开的，只要是有点知名度的，不管是捷克斯洛伐克人、意大利人还是法国人，她都来者不拒；她也欢迎美国人，哪怕是个名不见经传的小人物。但她并不势利，你很少在她那里碰到某位公爵，除非这位公爵品行端正，你也很少在她那里碰到贵妇人，除非这贵妇人除了有地位，还有一些无关痛痒的过失，比如说离过婚、写过书、伪造过支票，这些都能变成通行证，唤起阿尔伯特·福里斯特夫人的天主教同情心。她不太喜欢画家，因为他们太腼腆、太沉默了；她对音乐家也没什么兴趣，因为他们但凡有点名气，都是推三阻四的，即便是答应演出，反倒又妨碍谈话了。人们要真想听点音乐，大可以去音乐厅；她偏爱更为细腻的音乐，这种音乐能荡涤心灵。她对作家——尤其是有潜质而眼下却默默无闻的作家，总是那么热情殷切。她生就一双慧眼，总能捕捉到那些刚刚崭露头角的才子，在那些与她经常喝茶的知名作家里，大都是在她的鼓励和指引下做出第一次尝试、迈出第一步的。在文学界，她的地位无可撼动，因此不会对谁心生艳羡，她也频频听到别人称自己为天才，即便是其他作家依靠才华取得了她所没有的物质上的成功时，她也不会有一丝嫉妒。

阿尔伯特·福里斯特夫人相信后世自有公正的评价，因此她将名利置之度外。具备了这些品质，也难怪她能创造出这个野蛮民族从未有过的文化，让它无比接近十八世纪的法国沙龙。没有几个人不认为，在周二受邀去她家吃点心、喝茶是无比荣幸的。当你置身于这个幽暗简朴的房间内，坐在那张齐本德尔式靠椅上时，你一定会感觉自己正经历着一段文学史。美国大使曾这样对阿尔伯特·福里斯特夫人说：

"阿尔伯特·福里斯特夫人，与你喝上一杯茶，是我们这类人最富足的精神享受之一。"

不过这有时候有点过犹不及。阿尔伯特·福里斯特夫人的品位太完美，凡是正确的她总免不了好好欣赏一番，然后做出公允的评论，会让人听得喘不上气。而我呢，在加入她那高格调的社交聚会之前，则需要喝上一两杯鸡尾酒来壮胆。确实，我差点被永远逐出这个聚会了——因为有天下午，我本应该问那个给我开门的女仆："阿尔伯特·福里斯特夫人在家吗？"结果说成了："今天有礼拜吗？"

这当然是一句无心之语，可不幸的是，女仆咯咯地笑了起来，阿尔伯特·福里斯特夫人最忠实的崇拜者之一艾伦·汉娜薇也恰好在门厅脱高筒套靴，于是她把这句话转述给了女主人，当我走进会客厅的时候，阿尔伯特·福里斯特夫人便直勾勾地盯我。

"你为什么问今天这里是不是有礼拜？"阿尔伯特·福里斯特夫人问。

我解释说我刚才有点心不在焉，而她看我的眼神我只能说令人不安。

"你的意思是我的聚会……"她在脑海中搜索一个合适的词，"像圣礼？"

我不知道她到底什么意思，但我实在不想在那么多聪明的宾客面前暴露我的无知，于是决定拍她马屁。

"亲爱的阿尔伯特·福里斯特夫人，你的聚会正如你的人一样，极其美好和神圣。"

阿尔伯特·福里斯特夫人结实的身躯微微颤了一下，好比一个大男人突然闯入了一个摆满风信子的房间，浓郁的花香差点把他给熏倒。不过好在她也不那么咄咄逼人了。

"你要真是想打趣儿。"她说，"我倒希望你能在我的宾客面前开点玩笑，而不是当着我的女仆的面……沃伦会给你上茶的。"

阿尔伯特·福里斯特夫人挥了挥手，这才让我如释重负。但这事她并没有就此放过，在接下来的两三年里，每次将我介绍给别人时，都不忘说上一句：

"你可不能放过他，他到这儿就是来忏悔的。到我家门口的时候他总是要问上一句：这儿做礼拜吗？很搞笑，是不是？"

但阿尔伯特·福里斯特夫人不光是每周搞一次下午茶聚，她还要在周六的时候举办一次八人规模的午宴：因为她认为八个人最适合共同交谈，而她的餐厅也最适合容纳八个人。而能够让她沾沾自喜的地方，不是她对诗歌独到的理解，而是她那出名的午宴。客人都是经她精挑细选的，因此收到她的邀请不只是一种赞誉，更像是一种献祭。比起鱼龙混杂的下午茶聚会，在午宴餐桌上更容易维持高水准的谈话。因此每个人在离开阿尔伯特·福里斯特夫人的餐厅时，都会更加笃信她的才能，也对人性有了更光明的信仰。她只邀请男士。虽然她极力拥护女性，也很愿意在其他场合上与她们相处，但她发现在餐桌上时，女士们更倾向于和自己的邻座交谈，这会妨碍人们共同交流。而她想让自己的午宴不仅是肉体上的款待，更是灵魂上的享受。不得不说，阿尔伯特·福里斯特夫人总能为宾客奉上不可多得的食物、上乘的红酒和一流的雪茄。对那些接受过其他文学家款待的人来说，确实是非同一般了，因为大多数的文人墨客都是内心丰腴而生活清苦，他们忙于精神层面的求索，都意识不到羊肉没烤熟、土豆已经放凉了。啤酒倒是不错，但红酒太过提神，咖啡更是碰不得的。宾客们对她提供的美食啧啧称赞，这让她很是欢喜。

"谁要是能赏脸和我一同进餐。"她说，"那我好歹要像模像样地款待他们，吃得至少得和家里一样好吧。"

但如果赞誉过头了，她是拒不承认的。

"你的这番谬赞我可是愧不敢当啊。你要夸就夸布尔芬奇太太。"

"谁是夸布尔芬奇太太？"

"我的厨师。"

"那她可真是好手艺啊！可别告诉我这红酒也是出自她的手。"

"这酒还不错吧？我对这类事物是一窍不通的，所以就全权委托给我的供酒商了。"

但要是提及雪茄，阿尔伯特·福里斯特夫人便会莞尔一笑。

"雪茄就要归功于阿尔伯特了，这都是他挑的。我总认为没有人比他更了解雪茄了。"

说罢，她看向了坐在餐桌另一头的丈夫。只见他那一双眼睛炯炯有神，透露着高傲，就像一只纯种母鸡（浅黄奥平敦鸡）骄傲地注视着它唯一的后代。很快，谈话里一片恭维之声，这些宾客总算是找到了一个合适的时机，于是大家都迫不及待地夸赞他独到的品位。

"你们真是太客气了。"他说，"我很高兴你们能喜欢这些雪茄。"

接下来，他会就雪茄展开一点论述，告诉我们他所追求的雪茄品质，感慨因为雪茄产业商业化导致的品质下降问题。阿尔伯特·福里斯特夫人一边听，一边露出满意的微笑。显然，她也很享受丈夫的这次小胜利。当然，不能没完没了地说雪茄，所以一旦觉察到宾客有不耐烦的迹象，她都会马上提出一个更宽泛的话题，而这个话题往往更有探讨价值也更有趣味性。这时，阿尔伯特先生重归沉默，但至少他已经出过风头了。

　　其实正是阿尔伯特先生让她的周六午宴比下午茶聚逊色了几分，因为他实在太无趣了。而阿尔伯特·福里斯特夫人显然意识到了这一点，但她就是要让丈夫加入这一聚会，为此把午宴时间定在了周六——阿尔伯特先生只有在周六才能抽出时间。因为她认为丈夫出席这些重要场合是对她的一种尊重，这份尊重就好比是他必须偿还给自己的一笔债。

　　她从未失口——承认自己嫁的男人跟自己的精神境界不相匹配——或许在夜深人静之际，她还会扪心自问，一个真正的灵魂伴侣是怎么找到的。阿尔伯特·福里斯特夫人的朋友们倒是直言不讳，认为这样的女人竟为这样的丈夫所累，实在是可惜。他们（她的大多数朋友都信奉独身主义）互问，阿尔伯特·福里斯特夫人怎么就嫁给了他，最后只能绝望地归结为：娶嫁是夫妻俩的事，旁人看不明白。

　　阿尔伯特的无趣倒不是絮絮叨叨、极其刺耳的那种。他不会用一些没完没了的故事或不得要领的笑话纠缠你，让你不得清静；也不会用一些陈词滥调或者老生常谈的事儿来折磨你、让你不自在。他只是无聊透顶而已，只是无足轻重罢了。克里福德·博伊尔斯顿洞悉法国浪漫文学家的所有秘密，他自己也是个成就斐然的作家，他说如果你到阿尔伯特进去的房间一瞧，你会发现里面还是空无一人。阿尔伯特·福里斯特夫人的朋友们认为这个调侃妙极了，其中有个叫罗茨·沃特福德的小说家，有些名气，也胆量过人，竟向阿尔伯特·福里斯特夫人转述了这句话。虽然阿尔伯特·福里斯特夫人佯装恼怒，却还是隐藏不住嘴角扬起一丝笑意。看到福里斯特夫人如此这般对待丈夫，他们对她的敬意更是有增无减。福里斯特夫人主张，无论朋友们内心是如何看待自己丈夫的，他们对他都必须以礼相待。她自己就做得令人敬佩。如果他难得发言一次，福里斯特夫人会面带笑意，仔细聆听；如果他帮她拿了本书或者递了一支笔给她，以便她记下一闪而过的灵感，她都会道一声感谢。阿尔伯特·福里斯特夫人也决不容许她的朋友们故意冷落自己的丈夫。但作为一个讲究策略的女人，她知道如果自己出行时都有丈夫随行，外界是不太能接受的。所以她经常独自现身，但她的朋友们心里清楚，她还是希望他们一年里能邀请自己的丈夫至少一次。当阿尔伯特·福里斯特夫人要演讲的时候，阿尔伯特先生总是会陪同她出席这类公众宴会；如果要讲座，她总要确保自己的丈夫在演讲台上有位置可坐。

在我看来，阿尔伯特中等身高，但或许是因为一看到他就能联想到他那身形魁梧的妻子，所以总觉得他个头小。也因为他体型瘦削，一副弱不禁风的样子，所以和他妻子一样，看上去有些显老。他总是把白发剪得很短，显得有些稀疏，蓄起的小白须也就只是胡茬而已。清瘦的脸庞，除了沟壑纵横，再找不出特别之处。一双蓝眼睛，也早已失去了往日神采，变得暗淡无光、呆滞无力。他一向穿戴齐整——同一个样式的芝麻呢裤子，配上黑色大衣，系上别了珍珠领带夹的灰色领带。因为他看上去实在太不起眼了，有时候站在会客厅里陪同阿尔伯特·福里斯特夫人接待应邀前来参加晚宴的宾客时，就像是一件安安静静、有绅士派头的家具。阿尔伯特举止得体，与宾客们握手时，也都是面带微笑，随和谦恭。

"你好啊！你能来我真是太高兴了。"如果这些朋友是有些交情的，他就会这样问候他们："最近怎么样，还不错吧？"

但要是社会名流第一次来他家，他便会在门口候着，等他们进来的时候对他们说：

"我是阿尔伯特·福里斯特夫人的丈夫，我来带您见我太太。"

接着，他就带着这位宾客去见阿尔伯特·福里斯特夫人。只见她背对着光线，但一看到友人走近，便急切地迎上来，欣喜地欢迎他的到访。

在阿尔伯特·福里斯特夫人的文学名声大噪之际，阿尔伯特先生能发自肺腑地为太太感到自豪，也甘愿为了她的事业而退居其次，这可算作一段佳话。当需要的时候，他总能陪伴一侧，而不需要的时候，他也不会来凑热闹。这种审时度势的圆滑老练，如果不是苦心孤诣地刻意为之，那就一定是天性如此。阿尔伯特·福里斯特夫人最早察觉到了这一优点。

"如果没有他，我还真不知道该怎么办了。"阿尔伯特·福里斯特夫人这样说，"他对我来说就是无价之宝，我写的每篇东西，都要先读给他听一听，因为他的评价通常都很有参考价值。"

"就像莫里哀① 和他的厨师一样。"沃特福德小姐调侃道。

"我亲爱的罗兹，这很好笑吗？"阿尔伯特·福里斯特夫人略带不悦地问道。

阿尔伯特·福里斯特夫人要是不赞成某一评论，就会反问一句，说是不是自己太愚钝，听不出来这话里的玩笑，令在场的许多人听得云里雾里的。但这一招对沃特福德小姐可不管用，这女人漫长的一生经历过多段恋情，不过唯一的激情还是倾注在了文字里。阿尔伯特·福里斯特夫人对她更多的是容忍而非赞赏。

---

① 莫里哀（Moliere），法国作家，他常把自己的剧作读给厨师听。

"得啦，得啦，亲爱的。"她答道，"你心里其实清楚得很，没有你，他什么都不是，也不会认识我们。能结识这个时代最有头脑、最杰出的人，这对他来说是天大的运气。"

"没有安身立命的蜂房，蜜蜂可能确实很难活，但即便是这样，蜜蜂也有自己的价值。"

虽然阿尔伯特·福里斯特夫人的朋友们精通文学艺术，但对于自然科学几乎是一窍不通，因此对她的反驳也就不敢多加妄议了。于是她又继续说道：

"他从不打扰我，而且是本能地知道我什么时候不想被打扰。真的，当我文思泉涌的时候，他坐在那儿不但不会妨碍我，反而还能让我安心。"

"就像一只波斯猫。"沃特福德小姐评论道。

"是一只训练有素、血统高贵、教养十足的波斯猫。"阿尔伯特·福里斯特夫人郑重其事地纠正道，沃特福德小姐哑口无言。

关于自己的丈夫，阿尔伯特·福里斯特夫人还有话要说。

"我们都是知识分子。"她说，"知识分子总喜欢抽身事外，而且比起实实在在的事物，抽象的概念对我们来说更具有吸引力。有时候我觉得，我们总是以一种过于超脱的姿态去审视纷繁人世，也总是居高临下地看待世间万象。难道你们不怕人性慢慢泯灭吗？我一直很感谢阿尔伯特，是他让我一直接触到普通大众。"

她这些话一如她的文字，精妙细微、见解精辟，在场没有一位能予以否认。因此，阿尔伯特在阿尔伯特·福里斯特夫人的密友圈内也被称为"普通人"。但这个称谓持续了一段时间后，就被抛弃了。他随后又成了"集邮家"。这个称谓可是克利福德·博伊尔斯顿那位鬼才为他量身定制的。有一天，他和阿尔伯特聊着天，正聊到搜肠刮肚、黔驴技穷之际，他问了一句：

"你收集邮票吗？"

"不收集。"阿尔伯特轻声回答，"我恐怕没有这个爱好。"

但克利福德·博伊尔斯顿的问题一出口，就感觉阿尔伯特十有八九是集邮的。克利福德以对法国精神的详尽研究而知名，很大程度上承袭了法国人的敏捷和智慧，他写过一本关于波德莱尔妻子的姑母的小说，曾引起所有法国文学爱好者的关注。他无视阿尔伯特的否认，一有机会就告诉阿尔伯特·福里斯特夫人的朋友们，说他总算发现了阿尔伯特的秘密——他喜欢集邮！之后，每次见到阿尔伯特他都要问：

"福里斯特先生，你的邮票收集得怎么样了？上回见面之后有没有买到什么新邮票啊？"

阿尔伯特一再否认也不管用，因为这个无中生有的捏造太形象了，必须要拿来做够文章。阿尔伯特·福里斯特夫人的朋友们对此也坚信不疑，跟他搭话都是先打听他集邮的近况。甚至当阿尔伯特·福里斯特夫人兴致盎然的时候，也会打趣儿地称自己丈夫为"集邮家"。

这个称谓实在太贴切了，就像是为他定做的手套一般合适。有时他们会当面这么叫他，但他也只是一笑了之，丝毫不以为意，甚至不再澄清。这种好脾气，真是让人不得不欣赏。

当然，阿尔伯特·福里斯特夫人深谙社交门道，她是绝不会让声名显赫的宾客坐在丈夫身边的，因为她也担心破坏了午宴的氛围。她会特意安排自己的故友或者是密友坐在丈夫两边，而当这两个朋友被指派去做这份苦差事的时候，她会对他们说：

"你肯定不会介意坐在阿尔伯特旁边，对吧？"

这时候他们也只能说自己乐意至极。但要是他们的神色中流露出明显的沮丧，她就会笑着拍拍他们的手，补上一句：

"下次你坐我旁边。阿尔伯特一碰到陌生人就害羞，也只有你知道该怎么和他相处了。"

他们确实知道——只要忽视他就行了。在他们看来，他坐的这把椅子还不如空着好。其实仅凭阿尔伯特·福里斯特夫人的收入，绝对没法让宾客们在春天吃上三文鱼，或者享用反季的芦笋。这些宾客们吃着阿尔伯特掏钱买来的美食，却对他不理不睬，对此他竟没有表现出丝毫恼怒。他只是安静地坐在那儿，一言不发，如果开口说话，也只是指挥女佣人。如果客人初来乍到，他会认认真真打量他一番，要不是他目光单纯，对方甚至会觉得难堪。而打量别人的时候，阿尔伯特似乎在问自己，这是个怎么样的陌生人呢？经过一番审视后即便是有了什么答案，他也绝不会表露出来。随着谈兴渐浓，他的眼神会跟着说话人游走不停，但从那张清瘦、满是皱纹的脸上，你还是看不出他对这些餐桌上的奇思妙想持何种态度。

克利福德·博伊尔斯顿曾说过，所有的机敏和智慧也就是在阿尔伯特的脑子里逛了一圈，有如雁过无痕。他已经不打算听懂什么了，只是做个聆听的样子而已。但那位博学多才的评论家哈里·奥克兰却说，阿尔伯特实际上都听进去了，他觉得所有的谈话都妙不可言，所以也试着用他那愚钝、混乱的大脑努力弄懂他听到的这些奇谈怪论。到了城里，阿尔伯特肯定会跟人吹嘘自己认识的大人物，没准在他那个圈子里，他的学识还算是出色，还会被追捧为权威呢。要是能听一听他是怎么把我们在饭桌上说的话物尽其用的，那可真是妙不可言。哈里·奥克兰是阿尔伯特·福里斯特夫人忠实的崇拜者之一，他写过一篇颇具才气的文章，对她的写作风格有过一番精湛的评述。他五官精致，甚至可以说精美，像极了圣塞巴斯蒂安[1]。不过毛发出奇的旺

---

[1] 圣塞巴斯蒂安（San Sebastian，256—288），基督教殉教士，在绘画艺术中常被描绘成带有阴柔之美的俊秀少年。

盛，像是用生发剂用过了头。他还很年轻，三十岁都不到，却已经先后做过戏剧评论人、小说评论人、音乐评论人和绘画评论人。不过他现在对艺术有些腻烦了，所以他放言，未来要专心地在体育评论领域施展天分。

应该说明的是，阿尔伯特算是个城里人，不幸的是，阿尔伯特·福里斯特夫人的朋友们都认为，她以非凡的克己精神包容了自己没钱的丈夫。如果阿尔伯特是个商界传奇，手握国家命脉，派遣出去的船只满载珍贵的香料驶向黎凡特的各个港口——这些港口名字洋味十足，够诗人大书特书的，要真是这样，那还是有些浪漫情调的。但他不过就是个醋栗商，所得收入只勉强能让妻子过上富足优渥的生活。因为他每天要在办公室待到六点，等他赶到妻子的周二下午茶聚会，一些重量级宾客都已经走了，会客厅里至多只有三四个阿尔伯特·福里斯特夫人的密友，他们畅所欲言，用诙谐的语言点评已经离场的宾客。当听到前门传来阿尔伯特拿钥匙开门的声音，他们便同时意识到时间已经不早了。片刻之后，阿尔伯特略带迟疑地推开了门，温和地朝屋内瞅瞅。这时，阿尔伯特·福里斯特夫人会用一个灿烂的微笑招呼他过来。

"进来，阿尔伯特，快进来。这些人想必你都已经认识了。"

于是，阿尔伯特走过去，与妻子的朋友们一一握手。

"你刚从城里回来吧？"阿尔伯特·福里斯特夫人迫不及待地问道，虽然她心里清楚丈夫除了去城里哪儿都不会去的，"你要杯茶吗？"

"不了，不过谢谢你，亲爱的。我在办公室喝过了。"

阿尔伯特·福里斯特夫人还是笑容满面，在旁人看来，她和她丈夫还真是伉俪情深。

"这样啊，但我觉得你肯定还想再喝一杯，我来给你倒一杯吧。"

她走到茶几边，给丈夫倒了一杯茶后又在里面加了牛奶和糖，全然忘了这壶茶是一个半小时前煮的，现在已经凉透了。阿尔伯特接过茶杯说了声"谢谢"，然后温柔地搅了搅。但当阿尔伯特·福里斯特夫人继续刚才被丈夫打断的谈话时，阿尔伯特连尝都没尝就把茶杯轻轻放下了。事实上，他的到来是聚会告终的信号，剩下的客人很快一一散去。但有一回，谈话实在太尽兴了，所交流的议题意义重大，阿尔伯特·福里斯特夫人执意挽留要告辞的客人们。

"一定要把这个事说清楚。"她以几乎有些调皮的语气说道，"毕竟在这个问题上，阿尔伯特或许是有些想法的，我们不妨听听他的意见，或许能有点启发。"

那时候女士们开始时兴剪短发，而大家正探讨的话题是阿尔伯特·福里斯特夫人应不应该剪一个盖瓦式短发。她是一个看上去颇威严的女士，骨架很大而且体形厚实。要不是人高马大的，你或许会觉得她是个肥胖的女人。她将这种粗犷豪放的体格驾驭得游刃有余。她的五官比常人略大一些，也正因为如此，她脸上流露出男人的英气和才气，而这些都是她骨子里就有的。她的皮肤很黑，会让你觉得她可能有黎凡特人的血统。她自己也承认她有吉普赛人的特质，这也解释了为什么她的诗歌有时候狂野放纵、激情澎湃。她那一双大眼睛乌黑发亮，鼻子像极了那位了不起的威灵顿公爵①，不过阿尔伯特·福里斯特夫人的更具肉感。她的下巴方方正正，透着刚毅果决。她的嘴也很大，但即便没有化妆品的装饰——阿尔伯特·福里斯特夫人也不屑于用这些玩意儿——双唇也一样丰满红润。而她那一头灰发又密又硬，高高地盘在头顶，更衬得她高高在上。从外表看来，她不仅咄咄

① 威灵顿公爵（Duke of Wellington），英国陆军元帅、首相，以在滑铁卢战役中指挥英普联军击败拿破仑而闻名，有"铁公爵"之称，他鼻子非常大。

逼人，甚至有些令人生畏。

她着装虽一向偏冷色调，但搭配得体，质感十足，举手投足之间都是女文人的模样。不过能看得出来，她也在慎重地追随潮流（她也是人，难免爱慕虚荣），衣裙长短剪裁得很时髦。我猜她一直都想剪个盖瓦式头，但又觉得，与其主动去剪头，不如应朋友之请去剪头来得有范。

"哦，你一定要剪，一定要剪。"哈里·奥克兰像个小男孩一样急切地说道，"绝对很漂亮。"

克利福德·博伊尔斯顿却有些迟疑，他最近在写一本关于路易十四的情妇曼特农夫人的书，觉得这个尝试有些冒险。

"我认为。"他一边用一块细纺手绢擦着他的眼睛，一边说，"人一旦有了自己的风格，就要始终如一，要是路易十六不戴假发，会成什么样子？"

"我也很犹豫。"阿尔伯特·福里斯特夫人答道，"但我们终归得跟上时代。我是活在当下的，可不想落伍。就像威廉·迈斯特说的，所谓的美国式自由，就是活在此时此地。"她兴冲冲地转过头问阿尔伯特："我的先生有没有什么想说的呢？你意下如何，阿尔伯特？'盖瓦'还是'不盖瓦'，这是个问题[1]。"

"恐怕我的意见无足轻重吧，亲爱的。"阿尔伯特谦逊地回答。

"不，对我来说，你的意见可太重要了。"阿尔伯特·福里斯特夫人有些讨好似的说。

她心里明白，朋友们都看得出来，她对待这位"集邮家"已经做到了无可挑剔。

"你一定要说。"她继续说道，"我就想知道你怎么想的，没有人

---

[1] 阿尔伯特·福里斯特夫人模仿莎士比亚的名句"生存还是毁灭，这是个问题"。

比你更懂我了，阿尔伯特，这个发型到底适不适合我？”

“或许吧。”他回答，“我就是担心，你的身材跟雕像一样魁梧，剪了短发会不会让人想起——这么说吧，让人想起萨福尽情歌颂和热爱的希腊岛。”

一刹那气氛变得尴尬，大家都怔住了。罗慈·沃特福德强忍着不笑，但其他人就像石化了一般默不作声。阿尔伯特·福里斯特夫人的笑脸也十分僵硬。显然，阿尔伯特失言了。

“我一直觉得拜伦的诗稀松平常。”阿尔伯特·福里斯特夫人终于说了句话。

聚会结束了。阿尔伯特·福里斯特夫人没有剪盖瓦头，事实上也没有人再提起这个话题。

在另一个周二下午茶聚会接近尾声的时候，发生了一件事，对阿尔伯特·福里斯特夫人的文学生涯产生了重大的影响。

那是她办得最成功的一次聚会，当时工党领袖也现身了，而阿尔伯特·福里斯特夫人竭尽所能地暗示她自己有意投身贵党，就差直截了当地说出来了。时机已经成熟，如果她真的想要从政，现在就得做出决定。克利福德·博伊尔斯顿带了一位法兰西学院的院士过来，明知对方一点都不懂英文，听到他这样谦恭地夸赞自己华美却不失清雅的文风，心中还是感到欣慰。美国大使也来了，还有那位俄国大公，要不是那纯正的罗曼诺夫血统，别人还以为他是个舞男呢。一位刚刚离了婚就下嫁给赛马骑师的公爵夫人，看上去还是那么雍容贵气，发冠上佩戴的草莓叶 [①] 虽有些枯黄，倒为此次聚会增添了一番风味。这儿本是文坛巨星荟萃，但现在其他人都散了，只剩下克利福德·博伊

---

① 草莓叶（strawberry leaves），英国贵族按一定规格，用冠饰上草莓叶的多少代表身份高低。

尔斯顿、哈里·奥克兰、罗斯·沃特福德、奥斯卡·查尔斯河西蒙斯。奥斯卡·查尔斯是个个头小得像侏儒一样的男人。他年纪不大，戴着一副金边眼镜，看上去像猴子一样精明。他在政府里谋职，闲暇时从事文学，给《六便士周报》写点小文章。他愤世嫉俗，对这个世界充满了鄙夷。但阿尔伯特·福里斯特夫人很喜欢他，觉得他颇具才华。查尔斯虽一直对她的文风表示由衷赞赏（但事实上就是他给阿尔伯特·福里斯特夫人起了个"分号师太"的外号），但他对什么都要抨击一番，因而就连女主人也惧他三分。西蒙斯是他的经纪人，脸圆圆的，架着一副眼镜，因为眼睛度数太高了，所以那一双眼睛好似变形一般，让你想起水族馆里某些粗蛮原始的甲壳类生物。他会定期出席阿尔伯特·福里斯特夫人的聚会，一方面是他对女主人的文学天分推崇备至，另一方面也是因为在她的会客厅里很容易结识到潜在客户。

西蒙斯为阿尔伯特·福里斯特夫人鞍前马后地效劳了很多年，但报酬微薄。因此女主人一点也不介意牵线搭桥，让他正经赚点钱。遇上有文学作品要出手的客人，她会把他们郑重推荐给西蒙斯，而且带着发自内心的感激。圣斯维金夫人那本粗制滥造但获利颇丰的回忆录最早就在她的会客厅里敲定的，每想起此事她就不免沾沾自喜。

所有人围坐在阿尔伯特·福里斯特夫人身旁，愉快地——但不得不承认，也有些恶毒地——谈论着当天在场的各路宾客。沃伦小姐的脸色看上去有些苍白，她在茶桌端茶递水已经两个小时，一直在房间里轻轻地走来走去，收拾客人四处留下的茶杯。她好像有一份正式工作，但总能抽空过来为阿尔伯特·福里斯特夫人端茶倒水，晚上帮她把手稿打出来。阿尔伯特·福里斯特夫人没有给她开工资，甚至还理所当然地认为，她为这个可怜的女人做了不少事呢。但她会把别人寄给她的免费电影票送给沃伦小姐，还经常把自己不穿的衣物送她。

女主人的声音低沉饱满，侃侃而谈，其他人都聚精会神地听着。她现在状态很好，可以说做到了妙语如珠，出口成章。突然，廊道里"哐啷"一声，好像有什么东西摔到地上了，紧接着传来一阵争执声。

阿尔伯特·福里斯特夫人停了下来，高贵的眉头微微蹙起，看上去有些不快。

"我是不允许这种要命的喧声出现在我公寓里的，我还以为他们知道呢。沃伦小姐，能劳烦你摇一下铃，问一下这闹声是怎么回事吗？"

沃伦小姐摇铃后，很快就有女仆过来了。为了不打扰到阿尔伯特·福里斯特夫人，沃伦小姐站在门边压着嗓音问女仆话。但阿尔伯特·福里斯特夫人还是停下不说了，似乎有些气恼。

"行了，卡特，到底怎么回事？是房子要倒了还是红色革命终于爆发了？"

"请你原谅，夫人，是那个新厨师的箱子。"女仆回答，"搬运工在拿进来的时候掉到地上了，厨师气得不行。"

"你说的'新厨师'是什么意思？"

"夫人，布尔芬奇太太今天下午走了。"女仆答道。

阿尔伯特·福里斯特夫人直勾勾地盯着她。

"我才知道这事，布尔芬奇太太之前有打过招呼吗？福里斯特先生回来就告诉他，我有话和他说。"

"好的，夫人。"

女仆退下了，沃伦小姐也静静地回到了茶桌边。虽然没人要喝茶，但她还是很机械地倒上了几杯茶。

"这真是飞来横祸！"沃特福德小姐惊呼着。

"你一定要把她请回来。"克利福德·博伊尔斯顿说着，"那女人的厨艺可了不得，是个宝贝，而且每天都有进步。"

这时，女仆端着一个放了一封信的小托盘走了进来，然后将信递给女主人。

"这是什么？"阿尔伯特·福里斯特夫人问她。

"福里斯特先生交代我，如果你找他，就把这封信给你。"女仆说道。

"那福里斯特先生人呢。"

"他走了，夫人。"女仆答道，对这个问题显然感到意外。

"走了？那没事了，你下去吧。"

女仆走出了房间。阿尔伯特·福里斯特夫人那宽大的脸庞满是疑惑，而后打开了信封。罗斯·沃特福德小姐告诉我，她一开始还以为因为厨师的不辞而别，阿尔伯特怕太太怪罪他，所以先投泰晤士河了呢。哪知阿尔伯特·福里斯特夫人读完信后，脸上升起一股怒气。

"天呐，这太荒唐了。"她惊呼道，"太荒唐了！真是荒唐至极！"

"发生什么了，福里斯特夫人？"

阿尔伯特·福里斯特夫人踩着地毯，像一匹亢奋刚性的烈马来回蹭着地，双手交叉在胸前，那姿势很难描述（泼妇开始打街骂巷的时候你能看到这种阵势），怒视着那些惊讶而又慌乱的宾客。

"阿尔伯特和那个厨师私奔了。"

大家错愕地吸了口气。接着发生了一件令人惊骇的一幕——站在茶桌后边的沃伦小姐突然失控。这沃伦小姐向来一言不发，从来没有人和她搭过话。三年来虽然每周必在，到了街上也不一定有人认得她。就是这位沃伦小姐突然按捺不住，放声大笑起来。在场的客人们就好像以色列先知巴兰听到他的驴子开口说话了一样，惊惶失措，竟不约而同地转过头去盯着她看。沃伦小姐确实扯着嗓子在笑，这幅场景有种难以名状的恐怖，就好像突然发生了某种异象，客人们惊慌失措，就跟看到周围的桌椅开始毫无征兆地跳着滑稽舞一样。沃伦小姐也不想笑了，但越是想停下来，越是笑得浑身战栗，最后只能抓起一块手绢塞进自己嘴里，冲出了房间。门"砰"的一声关上了。

"疯了。"克利福德·博伊尔顿说道。

"完全是个疯子，肯定是。"哈里·奥克兰附和道。

但阿尔伯特·福里斯特夫人却一言不发。

那封信已经落到了她脚边。她的经纪人西蒙斯捡了起来，要递给她，但她没有接过来。

"读出来。"阿尔伯特·福里斯特夫人说道，"大声地读出来。"

西蒙斯先生向上推了推眼镜，把信凑得离眼睛很近，然后读了起来。

亲爱的：

　　布尔芬奇太太想换换环境，决定离开。没有她我也不愿留下，所以准备走了。我实在受够了文学，不想再受艺术熏陶了。

　　她不在意结不结婚，但如果你不介意和我离婚的话，她愿意嫁给我。我希望你能喜欢这位新厨师，前雇主们的介绍信对她评价都很高。为方便你找到我们，给你留下我们的地址：伦敦东南坎宁顿大街411号。

阿尔伯特

没人敢吱一声。西蒙斯先生又把金边眼镜推到鼻梁上。事实是，这些人平日里才智过人，每个场合都不缺乏适宜的话题，但眼下，没有一个人想得出一句恰当的话。阿尔伯特·福里斯特夫人是不会接受别人怜悯的，因此每个人都不敢以身犯险，生怕说的话缺乏新意而被人笑话。最后还是克利福德·博伊尔顿壮着胆子站出来救场。

"我们都不知道该说些什么。"他说。

又是一阵沉默。接着罗斯·沃特福德开口了。

"布尔芬奇太太长什么样啊?"她问道。

"我怎么知道。"阿尔伯特·福里斯特夫人有些气恼,"我从来没正眼看过她,都是阿尔伯特在打理下人的事,当时也就是让我看看人顺不顺眼。"

"但你每天早上料理家务的时候肯定见过她吧?"

"都是阿尔伯特在料理家务,这也是他自愿的,这样一来我就能全身心投入工作了。人生在世,哪能事事亲力亲为?"

"你的午宴也是阿尔伯特替你安排的?"克利福德·博伊尔顿问道。

"当然了,都是他一手包办的。"

克利福德·博伊尔顿微微地扬了扬眉。原来阿尔伯特·福里斯特夫人的美味佳肴都要归功于阿尔伯特,而大家从来没有想到这一点,真是失策啊!当然,那些口感上乘的夏布利酒也是得益于阿尔伯特,才能冰镇得恰到好处,入口凉爽但又不失醇香和风味。

"他的确知道怎么弄到好酒好菜。"

"我一直告诉你们,他有他的长处。"阿尔伯特·福里斯特夫人答道,就好像有人正在指责她一样,"你们一直都笑话他。我告诉过你们,我有不少事都是靠他的,你们还不信。"

大家都默不作声,会客厅又陷入了沉闷可怕的寂静之中。突然,西蒙斯先生甩出了一颗炸弹。

"你一定要把他找回来。"

阿尔伯特·福里斯特夫人听后大吃一惊,要不是她倚着壁炉,肯定要向后踉跄好几步。

"你究竟在瞎说什么呢?"她惊呼道,"我这辈子都不会再见他的。让我挽留他?想都别想!即便是他回来跟我跪地求饶,我也决不心软。"

"我的意思不是'挽留他',而是把他找回来。"

这话插得不是时候,阿尔伯特·福里斯特夫人根本就没听到。

"我为他什么事都做了,要是没有我,我问你们,他算什么?我给他的地位,他连做梦都梦不到。"

谁都不能否认,阿尔伯特·福里斯特夫人义愤填膺的时候也是非同寻常的。但西蒙斯先生似乎浑然不觉。

"你以后靠什么生活呢?"

阿尔伯特·福里斯特夫人听后,毫不留情地白了他一眼。

"上帝自会关照我。"她冷冰冰地回答。

"我想这不太可能吧。"西蒙斯先生回敬道。

阿尔伯特·福里斯特夫人怒火满腔地耸了耸肩。但西蒙斯先生此时换了个坐姿,舒舒服服坐在椅子里,然后点上了一支烟。

"你要知道,没人比本人更欣赏你的艺术了。"他说道。

"是比'我'。"克利福德·博伊尔顿纠正了他。

"或者是比'你'。"西蒙斯先生不予理会,继续说道,"我们都认同,当下没有谁的文笔能跟你相比,不论是散文还是诗歌,你绝对是一流的。还有你的文风——这不用多说,大家都是有目共睹的。"

"有着托马斯·布朗爵士的华美,枢机主教纽曼的畅达。"克利福德·博伊尔斯顿说道,"加上约翰·德莱顿的犀利和乔纳森·斯威夫特的尖锐。"

阿尔伯特·福里斯特夫人那暗含忧伤的嘴角挤出一丝短暂的苦笑,只有这能表明她还在听。

"还有你的幽默感。"

"莫非世上还有其他人。"沃特福德小姐叹道,"能在这一个分号里融入充满才智、讽刺和幽默的见解?"

"但事实是，你的书一直不好卖。"西蒙斯先生面不改色地继续说道，"我经销你的作品二十多年了，坦白说，靠抽取佣金我是发不了家的。但我还在帮你打理，因为有时候我喜欢为好作品尽点绵薄之力。我一直对你有信心，也希望你能在什么时候获得大众的青睐。但如果你以后要靠写这类作品谋生，我敢打包票，你一点机会都没有。"

"我是生不逢时啊。"阿尔伯特·福里斯特夫人叹道，"我应该出生在十八世纪，那时候阔绰的赞助人会为一句献词花一百基尼。"

"你估计他的醋栗生意能赚多少钱呢？"

阿尔伯特·福里斯特夫人轻轻地叹了口气。

"也没挣几个钱，阿尔伯特一直告诉我，他一年大概也就挣一千二百镑。"

"那他一定很会理财。不过，你别想能靠你自己的收入过上好日子了。听我一句劝，你现在能做的就是把他找回来。"

"那我宁可住阁楼。你觉得他这般羞辱我，我还能对他卑躬屈膝？你不会想让我和一个厨子争风吃醋吧？你难道忘了，对于我们这样的女性来说，尊严可比养尊处优重要多了。"

"我正要说尊严呢。"西蒙斯先生冷冷地说道。

他扫了大伙儿一眼，那双歪斜怪异的眼睛此时更加吓人了，像极了往外鼓的鱼眼睛。

"毫无疑问，我一直认为。"他继续说道，"你在文坛是响当当的人物，也保持着独一无二的地位。你代表的是一些另类。你是断不会为了几个臭铜板而出卖自己的才情的，也一直为了纯粹的艺术而呐喊呼吁。我知道你正想进议会。我自己虽然对政治不太感兴趣，但不能否认这是一个很好的宣传。要是你能成功，我们绝对能借势为你弄一场美国巡回演讲。你是一个有理想的人，我敢说，即便是从未接触过你作品的人也会对你顶礼膜拜。但以你的地位来说，有一件事你是输不起的——那就是成为一个笑柄。"

阿尔伯特·福里斯特夫人坐直了身子。

"你说这话到底是什么意思？"

"我对布尔芬奇太太一无所知，但就我所知，她是个挺正派的女人。但要是一个男人带着厨师私奔了，他老婆会贻笑大方，这是肯定的。如果对方是个舞女，或者是位贵太太，那我敢说，这对你造成不了什么伤害，但她要是个厨子，你就真的完了。不出一周你就会成为整个伦敦的笑柄。如果说有什么能让作家或者政客一击致命的，那就是这种嘲笑。你一定要把你丈夫找回来，而且要赶紧找回来。"

阿尔伯特·福里斯特夫人的脸顿时阴沉下来，她没有马上作答。但她的耳边突然响起了沃伦小姐冲出房门时那疯狂诡异的笑声。

"在座的都是你的朋友，你大可放心，我们不会对外声张的。"

阿尔伯特·福里斯特夫人看了看她的朋友们，觉得罗斯·沃特福德小姐眼里已经有了不怀好意的笑容，查尔斯那张干巴巴的脸则神思恍惚。她真希望刚才情绪失控的时候，还没把秘密抖出来。西蒙斯对文坛了如指掌，他的目光落在了这些宾客身上。

"毕竟在座的都以你为中心，对你马首是瞻。你的丈夫不仅背叛了你，也背叛了他们，这对他们来说也不光彩。事实上阿尔伯特·福里斯特把我们所有人都耍了。"

"所有人。"克利福德·博伊尔斯顿附和道，"我们都是一条船上的。他说得很对，福里斯特夫人，你一定得把这个'集邮家'找回来。"

"连你也，布鲁图①。"阿尔伯特·福里斯特夫人用拉丁语感

①　原文为拉丁语。恺撒被共和派刺死时，发现好友布鲁图也在其列，不由得感慨道："连你也（背叛我），布鲁图。"这句话由此广为流传。

叹道。

西蒙斯先生不懂拉丁语，但即便真懂一点，恐怕也不为所动。他清了清嗓子。

"我建议阿尔伯特·福里斯特夫人明天就去见他，好在我们有他的地址，到时候就恳请他再考虑一下这个决定。我不知道一个女人在这种场面上应该要说什么，但福里斯特夫人足智多谋，充满想象力，她肯定知道要说什么。如果福里斯特先生开了什么条件，那她一定要全盘接受，一定要想尽办法把他弄回来。"

"你要是能把这手牌打好了，明天晚上没有理由弄不回他。"罗斯·沃特福德说得很轻巧。

"你会这么做吗？福里斯特夫人。"

盯着他们看了至少两分钟后，她将头别了过去，凝视着空荡荡的壁炉，接着，她面向他们坐直了身子。

"我是为了我的艺术生涯考虑，不是为了我自己。我不允许那些粗俗的流言蜚语玷污我所坚守的真善美。"

"好极了！"西蒙斯先生高兴地跳了起来，"明天回家我会顺道过来看看，到时候希望能看到你们俩夫妻如胶似漆。"

说完他就告辞了。其他人都怕跟情绪激动的阿尔伯特·福里斯特夫人独处，也都一窝蜂地散了。

阿尔伯特·福里斯特夫人下午走出公寓的时候已经很晚了。她穿着一条黑色丝绸裙，戴着一顶丝绒无边女帽，看上去气度不凡。她要到大理石拱门坐公车去维多利亚车站。西蒙斯先生先前已经在电话里详细说明了一条去坎宁顿大街的路线，既便捷又省钱。她不觉得自己是妖妇黛利拉，看上去也不像。在维多利亚车站，她搭上了一辆驶往沃克斯霍尔桥大街的电车。电车过桥的时候，她发现自己身处的伦敦，比以往所熟悉的更嘈杂、更脏乱，也更熙攘，但此刻她心事太多了，无暇顾及这喧嚣的街景。当电车开到了坎宁顿大街的时候，她总算松了一口气，于是让司机在她要找的那栋房子附近停下来。下了车后，电车轰鸣着向前开去，只剩下她一人站在这喧闹的大街上，这种奇怪的感觉就像是迷了路，好比在东方传奇故事里，一位旅人被神灵丢弃在一座未知的城市里。她慢慢地走着，不时地左顾右盼。此刻，她那丰满的胸腔虽然充满了愤怒和窘迫，但她还是本能地认为，眼前的景象正适合写一篇精美的散文。街边林立的小房子呈现出一种旧时气息，那时这里几乎还是乡村。阿尔伯特·福里斯特夫人在她海量的记忆里加了一条标注——回去以后一定要查一查关于坎宁顿大街的相关典故。411号坐落在一排老旧的屋子里，离街边还有一点距离。屋前有一片杂草，一条砌砖小径通向油漆斑驳的木格门廊。房子前面的墙上爬满了藤蔓，稀稀落落的，看上去有些枯槁，再加上刚才的门廊，使这房子的乡村气息显得虚幻不实，特别是在车水马龙、鸣笛声不断的街边，更显得诡异阴森。这栋房子总有些暧昧不明之处，好像里面住着一位女子，整日寻欢作乐，但依旧填补不了内心的空虚。

门开了，里面走出来一个十五岁左右瘦骨嶙峋的小女孩，两腿细长，头发也乱糟糟的。

"布尔芬奇太太是住在这儿吗？"

"你按错门铃了，她住在二楼。"女孩一边指了指楼梯一边大声喊道，"布尔芬奇太太，有人找你，布尔芬奇太太。"

阿尔伯特·福里斯特夫人踩着破烂的地毯走上了阴暗的楼梯。因为不想让自己一会儿气喘吁吁的，所以她走得很慢。走到二楼，门开了，她认出了那个厨子。

"下午好，布尔芬奇。"阿尔伯特·福里斯特夫人趾高气扬地说道，"我想见你家老爷一面。"

看到这突然冒出来的人，布尔芬奇太太怔了一下，这才把门敞开。

"进来吧，夫人。"说罢，她转过了头，"阿尔伯特，福里斯特夫人来找你了。"

阿尔伯特·福里斯特夫人快步从她身边进了屋子。阿尔伯特就坐在火炉旁，坐着的那张扶手椅虽是皮革面的，但已经破旧不堪。只见阿尔伯特套着拖鞋，穿着衬衫，正抽着雪茄读晚报。看到阿尔伯特·福里斯特夫人进来了，他站起身来。布尔芬奇也关上了门，跟着这位来访者进了屋。

"你还好吧，亲爱的?"阿尔伯特笑嘻嘻地问道，"应该还不错吧?"

"你还是把外套穿上吧，阿尔伯特。"布尔芬奇太太说道，"福里斯特夫人看到你这个样子会怎么想? 我想不出来。"

说罢，她从衣帽钩上取下了外套帮他套上，又替他往下拽了拽背心，不让它盖住领子，俨然对男性着装的细枝末节很熟练。

"我看到你给我的信了，阿尔伯特。"福里斯特夫人说。

"我也猜你肯定看到，不然你怎么会知道我的住址，是吧?"

"何不坐下来谈呢? 夫人。"布尔芬奇太太一边说，一边娴熟地拂着椅子上的灰尘，然后将椅子推上前。椅子都是一整套的，外面是紫红色丝绒面。

阿尔伯特·福里斯特夫人将身子微微一欠，坐了下来。

"我想和你单独谈一谈，阿尔伯特。"她说道。

阿尔伯特的双眼闪动了一下。

"既然你要说的事情既关乎我，也关乎布尔芬奇太太，我想她在场会更好一些。"

"那就依你吧。"

于是布尔芬奇太太也抽了一把椅子坐了下来。阿尔伯特·福里斯特夫人只见过她在印花裙外面套着一件大围裙的样子，但她现在穿着一件白绸敞口衬衫，黑色的裙子和一双带银扣的漆皮高跟鞋。她看上去四五十岁的样子，头发微红，脸颊也泛红，算不上漂亮，但面相和善，身段丰满，这让阿尔伯特·福里斯特夫人想起了一位荷兰绘画大师画的那幅欢快的画作，里面也有个风华已逝、略显老态的女佣。

"好了，亲爱的，你要和我说什么。"阿尔伯特问道。

阿尔伯特·福里斯特夫人对他灿烂一笑，看上去友善极了，一双黑色的大眼睛闪烁着忍气吞声的好脾气。

"你一定清楚这件事是荒谬至极，阿尔伯特，我想你肯定是疯了。"

"是吗？亲爱的，我倒不这么觉得。"

"我不和你生气，我只是觉得可笑。但玩笑就是玩笑，不能开得太过，我今天来是带你回家的。"

"我信上说得还不够清楚吗？"

"信上写得很清楚了。我什么都不问，也不会指责你，我们就当它是暂时的出轨，以后绝口不提。"

"亲爱的，不管你怎么说，我都不会和你一起生活了。"阿尔伯特的语气极其友好。

"你不会是认真的吧？"

"我很认真。"

"你爱这个女人吗？"

阿尔伯特·福里斯特夫人依旧强作笑颜，但灿烂的笑容中却带着些许焦虑和苦涩。她决意要轻描淡写、举重若轻地应对这件事，不过她那一贯的价值观让她意识到，眼前的这幅场景实在有些荒唐。阿尔伯特瞅了瞅布尔芬奇太太，那沧桑的脸上浮现出笑容。

"我们处得还不错，是吧，老伴？"

"还不错。"布尔芬奇太太回答他。

阿尔伯特·福里斯特夫人扬了扬眉，结婚那么久了，丈夫还从来没有称呼她为"老伴"。不过话说回来，她也不想他这么称呼自己。

"如果布尔芬奇太太关心你、尊重你，她一定清楚，这是不可能的。想想你以前的生活和社交圈，再看看这破烂出租屋里的家具摆设，她是不可能让你永远幸福的。"

"这个出租屋不带家具，夫人。"布尔芬奇太太反驳道，"这些家具都是我自己的，你看，我也是自食其力的那种人，一直希望有一个自己的家。所以不管我有没有活干，我都留着这些屋子，这样我随时都有地方可去。"

"你看这个小窝多温馨啊。"阿尔伯特说道。

阿尔伯特·福里斯特夫人打量着这个屋子。只见壁炉里筑了一个灶台，上面烧着的一壶水已经开了。壁炉架上摆着一座黑色大理石钟，钟的一侧竖着同样材质的支形大烛台。有一张铺着红布的大餐桌，一个梳妆台和一台缝纫机。墙上挂着照片和一些画框，看上去像是发放的圣诞福利。屋子后面还有扇门，挂着红色长绒门帘，往里走的话，考虑到房子的大小，只可能是这间屋子唯一的卧室（闲暇时间里，阿尔伯特·福里斯特夫人对建筑学可以说是有深入的研究）。阿尔伯特和布尔芬奇太太共处一室，俩人的关系自不待言。

"和我在一起不开心吗？阿尔伯特。"阿尔伯特·福里斯特夫人的声音低沉下来。

"我们结婚三十五年了，亲爱的。太久了，真的太久了。你是个不错的女人，但不适合我。你是个文人，我不是，你是艺术家，我不是。"

"我一直努力想让你跟我志同道合，为了不让你活在我成就的阴影下，我付出了很多心血。我做所有的事情都会考虑到你，这你不能否认吧。"

"你是个才华横溢的作家，我一点都不否认。但说实话，我一点都不喜欢你写的小说。"

"关于这个——如果我可以这么说的话，只能说明你品位不佳。那些最出色的评论家都认为我的作品有力量与魅力。"

"我也不喜欢你的朋友。告诉你个秘密，亲爱的，在你弄的那些聚会上，我有时候会产生一种几乎是抑制不住的冲动，真想脱光衣服，看看会发生什么事。"

"什么都不会发生。"阿尔伯特·福里斯特夫人眉头微微一皱，"我应该只会请一位医生过来。"

"你的身材也没有那么好。"布尔芬奇太太补充道。

西蒙斯先生曾暗示过阿尔伯特·福里斯特夫人，有必要的情况下，她一定得毫不犹豫地诱之以美色，将她那位出了轨的丈夫拽回婚姻的屋檐下。但具体要怎么做，她一窍不通。这时她不由寻思：如果今天穿了晚礼服，兴许还好办些。

"难道这三十五年的忠诚婚姻对你来说什么都不是吗？这么些年来，我都没有正眼瞧过其他男人，阿尔伯特，我已经习惯和你在一起了，没有了你，我都不知道该怎么办。"

"我已经把菜单留给了那位新厨师，夫人。你只要告诉她有几位宾客参加午宴，她会安排好的。"布尔芬奇太太说道，"她能靠得住，我见过的所有人里面，就数她油酥点心做得最好。"

阿尔伯特·福里斯特夫人有点气馁了。布尔芬奇太太完全是一番好意，但这么一来，想要动之以情就有些困难了。

"恐怕你是在浪费时间，亲爱的。"阿尔伯特说道，"我心意已决，而且我岁数也不小了，现在就想找个人照顾我。当然我会尽我所能给你一笔生活补贴。科丽娜想让我退休算了。"

"科丽娜是谁?"阿尔伯特·福里斯特夫人大吃一惊。

"是我。"布尔芬奇太太解释说,"我母亲有一半法国血统。"

"这就说得通了。"阿尔伯特·福里斯特夫人噘起嘴巴。因为她虽然欣赏邻国的文学成就,但认为法国的道德观念还有很大的提升空间。

"我想说的是,阿尔伯特已经干了大半辈子了,现在该享享福了。我在滨海克拉克顿买了套房子,那地方很适合养老,空气新鲜,我们会过得很舒服。而且那儿有沙滩,有码头,不愁打发不了时间。那儿的人待人很好,只要你不惹他们,他们也不会惹你。"

"今天我和合伙人谈过我要退休的事情了,他们愿意收购我的股份。当然,是会有一点牺牲的。等到事情都落实以后,我每年会有九百英镑的收入。我们三个人,那就一人三百英镑。"

"三百英镑我怎么过得了日子?"阿尔伯特·福里斯特夫人大声质问道,"我好歹是有地位的人,交际应酬总是免不了的。"

"亲爱的,你可是文笔流畅、文采斐然的多产作家啊。"

阿尔伯特·福里斯特夫人不耐烦地耸着肩。

"你很清楚,我写的书只给我带来了虚名,没带来什么实际的好处。出版商们也总说出版我的书,都是亏本买卖。事实上,他们替我出书也是为了虚名。"

就在这时,布尔芬奇太太提议了,这个提议后来对阿尔伯特·福里斯特夫人影响深远。

"那你为什么不写刺激的侦探小说呢?"她问道。

"我?"阿尔伯特·福里斯特夫人惊呼一声,这是她生平第一次置语法于不顾。

"这个主意不错啊。"阿尔伯特附和道,"这主意真的不错。"

"如果这样，那些评论家会众口一词地攻击我。"

"我倒不这么认为。给那些风雅文人一次低俗的机会，而且还不用他们自降水准，想必他们会对你感激得不知所措。"

"你倒会替人宽心，谢谢了[①]。"阿尔伯特·福里斯特夫人若有所思地嘀咕着。

"亲爱的，那些评论家会喜欢的。而且用你那精妙的文笔写出来，他们会发自内心地奉为杰作。"

"这个主意太荒唐了。跟我的才华格格不入，我永远也不会媚俗的。"

"怎么不会？读者想读好作品，但最好是吸引人的好作品。你的名字虽然家喻户晓，他们却很少读，还不是因为你写的东西太无聊了。事实就是这样，亲爱的，你太无聊了。"

"我不明白，你怎么能这么说，阿尔伯特。"阿尔伯特·福里斯特夫人大为恼火，就好比赤道硬被说成是块严寒之地一样，"大家都知道，并且也都承认，我有敏锐的幽默感，还没有人能像我一样，从一个分号里挖掘出陶冶性情的幽默感呢。"

"如果你能献给大众一个精彩刺激的故事，同时让他们感到他们的推理能力有所进步，那你就发财了。"

"我这一辈子还没读过推理小说呢。"阿尔伯特·福里斯特夫人说道，"之前听说过有一位纽约的巴恩斯先生，他写了一本名叫《高档出租马车悬疑案》[②]的小说，但我从没读过。"

"当然，你必须懂门道。"布尔芬奇太太补充道，"你要记住，第

---

① 出自《哈姆雷特》。全剧开场时，两个守卫换班，其中一人终于不用忍受天寒地冻，对另一位说了这句话。

② 《高档出租马车悬疑案》(The Mystery of a Handsom Cab)，英国作家福格斯·休莫（Fergus Hume）的一本悬疑小说，被约翰·萨瑟兰（John Sutherland）称为"20 世纪最轰动的探案悬疑小说"。据称柯南·道尔创造福尔摩斯的灵感便来源于此。

一件就是不能掺杂儿女情长，这与侦探小说是不搭调。你要写的是凶杀、警犬，不到最后一页绝不能让人猜出真相。”

"亲爱的，别糊弄读者。"阿尔伯特说道，"我最烦的就是嫌疑人明明是秘书或某个贵太太，最后却发现是二号男仆，可是他除了'行李在门边'以外，什么话都没说过。迷惑读者是可以的，但绝不能把他们当傻子。”

"我就爱看好的侦探小说。"布尔芬奇太太感叹道，"一位贵妇人穿着晚礼服、珠光宝气的，躺在图书馆的地板上，胸口插着一把匕首——一读到这里，我就知道接下来我要大饱眼福了。”

"品位这东西真的没法解释。"阿尔伯特说道，"我喜欢另一类故事，比如戴着金腕表、留着络腮胡、面相谦和的名门望族律师，被人发现死在了海德公园。”

"是被人割喉了吗?"布尔芬奇太太迫不及待地追问。

"不，是被人从背后捅了一刀。对于读者来说，一位品行端正的中年绅士惨遭杀害，这类故事总是有它独特的吸引力。我们当中就有些人，表面上非常无辜，实际也有不为人知的秘密，想想这个真让人幸灾乐祸。”

"我懂你的意思，阿尔伯特。"布尔芬奇太太说道，"他肯定知道一个致命的秘密。”

"我们能给你提供所有的建议，亲爱的。"阿尔伯特冲着福里斯特夫人温和地一笑，"我都读过上百本侦探小说了。”

"就你!"

"我和科丽娜最早在一起也是因为这个。以前我经常把读完的书给她看。”

"有好多次，我听到他在凌晨天快亮的时候才把灯关了。这时候我会偷偷一笑，然后对自己说：'好啦，他终于睡了，这下我也能安心地睡一觉了。'"

阿尔伯特·福里斯特夫人站起身，挺直了腰板。"现在我知道，我们有天壤之别。"说这话的时候，她那饱满的女低音似有些微颤，"这三十年来，你身边尽是英语文坛上出类拔萃的人物，而你却读了几百本的侦探小说。"

"上千本吧。"阿尔伯特打断了她，并露出了得意的微笑。

"我来这儿是要带你回家的，只要你的要求合理，我愿意让步，但现在看来没有这个必要了。你已经让我看到，我们之间没有共同点，并且也从来没有过。我们之间隔着万丈深渊。"

"那就好，亲爱的。"阿尔伯特温文尔雅地说道，"我听你的，但你也不妨考虑一下侦探小说的事。"

"我也将离开。"她喃喃说道，"去往茵尼斯弗利岛①。"

"那我送你下楼吧。"布尔芬奇太太说道，"要是不知道地毯哪块地方有洞，下楼可一定要当心。"

阿尔伯特·福里斯特夫人走向楼梯，看上去小心翼翼但又不失矜持。布尔芬奇太太为她开了门，当问她是否需要叫一辆出租车时，她摇了摇头。

"我还是坐电车吧。"

"夫人，你不用担心，我会照顾好福里斯特先生的。"布尔芬奇太太和善地说道，"他会过得很舒心的。布尔芬奇先生病故的前三年，都是我在照顾，我很内行了。我不是说福里斯特先生身体弱，按他的年纪，他的身体算是好的，精力也充沛。当然他还会有爱好，我一直觉得男人就该有点爱好，他打算收集邮票了。"

阿尔伯特·福里斯特夫人听了一怔。恰在这时，她看到电车来

---

① 此处引用的是叶芝的诗《茵尼斯弗利岛》。

了。就像所有女人一样（有身份的女人也不例外），她不顾生命危险冲到了马路中间，使劲地挥着手。车停了，她走了上去。她不知道要怎么面对西蒙斯先生，等到了家，他肯定已经等在那儿了。克利福德·博伊尔斯顿说不定也在。大家都会在，而她只能告诉他们，自己是铩羽而归了。在那一瞬间，她从那一小群忠实的仰慕者那里感受不到任何友谊的温暖。她想知道几点了，便抬头打量了一番坐在对面的男士，想看看礼貌地向他打听是不是合适。突然，她惊了一跳！坐在她对面的男人正是一位外表看来品行正派的中年绅士，戴着金腕表，留着络腮胡，面相谦和。这不正是阿尔伯特所描述的那位死在海德公园的男人嘛！这时，她情不自禁地断定，此人正是一位家族律师。这巧合太匪夷所思了，就好像命运之手正向她招手一样。他戴着一顶丝质礼帽，穿着一件黑外套和一条芝麻呢裤子，身边放着一个公文包。看上去虽有些发福，但体形还挺结实。电车开到沃克斯霍尔桥大街的中途，他告诉售票员要下车，之后就走进了一条破旧的小胡同里。为什么呢？啊，为什么要进那里去呢？她完全沉浸在自己的想入非非中，电车抵达了维多利亚她都浑然不觉。售票员提高嗓门提醒她到了，她才下车。爱伦·坡就写过侦探小说。她搭上了一辆巴士。坐在车上，她仍然神思恍惚。车子开到海德公园角的时候，她突然决定要下车。她实在坐不住了，必须下车走走。她走进了海德公园门，走得很慢，边走边四处环顾，像是心无旁骛，又像是无所用心。是的，爱伦·坡是写过侦探小说，没人能否认这一点。毕竟正是他首创了这一体裁，大家都清楚这对法国高蹈派诗人产生了巨大的影响。还是象征派？无所谓，反正就是波德莱尔那些人。当她经过阿喀琉斯雕像的时候，她停下来片刻，扬眉注视着它。

最后，她终于回到了家。打开了门，看到门廊里已经挂了好几顶帽子，她便知道，他们都来了，于是径直走进会客厅。

"夫人可算回来了。"沃特福德小姐喊道。

阿尔伯特·福里斯特夫人笑盈盈地走上前，精神抖擞地握了一只一只向她伸过来的手。西蒙斯先生、克利福德·博伊尔顿在，哈里·奥克兰和奥斯卡·查尔斯也来了。

"哦，你们这些可怜的东西，茶都没喝一口吧？"她热情洋溢地喊道，"我也不知道现在几点了，但我一定迟得很了吧？"

"怎么说？"他们问道，"有什么消息呢？"

"亲爱的朋友们，我有一件了不得的事要告诉你们。我有灵感了。凭什么说只有魔鬼才能奏出最好的乐章①？"

"你说这话是什么意思？"

为了给她即将要宣布的惊喜营造震撼的效果，她故弄玄虚地停了一会儿，然后冷不丁地说道：

"我打算写侦探小说了！"

他们一个个都张大嘴巴，呆若木鸡地盯着她。她则扬起了手，想示意他们不要打断她，但事实上在座的没有一个想插话。

"我要把侦探小说提升到艺术的高水准。我是在逛海德公园的时候才突然有了灵感的。这是一个凶杀故事，真相会在最后一页才揭晓。到时候我会用无可挑剔的英文将这个故事展开。并且我最近意识到，在分号技巧上我已经江郎才尽了，所以我打算好好利用一下冒号。迄今为止，还没有人好好探索过它的潜能呢。我会致力于发掘冒号的幽默和神秘。书名就叫《阿喀琉斯雕像》。"

"好名字！"西蒙斯率先回过了神，高呼道，"单凭你的书名和你的名气，我就能把它的连载权卖出去。"

---

① 原意是指很多圣歌用的是流行的、非宗教的旋律，一般认为最早说这句话的是英国传教士罗兰·希尔（Rowland Hill, 1744—1833）。

"但阿尔伯特先生呢？"克利福德·博伊尔斯顿问道。

"阿尔伯特？"福里斯特夫人重复了一遍，"阿尔伯特？"

她看着博伊尔斯顿，就好像这辈子她都想不出对方想要表达什么意思。过了一会儿，她轻喊了一声，就像是突然记起来了。

"阿尔伯特啊！我就说嘛！我刚才出去好像是想办点什么事来着，倒全给忘了。我逛海德公园的时候，突然有了这么个想法，你们一定觉得我是糊涂了吧？"

"也就是说你没去见阿尔伯特？"

"亲爱的，阿尔伯特已经被我抛到脑后了。"她笑得乐不可支，"就让阿尔伯特跟厨子过吧，我现在可顾不上他了。他就像分号一样已经成为过去式了，而我现在要写一部侦探小说。"

"亲爱的，你可真是太了不起了，太了不起了。"哈里·奥克兰感叹道。

贞洁

世上没什么比一支上好的哈瓦那雪茄更美妙了。我年轻的时候很穷，只有别人递烟时我才能抽上一支雪茄。当时我就下定决心，如果以后有钱了，我每天午饭和晚饭后都要抽上一支。我年轻时立下了很多志向，唯一实现了的也就是这一个，而且实现的过程中从未感到幻灭和痛苦。我喜欢温和但味道浓郁的雪茄。不能太小，太小的话还没品出滋味就抽完了；也不能太大，太大的话会令人厌倦。不能卷得太紧，这样抽起来才不费劲；也不能卷得太松，不然会粘在嘴上。只有这样的雪茄，抽到最后也仍然是有滋有味的。当你吸完最后一口，放下那已经不成形状的烟蒂，看着最后一团蓝色的烟雾在空气中逐渐消散，如果你天性细腻敏感，这时候不免会感到伤感。你会想，这半小时的享受需要付出多少努力、投入多少精力、经历多少痛苦，这一过程耗去多少思虑、平添了多少烦恼。为了这半小时的享受，有人在热带的骄阳下度过了漫长而闷热的年月，船只穿越了七大洋。当你在吃一打牡蛎（外加半瓶干白葡萄酒）的时候，这些思考会变得更加尖锐；而吃一块羊排的时候，这些念头几乎让人不敢面对。这都是些鲜活的生灵，地球在数百万年的时间里养活了它们世世代代，但它们的出现最终却是为了在一盘碎冰或一个银烤架上终结。想到这一点，不由得让人心生敬畏。缺乏想象力的人领会不了吃牡蛎的庄严和可怕，而进化论告诉我们，这种双壳类动物在漫长的岁月中一直固步自封，所以很难得到人类的同情。牡蛎自有一种遗世独立的超然态度，对人类的进取精神乃是一种冒犯；它们还沾沾自喜，也为人类的虚荣心所不容。当然，有人面对羊排切肉时能做到不假思索，不动声色，我觉得不可理喻。是人类干预了自然进程，这个物种的历史与你盘子里的那块珍馐美味息息相关。

有时想起来，人类自身的命运也很奇怪。看看平时生活中那些默默无闻的普通人，银行职员、清洁工、合唱团第二排的中年女子，想想他们背后漫长的历史，你就会觉得奇怪。人类经历了多少艰难困苦，历史的进程才将他们从史前的烂泥污淖中带到了此时此地。既然需要经历沧海桑田的巨大变迁才能造就他们，你会觉得他们一定具有某种重大的意义；你会想，他的生平际遇对于创造了他们的生命之神或其他人类命运的主宰必定会有些影响。一旦遭遇不测，他们这条线索就断了。这段与世界同步的故事戛然而止，似乎毫无意义，就像是一个白痴讲的故事。这虽事关重大、引人注目，却可能起于青萍之末，这难道不奇怪吗？

一件无关紧要的小事，本来可能不会发生，后果却难以估量。看来是偶然因素主宰了一切。我们一个微不足道的行为可能会深刻地影响到别人的整个一生，甚至可能是与我们无关的人。如果那一天我没有穿过那条马路，我要讲的这个故事就不会发生。生活真的很奇妙，一个人必须有一种特殊的幽默感才能体会到生活的乐趣。

一个春天的早晨，我在邦德街闲逛，无所事事，直到午饭时间，我想我应该去苏富比拍卖行，看看有没有什么让我感兴趣的东西。当时正赶上交通堵塞，我便从汽车中间穿梭而过。当我到达街对面时，偶然碰到我在婆罗洲认识的一个人，他正从制帽店里往外走。

"你好，莫顿。"我说，"你什么时候回国的？"

"差不多一个星期了。"

他是婆罗洲一名地区行政长官。州长当时帮我写了一封介绍信给他，然后我写信告诉他我打算在他住的地方待一个星期，并且可能要在政府招待所住宿。当我到达时，他来船上接我，还请我和他同住，我谢绝了。我无法想象怎么跟一个完全陌生的人待上一个星期，我也不想让他来负担我的伙食费，而且我想，如果我自己住应该会自由一些。然而他不听我的。

"我那儿地方够大。"他说，"而且招待所条件太差了。我已经有六个月没和白人说话了，一个人住实在太无聊了。"

莫顿真说服我到他那儿住了，他的汽艇把我们送到了平房，他请我喝了一杯后，他就不知道该怎么招待我了。他突然腼腆起来，原本他谈吐自如，思维敏捷，现在却不知道说什么了。我尽量让他随意（考虑到那是他自己的房子，这一点我起码能做到），并问他是否有新的唱片。他打开留声机，音乐让他恢复了自信。

他的平房俯视着外面的河，客厅是一个宽敞的廊台。这里的布置完全谈不上有什么个人风格，这也是政府官员住所的特点，因为任务紧急的情况下，这些官员需要随时搬来搬去。墙上挂着土著的帽子、动物的角、吹管和长矛作为装饰。书架上有些侦探小说和旧杂志。客厅里还有一架竖立式小钢琴，琴键已经泛黄。总体来说，这屋子远远说不上干净，但还算舒适。

可惜的是，我不太记得他长什么样了。我后来了解到，他当时很年轻，才二十八岁，笑起来有点孩子气，但是很迷人。我和他一起度过了愉快的一周。我们一起沿河散步，还一起爬了一座山。记得有一天，我们和一些住在二十英里外的农场主一起吃过午饭。每天晚上，我们都会去一家俱乐部。这家俱乐部全部的会员就是一家工厂的经理和他的几位助手，但他们彼此并不和睦。只有当莫顿带客人来时，为了不让他失望，大家才会一起打几圈桥牌。即使这时候，气氛也并不融洽。我们会回去吃晚饭，听听留声机放的音乐，然后上床睡觉。莫顿几乎没有案头工作，人们可能会认为他时间很多，生活无聊，但实际上他精力充沛，斗志昂扬。这是他第一次担任地区行政长官，他很高兴能够独当一面。他正在修建一条公路，他唯一担心的是，在那条公路完工之前，他会被调走。修路给他带来了真正的快乐。修路是他自己的主意，他费了不少口舌，最终说服政府拨给他修路经费。他亲自考察地形，设计路线，独立解决了修路过程中出现的技术问题。每天早晨去办公室之前，他总会开着一辆摇摇晃晃的旧福特车到苦力们干活的地方去，视察前一天的工作进展。他满脑子都是修路的事，甚至夜里做梦梦到的也是修路。他估摸着一年之内，这条路就可以完工了，他想把路修完再休假。一位正潜心艺术创作的画家或雕刻家的工作热情也不过如此吧。我想，正是这股激情使我喜欢上了他。我喜欢他的热诚，也喜欢他的直率。他追求成就的激情给我留下了深刻的印象，这种激情使他不在乎生活的孤苦，不在乎是否晋升，甚至不在乎什么时候能回家。我忘记了这条路有多长，我想大概有十五或二十英里，也忘记了为什么修这条路。我认为莫顿本人并不是很在乎这些。他的激情是艺术家的激情，他的胜利是人类战胜自然的胜利。他边干边学。他要与丛林作斗争，要与随时会摧毁他数周劳动的暴雨作斗争，要与地形造成的意外作斗争；他必须亲自招募劳工，将他们团结起来；他还要面对资金不足的问题。但是他的想象力支撑着他。他辛勤的劳动获得了一种史诗般的成就感，充满坎坷的修路过程就是一部伟大的传奇，书写着环环相扣的情节。

他唯一的抱怨就是日子太短，时间不够用。他有公务要处理，还兼任法官和税务官，是这个地区人民的父母官（在他只有二十八岁的时候）；他还要时常到外地去视察，离开这儿一段时间。如果他不在现场，工程就没进度。他恨不得自己能一天二十四小时都在工地上，催促着那些不情愿的苦力加把劲儿。说来也巧，就在我到这之前不久，发生了一件令他喜出望外的事。他提出要和一个中国人签一份合同，将这条路的某一段分包给他，而中国人提出的价格超出了莫顿的支付能力。尽管经过了没完没了的协商，他们还是未能达成协议。莫顿心中很是恼怒，眼看着自己的工程被耽搁，他却束手无策。一天早晨，他下楼到办公室，听说前一天晚上一家中国赌场里发生了一场争吵。一个苦力受了重伤，袭击他的人被捕了，而这个袭击者就是那个分包商。他被带到法庭，证据确凿，莫顿判处他十八个月的苦役。

"现在他得去修那条该死的路了，而且什么也得不到。"莫顿告诉我这个故事时，他的眼睛闪闪发光。

一天早上，我们看到了那个家伙，穿着囚服，正在干活，一副满不在乎的样子。虽然境遇不佳，但他的心态还是不错的。

"我已经告诉他，等路修完了，我就会把他剩下的刑期给免掉。"莫顿说，"他高兴极了。这买卖不错，对吧？"

我离开时跟莫顿说，让他来英国的时候告诉我一声，他答应一到英国就会给我写信。虽然是一时冲动才邀请他，但当时的确是诚心诚意的。然而，当别人当真的时候，你又会感到一丝懊恼。人们在国内和在国外大不一样。在国外，他们轻松、热情、自然，总有趣事与你分享。他们非常友善，以至于轮到你回报他们的款待时，你会感到焦虑。这并不是一件容易的事。有些人在自己的圈子里玩得很开心，在你这儿却很无聊。他们变得拘谨害羞。你把他们介绍给你的朋友，而你的朋友却讨厌他们。客人在时，他们尽量表现得彬彬有礼，但当陌生人一走，他们就松了一口气，谈话才能恢复到大家熟悉的模式。我想，那些在边远地区创业打拼的人会比较理解这种情况，因为热情邀约的结果可能会是痛苦和耻辱的经历。因为我发现，尽管在丛林深处的边远驻地，他们得到真心诚意的邀请，也同样真心诚意地接受了邀请，但很少把那些邀请当真。但莫顿不一样。他很年轻，又是单身。是那些驻地官员的太太们不大好办；其他女人一看她们那土里土气的穿着和气质，便会对她们冷眼看待。但是男人们可以打打桥牌、网球、跳跳舞什么的。而且莫顿挺有魅力，我相信一两天内他就会跟别人打成一片了。

"你怎么没告诉我你回来了？"我问他。

"我怕你想图清静。"他笑着说。

"瞎说！"

当然，我们当时站在邦德街的路沿上聊了一会儿，但是在我看来，他有些怪。除了卡其布短裤和网球衫，我从没见他穿过别的衣服。只有一次，我们晚上从俱乐部回来，他穿着睡衣和纱笼吃的晚餐。我认为那是最舒适的晚礼服了。现在，他穿着一身蓝色哔叽西装，看上去有点别扭。白色的衬衫衣领映衬得他的脸更显黝黑。

"路修得怎么样了？"我问他。

"修完了。我当时还担心，我可能会推迟休假呢，因为在快结束的时候遇到了一两个障碍。但我催促着他们加快进度，总算按时完成了。在我离开的前一天，我开着那辆福特车在那条路上巡查，开到头又返回来，一次也没停。"

我笑起来。他开心的样子很迷人。

"你来伦敦都干吗了？"

"买买衣服。"

"玩得开心吗？"

"好极了。就是有点孤单，但你知道，我不在乎的。我每天晚上都去看演出。帕尔默夫妇你知道吧，我想你在沙捞越见过他们。本来他们要进城，我们约好一起看演出的，但因为帕尔默太太的母亲病了，所以他们不得不去苏格兰探望她。"

他的话虽然说得轻描淡写，却刺痛了我的心。我知道他的经历很普遍，却仍然觉得伤感。这些驻外的人，在休假之前的几个月就开始规划自己的假期了。他们盼了好几个月，终于迎来下船的那一刻，心情激动无比，几乎不能自已。伦敦有着五花八门的商店、俱乐部、剧院和餐馆；伦敦，他们幻想着在那里度过一生中的快乐时光；伦敦吞噬了他们。这是一个奇怪而喧嚣的城市，没有敌意，却透着冷漠，他们迷失在这里。在这里，他们没有真正的朋友。在这里，认识的人与自己毫无共同之处。在这里，他们比在丛林里更加孤独。若是能在剧院遇到在东方的老相识（也可能是自己不喜欢的人或者不喜欢自己的人），他们会约一个晚上，一起聚会谈笑，告诉彼此自己多么享受这聚会时光。他们会谈论起共同的朋友，最后还会有点不好意思地互诉心声：当假期结束回去工作的时候，他们不会感到遗憾。他们会去看望自己的家人，当然见了面也都很高兴，但是终究跟以前不一样了，他们确实会感到有点不自在。说到问题的实质，其实就是生活在英国太无趣了。回家的确是一件乐事，但你再也无法长住那里。有时你会想到你那间临河的平房，你在那些辖区的巡查，还有你可以偶尔跑到山打根、古晋或新加坡看看，那有多开心啊。

我记得莫顿很渴望休假，他幻想着等路修完，他就可以无牵无挂地去享受假期了。而现在，他只能一个人在某家沉闷的俱乐部吃饭，没有一个认识的人；或者一个人在苏荷区的一家餐馆用餐，形单影只；然后一个人去看演出，身边无人一起和他共赏；幕间休息，也没人可以共饮一杯。想到这些，我就忍不住感到一阵酸楚。但与此同时，我又想到，即使我知道他在伦敦也无济于事，因为上个星期我忙得不可开交。就在那天晚上，我还约了朋友们一起吃饭，然后一起去看戏，并且第二天就要出国。

"你今晚有什么安排？"我问他。

"我要去天篷剧院看戏。剧院常常一票难求，但路边有个挺厉害的家伙，给我弄到一张退票。你知道的，这种情况下，通常只能搞到一张票，弄到两张太不容易了。"

"何不跟我一起去吃晚饭呢？我要带些人去干草剧院看戏，然后去西罗家餐厅吃饭。"

"好啊。"

我们约好晚上十一点见面，然后我就去赴另一个约会了。

我担心我请莫顿去见的那些朋友会让他觉得无趣，因为他们明显已经是中年人了。但在这个季节里，我临时也约不到什么年轻人了。如果我请一个来自马来西亚的腼腆的年轻人和我认识的姑娘们共进晚餐、一起跳舞，她们也都不会乐意的。我相信毕晓普夫妇会尽力照顾他，毕竟对他来说，俱乐部有很棒的乐队演奏，还能看漂亮女郎跳舞，在这样的俱乐部吃晚饭，一定比无处可去只能十一点就回家睡觉更快活吧。我在学医的时候认识了查理·毕晓普。那时他身材瘦削，浅茶色头发，五官粗犷；他的眼睛很漂亮，又黑又亮，可惜戴着眼镜。他的脸又圆又红，总是挂着笑。他很喜欢姑娘们。我想他有自己的套路去勾搭女孩，不然像他这么一个无财又无貌的人，怎么会有那么多年轻女孩前赴后继地投怀送抱，满足他那变化无常的欲望。他聪明、傲慢、好争辩、脾气暴躁，说话还刻薄。回想起来，他当时的确是个相当难相处的年轻人，但我并不认为他讨人厌。现在，他已经五十多岁，身材发福了，头也秃了，但金框眼镜后面的眼睛仍然明亮而机警。他是教条主义者，有些自负，还是好争辩，说话依然尖刻，但他心性善良，也很风趣。在你认识一个人很久之后，他的怪癖或缺点就不会再困扰你了。你会像接受自己身体的缺陷一样接受它们。他的职业是病理学家，会不时地给我寄本他刚出版的小册子。这些小册子内容严肃，非常专业，里面配了些黑乎乎的细菌插图照片。但我从来没读过。从我听说的情况来看，查理在专业领域的观点并不正确。我估计他在同行中并不很受欢迎，他也毫不掩饰自己对他们的鄙视，认为他们是一群无能的白痴。但他有这份工作，而且每年能赚六百到八百英镑。我认为，他完全不在意别人怎么看他。

我喜欢查理·毕晓普，是因为我认识他有三十年了，而我喜欢他的妻子玛杰里，则是因为她人很好。当查理告诉我他要结婚时，我惊讶极了。他当时快四十岁了，感情反复无常，我觉得他会一直单身下去。他很喜欢女人，但他不会为情所困，是广种薄收型的。在现在这种理想主义的年代，他对女性的看法应该会被认为是原始的。他知道自己想要什么，而且想什么就去追求什么。如果因为爱情或金钱的缘故得不到他想要的，他也就耸耸肩，继续走自己的路了。简而言之，他不指望女人来满足他的精神理想，而只是从女人那儿获得肉体上的愉悦而已。奇怪的是，他虽然个子矮小，相貌平平，却总能找到那么多为他献身的女人。至于精神需要，他在单细胞生物中就能得到满足了。他总是单刀直入、一语中的，所以当他告诉我他要跟一个叫玛杰里·霍布森的年轻女人结婚时，我立即问他为什么。他咧嘴笑起来。

"三个原因。第一，不结婚她不跟我上床。第二，她能让我笑得像条鬣狗。第三，她就剩自己一个人了，一个亲戚也没有，必须有人照顾她。"

"第一个原因不过是炫耀，第二个原因也是无稽之谈。第三个才是真正的原因，这意味着她已经把你俘虏了。"

他的眼睛在那副大眼镜后闪着柔和的光。

"果然让你说对了。"

"你不仅被她俘虏了，而且还很享受被她俘虏。"

"明天过来吃午饭，看看她。她很漂亮的。"

查理加入了一个男女混合型俱乐部，我经常过去，我们约定在那里吃午饭。我发现，玛杰里是一个非常迷人的年轻女人，当时还不到三十岁，是个真正的淑女。对这一点我很欣赏，但也有点意外，因为我注意到，吸引查理的女人大都欠缺教养。玛杰里算不上漂亮，但看上去很顺眼，长着一头深色秀发和漂亮的眼睛，肤色很好，很健康。她为人真诚，待人坦率，令人愉快，也讨人喜欢。她看上去诚实、简单、可靠，我立刻就喜欢上了她。跟她交谈很轻松，虽然她没有什么非常睿智的话，但她明白别人在说什么；也能很快理解别人的笑话，而且不腼腆，给人一种能干和务实的印象。她性情平和，待人亲切，善解人意。

他们似乎对彼此都非常满意。我第一次看到她的时候就问自己，玛杰里为什么会嫁给这么一个脾气暴躁、身材矮小、秃了顶的老男人，但我很快就发现：那是因为她爱他。他们总是互相打趣，笑个不停，时不时的眼神交流也十分默契，似乎在传递着属于两个人的小秘密。他们的爱情真是十分动人。

一周后，他们在婚姻登记处注册结婚。这是一段非常成功的婚姻。十六年过去了，回首往事，一想到他们生活的那些趣事，我仍会哑然失笑。在我见过的夫妻中，他们对彼此最为忠诚。他们不太富裕，但似乎也不缺钱。他们没什么野心，把生活过得就像一场永不停歇的野餐。他们住的地方是我见过的最小的公寓，在潘顿街，有一间小卧室，一间小客厅，还有一间兼作厨房的浴室。他们没有家的概念，一般在餐馆吃饭，只在公寓里吃早餐。在他们看来，公寓只是个睡觉的地方。屋子很舒服，但是如果有第三个人进来喝杯水，就显得拥挤不堪。查理不爱干净，所以玛杰里在女佣的帮助下，勉强把屋子收拾整洁。屋子里没一件带有个人风格的东西。他们有辆小汽车，查理休假时，他们就把车渡到海峡对岸，然后在欧洲大陆任意兜风。一人一个袋子就装得下全部随身行李，开到哪算哪。车抛锚了也不恼，天气不好照样开心，车胎爆了也继续说笑。要是迷了路，不得不露宿野外，他们也会觉得这是生命中最快乐的时光。

查理仍然暴躁易怒，爱争论，但丝毫没有影响玛杰里的可爱和温和。她一句话就使他平静下来，会逗他笑。她帮他打印他那些关于不明细菌的专著，并为他校对向科学杂志投稿的文章。有一次，我问他们是否吵过架。

"没有。"她说，"我们好像从来没有什么可吵的。查理的脾气好得像天使。"

"胡说。"我说，"他这个人那么傲慢、好斗、难相处。他一直都这样。"

她看着他咯咯直笑，我估计，她认为我是在开玩笑。

"随他胡扯吧。"查理说，"他就是个无知的傻瓜，他说的那些话什么意思他压根就不知道。"

他们在一起很甜蜜。有彼此在身边陪伴，他们非常快乐，不到万不得已绝不分开。他们结婚好多年了，查理仍然每天开车到西部的一家餐馆，跟玛杰里约会，一起吃午餐。人们经常开他们的玩笑，倒没什么恶意，但多少有点尴尬。因为有人邀请他俩去乡下过周末时，玛杰里就会给女主人写信，说他们很乐意过去，但得给他们准备一张双人床。他们这么多年一直一起睡，如果分开，他俩都睡不着。这是会有点尴尬。一般来说，夫妻双方都会要求分房睡，如果主人让他们共用一间浴室，他们都会不太情愿。现代的客房一般不适合夫妻生活，但他们的朋友们都明白，如果想请毕晓普夫妇做客，就必须给他们准备一张双人床。当然，有人认为这样有失体面，而且也不方便，但是跟他俩相处很愉快，谁都会想让他们留下来，所以容忍一下他们的癖好还是值得的。查理总是精神百倍、说话尖刻而又不失风趣，而玛杰里则平静随和。招待他们也不太费事，只要让他们俩人一起去乡间漫步，他们就心满意足了。

男人结婚后，当太太的迟早会使他疏远了老朋友，但玛杰里却反让他们之间更亲密了。她让查理变得更宽容，成为一个更好相处的朋友。有意思的是，他们给人的印象不是一对已婚夫妇，而是一起同居的中年单身男女。玛杰里经常是五六个男人中唯一的女人，男人们言语粗俗、行为放荡、互相争辩，但她不会妨碍男人之间的友谊，反而会促进他们的感情。每次我在英国的时候，都会见到他们。他们通常会在我说过的那个俱乐部吃饭，如果我碰巧是一个人，我就会跟他们一起。

那天晚上，我们去看戏前一起吃点心时，我告诉他们，我还请了莫顿来吃晚饭。

"恐怕你们会觉得他很无聊。"我说，"但他是一个非常正派的小伙子，我在婆罗洲的时候，他很照顾我。"

"你为什么不早点告诉我？"玛杰里大声说，"你早告诉我的话，我就带个姑娘过来了。"

"你带个姑娘干什么？"查理说，"不是有你在吗？"

"我都这把年纪了，年轻人跟我跳舞有什么意思？"玛杰里说。

"胡说。你的年龄和跳舞有什么关系？"他转向我，"你见过有人跳得比玛杰里还好吗？"

我见过，但她跳得确实也很好。她脚步轻快，节奏感掌握得很好。

"从来没有。"我真诚地说。

我们到达西罗家餐厅时，莫顿正在等我们。他穿着晚礼服，那饱经风吹日晒的皮肤看上去更显黝黑。他那身礼服在放有樟脑丸的锡盒里放了四年了，也许是因为我知道这个，所以总觉得那衣服穿在他身上有点蹩脚，换件卡其布短裤或许会自在些。查理·毕晓普很健谈，一直乐此不疲，莫顿则很害羞。我递给他一杯鸡尾酒，又点了几瓶香槟。我感觉他这时候应该想跳舞，但我不太确定他是不是想邀请玛杰里。我很清楚，我们三个跟他不是一代人。

"我想我应该告诉你，毕晓普夫人可是舞艺超群啊。"我说。

"真的吗？"他脸红了，"您愿意和我一起跳舞吗？"

她站起来，俩人双双步入舞池。那天晚上她特别漂亮，虽然穿得一点儿也不时髦。我想她那件朴素的黑裙子价钱不会超过六个基尼，但她看上去非常优雅。她的优势是腿形优美，而且当时流行穿短裙。我猜她化了一点妆，但与那里的其他女人相比，她看起来非常自然。盖瓦式短发很适合她；她头发一点没白，还散发着诱人的光泽。她算不上漂亮，但她的亲切，她的健美，即使不会让你觉得她漂亮，至少会让你感觉，漂亮于她而言根本不重要。当她回到桌边时，她一双眼睛熠熠闪光，看上去春光满面。

"他跳得如何？"她丈夫问。

"妙不可言。"

"你跳得也很好。"莫顿说。

查理继续他的长篇大论。他说话含讥带讽，富于幽默感，好笑的是，他一直一个人自说自话。他谈的事情，莫顿都不懂。尽管莫顿很有礼貌地听着，表现出很感兴趣的样子，但我看得出，这欢乐的场面，这音乐，还有这香槟，都令他过于兴奋，他根本无心交谈。音乐再次响起，他的目光立刻转向了玛杰里。查理看在眼里，不由得一笑。

"去跟他跳舞吧，玛杰里。看到你锻炼身体，我的身材也会变好。"

他们又去跳舞了，查理深情地注视着她。

"玛杰里今天很开心。她喜欢跳舞，但我一跳就气喘吁吁。那小伙子不错。"

我的小聚会相当成功，我和莫顿告别了毕晓普夫妇，一起向皮卡迪利广场走去，他热情地向我道谢。他玩得确实很开心。我向他告了别，第二天早上就出国了。

我很遗憾没能再为莫顿做点什么，因为我知道，我回来的时候他就得返回婆罗洲了。在国外时我还不时地会想起他，但等到秋天我回到家时，已经不大记得他了。在伦敦待了大约一个星期后，有天晚上我碰巧去了查理·毕晓普也参加的那个俱乐部。他和三四个男人坐在一起，那些人我也认识，于是走上前去。自从我回来以后，还没见过他们呢。其中有一个叫比尔·马什的人，他的妻子珍妮特是我的好朋友。比尔叫我过去喝一杯。

"你从哪儿冒出来的？"查理问，"最近没见到你。"

我立刻注意到他喝醉了，不由得感到惊讶。虽然查理一向喜欢喝酒，但他把握得很好，从不过量。很久以前我们还年轻的时候，他偶尔也会喝得大醉，但无非是想说明他也是个豪爽义气的人。当然，指责一个男人曾经的少不更事也不公平。但我记得，查理喝醉的时候很难缠：一喝醉后他那好动粗的本性就变本加厉，不仅唠叨个不停，还高门大嗓的，很容易跟人吵架。他此刻就是这样，非常固执，唯我独尊，说话不计后果，听不进任何意见。大家都知道他喝醉了，在这种情况下，不该跟他计较，应该对他宽容些；但他的坏脾气又的确让人恼火，大家一时不知该怎么办。他本就不讨人喜欢：中年、秃顶、肥胖、戴着眼镜，这时候还喝得烂醉如泥。他平时都穿戴整洁，但现在却邋邋遢遢，满身烟灰。查理叫来服务员，又要了一杯威士忌。那个服务员在这个俱乐部已经干了三十年了。

"先生，您面前已经有一杯了。"

"不关你事。"查利·毕晓普说，"马上给我来两杯威士忌，不然我向经理投诉你。"

"那好吧，先生。"服务员说。

查理一口气喝光了杯子里的酒，但他手不稳，一些威士忌洒到了自己身上。

"好了，查理，老伙计，我们该回去了。"比尔·马什转向我，"查理现在跟我们住在一起。"

我更吃惊了，觉得有点不对劲，但又觉得还是不问为好。

"这就走。"查理说，"走之前再让我喝一杯吧。再喝一杯，我今晚就会好过一点。"

看起来，这场聚会似乎还得一段时间才会散场，所以我起身说我打算步行回家了。

"我说，你明天晚上要不要来和我们一起吃饭，就我、珍妮特和查理？"我正要走的时候，比尔问。

"好啊，我很高兴。"我回答。

很明显是出了什么事。

马什一家住在摄政公园东边的联排别墅里。为我开门的女仆请我到马什先生的书房去。他在那儿等我。

"在你上楼之前，我想我最好先跟你说两句。"他一边和我握手一边说，"你知道玛杰里离开了查理吗？"

"怎么可能！"

"他最近很难熬。珍妮特觉得，他独自待在那间小公寓里太难熬了，所以我们请他来我家住一阵子。我们已经尽力了。但他还是天天喝得烂醉。他已经两个星期没睡好觉了。"

"她还会回来吗？"

我吓了一跳。

"不会了。她迷上了一个叫莫顿的家伙。"

"莫顿是谁？"

我压根没想到我那位婆罗洲的朋友。

"见鬼，不是你介绍的吗？你干的好事！我们上楼吧。我就是觉得该给你提个醒。"

他打开门，我们出了书房。我彻底糊涂了。

"到底怎么回事啊。"我说。

"问珍妮特吧，整件事她都清楚。我也觉得莫名其妙。我没心思去管玛杰里，查理已经够我操心了。"

他在我前面进了客厅。我进去时，珍妮特·马什站了起来，走上前来迎接我。查理坐在窗前看晚报；我上前去和他握手时，他把报纸放在一边。他很清醒，说话也像往常一样自信活泼，但我看得出，他病得厉害。我们喝了一杯雪利酒，然后下楼去吃晚饭。珍妮特是个很精神的女人，高挑白皙，很漂亮。她机智敏锐，谈话一直没有冷场。晚餐后，我们几个男人留下，喝了杯波尔图葡萄酒，她上楼前嘱咐我们不要超过十分钟。比尔平时沉默寡言，现在却没话找话。我也不得不尽力周全。我不知道究竟发生了什么事，有些不知所措。但很明显，马什夫妇不想让查理一个人胡思乱想，所以我也尽量说点他感兴趣的。他似乎也很随和，说起话来滔滔不绝。当时正好有一桩谋杀案，大家都很关注，他就从病理学家的角度分析了这个案子。但他说话没有激情，变成了一个空壳，我们都有这种感觉：尽管为了主人的面子，他强迫自己说话，但他的心思却在别处。楼上响起了敲门声，珍妮特在催我们了，这使我们松了一口气。这种场合，有个女人在，往往能缓和气氛。于是，我们上楼玩家庭桥牌。我要走的时候，查理说要陪我走到马里波恩路。

"噢，查理，这么晚了，你还是去睡吧。"珍妮特说。

"睡觉前散会儿步，我会睡得更好。"他回答。

她忧心忡忡地瞅了他一眼。一位中年病理学教授想去散步，总不能阻止他吧。她一眼瞥见自己的丈夫，眼睛突然一亮。

"散步对比尔也没坏处。"

我认为珍妮特这句话说得不够有策略。女人就是控制欲太强。查理恼火地瞪了她一眼。

"完全没必要把比尔拖出来。"他坚持说。

"我根本不想出去。"比尔笑了笑，"我累坏了，我要上床睡觉了。"

我猜我们走后，比尔和他妻子免不了一番口角。

"他们待我太好了。"我们沿着栏杆走的时候，查理说，"要是没有他们，我真不知道我会怎么办。我已经两个星期没合眼了。"

我表示很同情，但没有追问原因，我们默默地走了一会儿。我以为他是想跟我说说发生了什么事，但又觉得不能催他。我很想表达我的同情，但又怕说错话。我不想显得急于获得他的信任。我不知道该如何开导他，而且能肯定他也不需要开导。他不是一个拐弯抹角的人。我以为他是在考虑如何开口。我们走到了拐角处。

"你可以在教堂那边叫到出租车。"他说，"我再往前走走。晚安。"

他点点头，没精打采地走了。我感到很意外，也不知道还能做什么，只好继续往前走，直到找到一辆出租车。第二天早上我正在洗澡，一个电话把我叫了出来。我用毛巾裹着湿漉漉的身体，拿起话筒。是珍妮特。

"你们昨天晚上谈得怎么样？"她说，"你昨晚好像跟查理聊到很晚。我听见他凌晨三点钟才回家。"

"他在马里波恩路跟我道别的。"我回答，"他什么也没跟我说。"

"什么都没说？"

听起来珍妮特好像准备要和我长谈一番，我怀疑她就在床边打电话呢。

"是这样。"我赶紧说，"我正在洗澡。"

"哦，你的浴室里还有电话？"她迫不及待地追问一句，我想还带着点儿羡慕。

"没有。"我语气很强硬，"现在我家地毯上滴的全是水了。"

"噢！"我感觉到她很失望，还有点急不可耐，"好吧，那我什么时候能见你？你十二点能过来吗？"

这个时间很不方便，但我没必要再跟她费口舌了。

"好吧，再见。"

她还没来得及再说什么，我就挂了电话。天堂里那些有福的人打电话时，都是单刀直入，直奔主题，无关紧要的话一句不提。

我很喜欢珍妮特，但我也知道，她这个人，一看到朋友们发生不幸就激动无比。她非常乐于助人，而且总想与他们患难与共。她是患难时的挚友，对他人的闲事总是津津乐道。你刚开始一段婚外情，她就不失时机地成了你的闺中密友；你刚一卷入离婚案，她不知不觉就深深介入其中。除此之外，她算是个不错的女人。中午时分，我来到珍妮特家的客厅，她一见到我马上流露出迫不及待的样子，我看了不禁暗自好笑。毕晓普夫妇遭遇婚变的确令她非常遗憾，不过，这事也太刺激了，她恨不得赶紧找个不知情的人把这事讲一遍。珍妮特对这次例行公事充满期待，就像一位母亲期待和家庭医生讨论她已婚女儿的第一次分娩一样。她明白这件事的严重性，绝不会让人以为她拿这事当儿戏，但她也一定要充分利用其中的每一分价值。

"玛杰里告诉我她最终决定离开查理的时候，没有人比我更吃惊了。"她这话说得极其流利，就像已经跟人说过至少十几次了，"他们是我认识的最恩爱的夫妻，这是一段完美的婚姻，他们相处得非常融洽。当然，比尔和我也很相爱，但我们有时也吵得很凶。我是说，有时候我恨不得杀了他。"

"我不关心你和比尔。"我说，"告诉我毕晓普夫妇的事，我是为这事来的。"

"我就是觉得我必须得见见你。毕竟只有你能解释这件事。"

"噢，天哪，别这么说。要不是昨晚比尔告诉我，我压根不知道这事。"

"是我让他跟你打招呼的。我也是突然意识到，也许你还不知道，怕你说错话。"

"从头开始吧。"我说。

"其实，你就是那个'头'。毕竟这件事是因你而起的。是你给他们介绍了那个年轻人，所以我才这么急着想见你。你知道那个人的一切，可我从来没见过他。我知道的关于他的事都是玛杰里跟我说的。"

"你什么时候吃午饭？"我问道。

"一点半。"

"我也是，继续讲吧。"

但听了我的话，珍妮特又有了一个主意。

"这样吧，咱俩都别出去吃午饭了好吗？我们可以在这里吃点零食。我家里还有一些冷肉。这样我们就不用着急了。我三点以后才去理发店。"

"别别。"我说，"这主意不好。我最迟得一点二十分走。"

"那我就长话短说吧。你觉得盖里怎么样？"

"盖里 ① 是谁？"

"盖里·莫顿。他的大名叫杰拉尔德。"

"我怎么知道他？"

"你在他那儿住过。他那里没什么信件吗？"

"我猜有吧，可我碰巧没读过。"我没好气地回答。

"哦，别傻了。我指的是信封。他是个什么样的人？"

"好吧。他是吉卜林式的那种人，你知道的。对工作充满热忱、精神百倍、帝国的缔造者，类似这种的。"

"我不是指那些。"珍妮特非常不耐烦地叫道，"我是说，他长得什么样？"

"跟一般人差不多吧，我觉得。当然，如果我再见到他的话，我能认出他来，但现在印象很模糊。他看起来挺干净的。"

"噢，天哪。"珍妮特说，"你到底是不是小说家？他的眼睛是什么颜色的？"

"我不知道。"

"你肯定知道。怎么可能跟一个人一起住一星期，却不知道他的眼睛是蓝色还是棕色？他的肤色是深色的还是浅色的？"

"不深也不浅。"

"他是高还是矮？"

"一般吧。"

"你是在故意惹我生气吗？"

"没有。他只是个普通人。没有什么吸引人的地方，长相不难看

---

① 盖里（Gerry），杰拉尔德的亲昵称法。

也算不上好看，看起来很正派，像个绅士。"

"玛杰里说他笑起来很迷人，身材很棒。"

"可能吧。"

"他疯狂地爱上了玛杰里。"

"你为什么这么想？"我冷冷地问。

"我看过他写的信。"

"你是说她把信给你看了？"

"对啊，当然了。"

女人很难对私生活保持缄默，这一点总是让男人难以忍受。她们没有羞耻心，跟人谈起绝对隐私的时候也从不感到难堪。含蓄是属于男性的美德。尽管男人理论上都认识到这一点，但每当面对毫无保留的女人，仍不免感到新的震撼。如果莫顿知道，珍妮特不仅跟玛杰里一样读过他的情书，而且对自己和玛杰里之间的情感进展也了如指掌，真不知他会作何感想。据珍妮特说，莫顿对玛杰里是一见钟情。在西罗家小聚会后，第二天一大早他就打电话给她，邀请她到一个能跳舞的地方喝茶。听珍妮特讲述的时候，我当然意识到，她转述的都是玛杰里的一套说辞，所以我也就是听听而已。珍妮特是同情玛杰里的，这一点倒使我很感兴趣。尽管玛杰里离开她丈夫时，是她认为，查理应该到他们家来住上两三个星期，而不能继续形只影单地待在那个冷冷清清的公寓里。她对查理无微不至，几乎每天陪查理一起吃午饭，因为查理习惯了每天和玛杰里一起吃午饭。她带查理去摄政公园散步，让比尔星期天陪他打高尔夫球。她极有耐心地倾听他的不幸遭遇，尽力安慰他，对他深表同情。可即便如此，她仍坚定不移地站在玛杰里一边，我要是对玛杰里稍有微词，她马上劈头盖脸一顿反驳。这桩婚外情让她过度兴奋。她从一开始就是其中的一分子：从最早玛杰里喜形于色、将信将疑地跑来告诉她：自己爱上了一个年轻人，直到最后她为情所困、意乱情迷，声称无法继续承受压力，收拾好东西搬了出去。从头到尾，她统统知道。

"当然，一开始我也不敢相信自己的耳朵。"她说，"你知道查理和玛杰里，他们从来都是形影不离、如胶似漆的，人们都忍不住打趣他们。我一直觉得查理这人不好相处，说实话，他的长相也不是很吸引人，但他讨人喜欢，因为他对玛杰里实在太好了。有时我都羡慕玛杰里。他们没有钱，日子过得马马虎虎，但是非常幸福。当然，我从来没想过，这事会真有什么后果。玛杰里当时也只是觉得好玩而已。'当然，我没拿它当回事，'玛杰里告诉我，'但是我这个年纪，还有年轻小伙子爱，是蛮有意思。我已经很多年没有收到花了。我只能让他别再送了，因为查理会觉得这很傻。他在伦敦一个人也不认识，但他喜欢跳舞，他说我跳舞跳得如梦似幻。他总是一个人去看戏，怪可怜的，我们一起看了两三场日场。我同意和他一起出去的时候，他竟然那么感激我，真是太可怜了。''我必须说，'我说，'他听起来怪招人疼的。''是的，'她说，'我知道你会理解的。你不会怪我，对吧？''当然不会，亲爱的，'我说，'你还不了解我嘛，换做是我，我也会这么做的。'"

玛杰里跟莫顿一起出去的时候毫不掩饰，她丈夫还拿她的追求者打趣开心，但他认为莫顿是一个品行端正、谈吐得体的年轻人。他忙的时候，能有个人陪玛杰里一起玩玩，他很高兴，从来没有嫉妒过。他们三个人一起吃过几顿饭，看过几场演出。但没过多久，盖里·莫顿请求玛杰里晚上和他单独出去，玛杰里说不可能，但莫顿死乞白赖地苦苦纠缠。最后，她去找珍妮特帮忙，请她某天给查理打个电话，请他过去吃晚饭、打桥牌，就说三缺一，让他过去凑个数。查理去哪里从不撇下妻子，但马什夫妇跟他是老朋友了，珍妮特特意强调了这一点。她编造了一些无稽之谈，让他觉得不得不答应。第二天，玛杰里和珍妮特见面了，告诉她前一天晚上他俩过得棒极了。他们在梅登黑德吃的晚饭，跳了舞，然后在美妙的夏夜中开车回家。

"他说他疯狂地爱上了我。"玛杰里告诉她。

"他吻你了吗？"珍妮特问。

"当然啦。"玛杰里咯咯直笑，"但别犯傻，珍妮特。他的确非常温柔体贴，性格很好。当然，他对我说的话，我一半也不信。"

"亲爱的，你不会爱上他了吧。"

"我已经爱上他了。"玛杰里说。

"亲爱的，这以后不会出事吗？"

"噢，不会长久的。他秋天就要回婆罗洲去了。"

"好吧，看得出来，他让你看起来年轻了好几岁。"

"是呀，我自己也感觉年轻了好多呢。"

没过多久，他们就开始天天见面了。他们早上见面，一起在公园里散步或去画廊。中午才分开，这样玛杰里回去可以和丈夫一起吃午饭，饭后他们又一起开车去乡下或河边的某个地方。这些事，玛杰里没有告诉她丈夫，她理所当然地认为，他理解不了。

"你怎么从来没见过莫顿？"我问珍妮特。

"哦，她不想让我见他。你知道，玛杰里和我属于同一代人，我完全能够理解。"

"我明白了。"

"当然，我做了我所能做的一切。她和盖里出去的时候，总是谎称跟我在一起。"

我是一个注重细节的人。

"他们出轨了吗？"我问。

"哦，没有。玛杰里可不是那种女人。"

"你怎么知道？"

"如果有她会告诉我的。"

"我猜也是。"

"当然我也问过她。但是她断然否认了，我确定她说的是实话。他们之间从来没有过那样的事。"

"那还真是怪了。"

"你知道，玛杰里是个正经女人。"

我耸耸肩。

"她对查理可是绝对的忠诚，无论如何都不会骗他，什么事情都不瞒他。她意识到自己爱上了盖里的时候，马上就想告诉查理。我当然劝住了她。我跟她说，那样做根本于事无补，只会让查理痛苦而已。毕竟，这年轻人几个月后就要走了，这件事长不了，没必要小题大做。"

谁能想到，就因为盖里即将离开，整个事情才一发不可收拾。像往常一样，毕晓普夫妇本来已经安排好出国旅行，计划着驾车穿越比利时、荷兰和德国北部。查理忙着看地图和旅游指南，从朋友那里收集有关旅馆和道路的信息。他像个小学生一样兴奋地期待着假期的到来，而玛杰里却怀着沉重的心情听着他讨论。他们要离开四个星期，然而盖里九月份就要远赴重洋了。留给她和盖里的时间不多了，她舍不得花这么长时间去旅行。一想到汽车旅行，她就心烦意乱。随着出行的日子越来越近，她变得越来越焦躁不安。最后她决定，只能通过一种办法来解决。

"查理，这次旅行我不想去了。"一天，当查理跟她谈起他刚听说的一家餐馆时，她突然打断了他的话，"我希望你能另外找个人陪你去。"

他茫然地看着她。她也被自己说的话吓了一跳，嘴唇微微颤抖。

"怎么了，出什么事了？"

"没什么事。我就是不想去了。我想一个人待一会儿。"

"你生病了吗?"

她看到他的眼中突然充满了恐惧,那种关爱使她再也无法承受。

"没有。我身体很好。我爱上别人了。"

"你? 谁?"

"盖里。"

他吃惊地看着她,简直不敢相信自己的耳朵。但她误会了他的表情。

"你责怪我也没用,我自己也控制不住。还有几周他就要走了,剩下的时间不多了,我不能浪费。"

他突然放声大笑。

"玛杰里,你怎么能这么傻? 你这个年龄,都能给他当妈了。"

她的脸"刷"一下子红了。

"我爱他,他也同样深爱着我。"

"他这么跟你说的吗?"

"说过不下一千次。"

"他就是个大骗子,仅此而已。"

他放声大笑,胖胖的肚子随着笑声一起一伏。他觉得这是个天大的笑话。我认为,当时查理对妻子的态度并不合适。珍妮特则认为,查理应该温柔一点,多表现出一点同情心。他本该理解她。我仿佛看到了珍妮特描述的画面:紧绷的上唇,无声的痛苦,以及最终的放弃。女人总是善于体察别人的自我牺牲之美,如果查理勃然大怒,打坏一两件家具(当然过后他还得自己换新的),或者直接对着玛杰里下巴打上一拳,珍妮特也会同情他的。但他竟然嘲笑玛杰里,这是不可原谅的。我当时没有明说,让一个五十五岁、身材粗壮、个子不高的病理学教授突然动粗,像个野人一样,也不容易做到。总之,去荷兰的旅行取消了，整个八月，毕晓普夫妇都待在伦敦。他们过得并不开心。他们还是每天一起吃午饭和晚饭，因为这么多年来他们一直这样，已经成了习惯，而其余时间，玛杰里则是和盖里在一起。她和他在一起的时候很快活，这对于她不得不忍受的一切是一种补偿，而她的确有很多事不得不忍受。查理的幽默粗俗而尖刻，总是嘲骂玛杰里和盖里。他自始至终都认为这事是个笑话，并为玛杰里的愚蠢感到恼火，但显然他从未想过她可能对他不忠。我跟珍妮特谈起这件事。

"他甚至从来没有怀疑过。"她说，"他太了解玛杰里了。"

几个星期过去了，盖里终于要走了。他从蒂尔伯里港口出发，玛杰里为他送了行。回来后，玛杰里哭了两天两夜。查理看着她那个样子，不由得怒火中烧，那点耐性快要被磨光了。

"听着，玛杰里。"最后，他终于说，"我对你一直很容忍，但现在你必须振作起来。这已经不是在开玩笑了。"

"你就不能让我一个人待着吗？"她哭喊道，"我已经失去了生命中最美好的东西。"

"别犯傻了，行吗？"他说。

我不知道他还说了些什么，但很不明智地把自己对盖里的看法都如实告诉了她，而且我猜，他对盖里的评价一定非常恶毒。这引发了他们之间的第一次暴力。之前，她知道一小时以后或者第二天就能见到盖里，所以查理的嘲讽她都忍了。但是现在，她已经永远失去了盖里，她再也无法忍受了。几个星期以来，她一直克制着自己，现在她已经完全不能自制了。或许她自己都不知道自己到底对查理说了什么。查理一向脾气暴躁，最后真的打了她。当他动手的时候，他俩都吓坏了。他抓起一顶帽子，从公寓里冲了出去。在这之前，这段日子虽然难熬，他们还是睡在同一张床上。但是这次，当他半夜里回来时，发现她窝在了客厅的沙发上。

"你不能睡在那儿。"他说，"别傻了，到床上去。"

"不，我不会去的，别管我了。"

他们吵了一整夜，但她还是一意孤行，直到现在还是每天晚上睡沙发。那间公寓空间有限，他们无法回避对方，甚至无法离开彼此的视线或听觉。这么多年来，他们一直生活得如此亲密，在一起是一种本能。他还想和她讲理，认为她愚不可及，喋喋不休地和她争论，就是为了证明她大错特错。他不让玛杰里有片刻安宁，跟她争到半夜，不让她睡觉，直到他俩都筋疲力尽。他以为他可以说服她放弃这段感情。有一段时间，他们两三天都没说话。后来有一天，他回到家，发现她哭得很伤心。玛杰里落泪的情景让查理心乱如麻——他告诉她他有多爱她，试图回忆他们曾经一起度过的欢乐时光，希望她能回心转意。他也想不计前嫌，让一切就此过去，承诺再也不提盖里这个人。他们难道不能忘记这场噩梦吗？但是一想到和解意味着什么，玛杰里就感到逆反。她告诉查理，她头痛得厉害，让他给她一片安眠药。第二天早上他出门时，她假装还在睡觉，但他一走，她就收拾东西离开了。她卖掉了几件家传的首饰，得了一点钱。然后在一家廉价的寄宿公寓租了个房间，没有告诉查理地址在哪。

查理发现玛杰里抛弃了自己时，遭受到致命打击，整个人彻底崩溃了。他告诉珍妮特，他受不了失去玛杰里的这种孤寂。他写信给玛杰里，恳求她回来，还请珍妮特代为求情；为了求她回来，他一切都可以答应她；他让自己卑微到了尘埃里。然而，玛杰里还是无动于衷。

"你认为她还会回来吗？"我问珍妮特。

"她说不会了。"

我不得不走了，因为已经快一点半了，我有事要去伦敦的另一头。

两三天后，我接到玛杰里的电话，问我能不能见见她。她提议到我这儿来，于是我请她过来喝茶。我对她客客气气的，因为她的婚外情与我无关，但我认为她是一个非常愚蠢的女人，所以我想我当时的态度应该很冷淡。她从来就不是很漂亮，过去几年也没什么变化。她一双黑眼睛仍然很漂亮，脸上几乎也没什么皱纹。她穿得很朴素，即使是化了妆，也化得极为巧妙，我根本看不出来。她的魅力依然如故：从容自然、亲切幽默。

"如果你愿意，我希望你帮我个忙。"她二话不说，单刀直入。

"什么忙？"

"查理今天要离开马什家，回公寓。我担心他刚回来这几天会比较难熬；如果你能请他吃个饭什么的，他或许会好过一点。"

"我会看看我的日程安排。"

"我听说他一直在酗酒，真让人担心，希望你能提醒提醒他。"

"我听说他最近家里出了点事。"我尖刻地说。

玛杰里脸红了。她痛苦地看了我一眼，退缩了一下，好像被我打了似的。

"当然，你认识他的时间长得多，自然是站在他那边的。"

"亲爱的，说实话，我跟他交往这么多年，其实主要是因为你。我一向不怎么喜欢他，但我觉得你这个人非常好。"

她冲我笑了笑，笑得很甜。她知道我说的是实话。

"你认为我是好妻子吗？"

"无可挑剔。"

"他以前总是得罪人，很多人不喜欢他，但我从不觉得他难相处。"

"他非常非常喜欢你。"

"我知道。我们在一起度过了美好的时光。十六年来，我们非常幸福。"她停顿了一下，低下头来，"但我不得不离开他。再继续下去已经完全不可能了，那种鸡飞狗跳的生活太可怕了。"

"我不理解，不想一起生活的两个人为什么还要继续在一起。"

"这对我们来说太可怕了。我们一直那么亲密地生活在一起。之前，我们都无法离开彼此。但是最后，我一看到他就讨厌。"

"我想你们俩都不容易。"

"我爱上别人不是我的错。你知道，这种爱和我对查理的爱完全不同。对查理的爱总是有些母性的保护成分。因为我比他更明理。他桀骜不驯，而我总能让他变得听话。盖里则不一样。"她的声音变得柔和，脸上也透着骄傲，"他让我找回了青春。在他面前，我就像个小女孩，我可以依靠他，他的关爱让我觉得有安全感。"

"在我看来，这小伙子非常好。"我不紧不慢地说，"我觉得他很有前途。我遇到他时，他还很年轻，就能胜任那么重要的工作了。他现在也才二十九岁，不是吗？"

她温柔地笑了，很明白我话里的意思。

"我从来没有对他隐瞒过我的年龄。他说年龄不是问题。"

我知道这是真的。她不是那种会谎报年龄的女人。把自己的真实情况告诉他，反而会让她有一种强烈的幸福感。

"你多大了？"

"四十四。"

"你现在打算怎么办？"

"我已经写信给盖里了，告诉他我已经离开了查理。只要一接到他的消息，我就会去找他。"

我大吃一惊。

"你知道，他住的小殖民地非常原始，恐怕你会发现你的处境相当尴尬。"

"他让我答应他，如果他走后我觉得活不下去，就过去找他。"

"一个年轻人恋爱时说的话，你竟然这么当真，你确定自己是明智的吗？"

她脸上又露出了那种极度兴奋的表情，非常动人。

"我确定，因为那个年轻人是盖里。"

我的心一沉。沉默了一会儿，我给她讲了盖里·莫顿修路的故事。我对故事做了些戏剧化处理，而且我觉得效果不错。

"你告诉我这些干什么？"我讲完后她问。

"我认为这故事很精彩。"

她摇摇头，笑了。

"不，你是想让我知道，他很年轻，富有激情，热爱工作，不会在其他兴趣上浪费太多时间。我不会干涉他的工作。你不像我那样了解他。他浪漫极了，认为自己是开疆辟土的先驱。一想到自己正在开拓一个新的国家，他就感到兴奋，我多少能理解他的这种兴奋。这是一份辉煌的事业，不是吗？与之相比，这里的生活就显得太平淡无奇了。当然，那里的生活肯定很寂寞。找个中年妇女做伴也值得。"

"你会要他娶你吗？"我问。

"我都听他的。他不想做的我绝不勉强。"

她语气那么单纯，她的自我牺牲让人感动，以至于当她离开的时候，我已经不生她气了。当然，我还是认为她很愚蠢，但如果因别人的愚蠢而生气，那人岂不是一辈子都要在愤怒中度过。我当时觉得一切都会好的。她说盖里非常浪漫。的确如此，但在这个平凡的世界里，浪漫主义者的甜言蜜语之所以一再得逞，是因为他们对现实有着敏锐的感知：上当受骗的都是那些愿意把夸夸其谈信以为真的人。英国人浪漫，所以其他国家的人会认为他们虚伪。其实他们不是虚伪，他们是诚心诚意地踏上通往天国之路的，只是长路漫漫，路途艰辛，若遇上稳赚不赔的好买卖，他们有什么理由不顺手捞一把。英国人的灵魂，就像威灵顿的军队，只有吃饱了肚子才会前进[1]。我想，盖里收到玛杰里的信后，应该会有那么一刻钟，内心是纠结的。我对这件事并没有太多的同情，我只是好奇，盖里将如何摆脱这种处境。我想玛杰里会非常失望。不过，那对她也不是坏事。之后她就会回到她丈夫身边。我毫不怀疑，经过这次挫折，他们俩会在平静、安宁和幸福中度过余生。

但事情发展却出乎我的意料。有几天我根本没空去约查理·毕晓普，但我给他写过信，请他下星期某个晚上同我一起吃饭。我还提议一起去看演出，虽然有些顾虑。我知道他经常喝得烂醉，有时候还吵吵嚷嚷的。我只盼着他别在剧院里惹人讨厌。我们约定七点在俱乐部见面吃饭，我们要看的那场演出八点十五分开始。我到了后，一直在那儿等他。但他没来。我给他的公寓打了电话，也没人接，所以我断定他已经在路上了。我不想错过演出的开头，就急不可耐地在大厅里等着，想着等他一到就可以直接上楼。为了节省时间，我先点好了晚餐。时钟指到七点半，然后到七点四十五。我觉得没有理由再等他了。于是，我到餐厅一个人吃了晚饭。他还是没有出现。我让餐厅给马什夫妇家打个电话，不一会儿，服务员告诉我，比尔·马什接通了。

"我说，你知道查理·毕晓普发生什么事了吗？"我说，"我们约好今天一起吃饭看戏，但他一直没来。"

"他今天下午去世了。"

"什么？"

---

[1] 原话一般认为是拿破仑所说。威灵顿指的是在滑铁卢大败拿破仑的威灵顿公爵。

我惊呼一声，附近两三个人吓了一跳，抬起头来看我。餐厅里坐满了人，侍者们来回忙活着。电话放在收银台上，一名负责酒水的服务员过来给收银员送账单，托盘上是一瓶霍克酒和两个长柄玻璃杯。肥胖的领班也从我旁边引领两个客人去餐桌，推了我一下。

"你在哪儿打电话呢？"比尔问。

我想他听到了我周围的喧闹声。我告诉他我在餐厅，他问我能不能吃完晚饭就过去。珍妮特想和我说话。

"我马上就来。"我说。

到那以后，珍妮特和比尔都坐在客厅里。比尔在看报纸，珍妮特在玩单人纸牌游戏。女佣领我进去时，她迅速迎上前来，身体微躬，脚步轻盈，就像一只黑豹在跟踪它的猎物。我立刻看出，她完全进入了状态。她握住我的手，别过脸去，似乎不愿人看到自己含着泪水的眼睛。她声音低沉，悲痛难言。

"我把玛杰里带过来，让她上床睡了。医生给她打了镇静剂。她已经一点力气都没了。这太不幸了，不是吗？"她含悲忍泪，"真不知道为什么，我身边总是发生这种不幸。"

毕晓普夫妇从来没有雇过用人，但每天早晨都有一个清洁女工来打扫房间，收拾早餐餐具。她有自己用的钥匙。那天早晨，女工像往常一样进来收拾客厅。自从玛杰里离开他以后，查理的生活起居就失去了规律，所以当时看到他睡着，女工也并不奇怪。过了一段时间，查理还没醒，她知道查理还得去上班，就走到卧室门口敲了敲门，但是没人应声。她隐约听见他在呻吟，于是轻轻打开房门。查理躺在床上，仰面朝天，鼾声粗重。叫了他两声，他还是没有醒，那个样子让女工觉得有点害怕。她跑到同层楼的另外一间公寓，那里住着一个记者。她按门铃时，他还没起床，穿着睡衣为她开了门。

"对不起，先生。"她说，"您能过来看看我家先生吗？他好像不大对劲。”

记者穿过楼梯口，走进查理的公寓，发现床边有一个佛罗拿安眠药的空瓶子。

“我想你最好叫个警察来。”他说。

警察来后，打电话到警察局叫了救护车。他们把查理送到了查林十字医院，但他再也没有醒过来。临终时刻，玛杰里陪在他身边。

“当然，警察要进行调查。”珍妮特说，“但发生了什么已经很清楚了。过去三四周他一直睡得很不好，我估计他一直在服用安眠药。他一定是无意中服药过量了。”

“玛杰里也这么想吗？”我问道。

“她悲痛欲绝，没有能力思考了，但我告诉她，我相信查理不是自杀。我的意思是，他不是那种会自杀的人。对吧，比尔？”

“是的，亲爱的。”他回答。

“他有没有留下什么信件？”

“没有，什么也没留下。奇怪的是，玛杰里今天早上收到了他的一封信。其实，也不算是一封信，只有一句话。‘亲爱的，没有你，我是如此孤独。’就这一句。这当然毫无意义，而且她也答应我，在接受警察问讯时不会提及此事。我的意思是，让别人胡乱猜测又有什么用呢？所有人都知道，佛罗拿这东西不安全，我自己就绝对不会用。这显然是一个意外。我说得对吗，比尔？”

“是的，亲爱的。”他回答。

表面上看，珍妮特坚定地相信查理·毕晓普不是自杀，但在她的内心深处究竟有多么深信不疑，我不是女性心理学方面的专家，所以无从知晓。当然，也许她是对的。毕竟，一个中年的科学家因为中年妻子的离开而自杀，这想法是不合情理的；相反，为失眠所困扰，所以在神志不清的状态下误服了过量安眠药，这倒极有可能。反正，验尸官是这么看的。据他了解，已故的查尔斯·毕晓普长期酗酒，所以他的妻子离开了他；而且很明显，他是绝对不会想到要自杀的。验尸官对这位寡妇表达了同情，又强调了一番安眠药的危险性。

我讨厌葬礼，但珍妮特恳请我参加查理的葬礼。查理在医院的几个同事曾表示愿意来，但在玛杰里的劝阻下最终没来。只有珍妮特、比尔、玛杰里和我参加了葬礼。我们要去太平间接灵车，他们说路上来接我。我在楼上观察着外面，看到车来的时候我就下楼去了。但是比尔下了车，正好在门里面碰到我。

"先等会儿。"他说，"我先跟你说句话。珍妮特想让你忙完过来喝茶。她说不能让玛杰里一个人伤心，喝完茶我们打会儿桥牌。你能来吗？"

"穿成这样过去？"我问道。

我穿着燕尾服，打着黑领结，穿着晚礼服裤子。

"哦，没关系。我们就是为了让玛杰里排遣排遣。"

"好吧。"

但我们最终没有玩桥牌。一头金发的珍妮特，穿着深色的丧服，显得十分优雅。她极其娴熟地扮演了一个富有同情心的朋友。她掉了几滴眼泪，擦拭的时候小心翼翼的，生怕抹掉了黑色的睫毛膏。玛杰里伤心地抽泣时，珍妮特体贴地挽着她的胳膊。在需要的时候她是个善解人意的帮手。我们回到马什家，发现有一封给玛杰里的电报。玛杰里拿着电报上楼去了。我猜应该是查理的某个朋友刚听说他去世的消息发来的吊唁。比尔去换衣服，珍妮特和我去了客厅，把桥牌桌搬了出来。她摘下帽子，放在钢琴上。

"我们也不用太矫情。"她说，"当然，玛杰里非常难过，但她现在必须振作起来。打几圈桥牌能帮她恢复正常。当然，我也为可怜的查理感到非常难过，但就他而言，我认为他不会从玛杰里离开他的阴影中走出来。谁也不能否认，现在玛杰里的选择变得简单了。她今天早上给盖里打过电报。"

"说了什么？"

"告诉他查理的事。"

这时，女仆走进房间。

"夫人，请您到毕晓普夫人那里去下，可以吗？她想见您。"

"当然可以。"

她迅速走出了房间，只剩下我一个人。但比尔很快就来了，我们喝了一杯。珍妮特终于回来了。

她递给我一封电报，内容如下：

> 看在上帝的分上，等我的信。盖里。

"你看这是什么意思？"她问我。

"就是上面写的意思啊。"我回答。

"傻瓜！我当然告诉过玛杰里，这没什么特别的意思，但是她很不放心。她给盖里发了电报，告诉他查理死了，这封电报一定是在那封电报之前发的。我觉得她现在应该不想打桥牌。我的意思是，在她丈夫下葬当天打牌不太合适。"

"的确不合适。"我说。

"当然，他收到玛杰里的电报后还会回复的。他肯定会的，不是吗？我们现在唯一能做的，就是耐心等待他的回信。"

我觉得谈话再继续下去也没有什么意义，就离开了。几天后，珍妮特打电话给我，说玛杰里收到了莫顿发来的吊唁电报。她给我重复了一遍：

悉闻噩耗，悲痛万分。致以深切的哀悼。爱你的，盖里。

"你对此怎么看？"她问我。

"我认为他的措辞很合适。"

"当然，他总不能说他高兴极了，是吧？"

"那还不至于。"

"他写了'爱你的'。"

我能想象，这两个女人是如何从各个角度解读这两封电报，以及如何逐字推敲其中的每一种可能的含义。我几乎能听到他们喋喋不休的谈话。

"如果现在盖里辜负了她，真不知道她会怎么样。"珍妮特继续说，"当然，接下来就看他是不是个绅士了。"

"别胡说了。"我很快挂断了电话。

接下来的几天里，我和马什夫妇吃过几顿饭。玛杰里看起来很疲惫。我想她是在等待着盖里的回信，等得焦躁不安，茶饭不思。她痛不欲生，忧心如焚，人变得骨瘦如柴，看起来虚弱不堪，这种精神状态以前我可从未见过。她非常温柔，对于别人的每一点善意都充满感激，她的微笑透着犹疑和胆怯，似乎有种莫名的凄美，甚至她的无助都自有动人之处。然而莫顿远在千里之外。然后有一天早上，珍妮特给我打来电话。

"信到了。玛杰里说可以给你看。你愿意过来吗？"

她紧张的声音已经透露了一切。我到后珍妮特把信递给我，我读了一遍。这封信措辞严谨，我猜莫顿应该是写过很多次之后才定稿的。这封信写得亲切友好，显然他在竭力避免说出任何可能伤害玛杰里的话；但是字里行间却透露出恐惧。很明显，他已经吓得双腿发抖了。显然，他觉得应付这种局面，最好的办法就是表现得轻松幽默一些，于是在信中极力打趣殖民地的白人们。如果玛杰里突然出现，他们会说些什么？他马上就会被解雇。人们都以为东方是自由之地，其实不然，那里比克拉珀姆更封闭落后。他太爱玛杰里了，无法忍受外面那些可怕的女人瞧不起她。而且，他已经被调到另一个驻地，从那里到任何地方都得十天路程。她不可能住在他的平房里，新驻地也没有旅馆。他的工作需要进丛林，一次就得在里面待上好几天。无论如何，那地方不适合女人。他告诉她，她对他是多么重要，但她不应该为他操心，他认为她回到她丈夫身边或许会好些。他觉得如果因他而妨碍了她和查理，他永远也不会原谅自己。是的，我很肯定，这封信写起来很不容易。

"当然，那时候他还不知道查理已经死了。我告诉过玛杰里，查理死后，情况完全改变了。"

"她同意你的看法吗？"

"我觉得她现在很不理智。你怎么看待这封信？"

"哦，很明显，莫顿不想和她在一起。"

"两个月前，他还很想和她在一起。"

"环境会给人带来惊人的变化。对他来说，离开伦敦肯定像是一年以前的事了。他又回到了他的老朋友之中，又恢复了以前的习惯。亲爱的，玛杰里这样一直自欺欺人对她没什么好处；他在那边的生活已经回到正轨，那里没有她的位置。"

"我建议她不要理会那封信，直接过去找他。"

"我倒希望她能头脑清醒，免得被残酷地拒绝。"

"那她接下来该怎么办啊？哦，太残忍了。她是世界上最好的女人了。她那么善良。"

"如果你仔细想想，就会发现这事很有趣，其实所有的麻烦都是她的善良造成的。她到底为什么没有跟莫顿发生关系呢？反正查理不会知道，事情也不会更糟。她和莫顿本来可以度过一段美好的时光，而当他们分手时，也本可以体面地结束这段美好的感情。这将成为一段美好的回忆，她本可以再回到查理身边，心满意足地继续扮演一位优秀的妻子，跟以前一样。"

珍妮特�’起嘴，鄙视地看了我一眼。

"你知道吗？有一种东西叫贞洁。"

"去他的贞洁。如果只能带来灾难和不幸，那贞洁就一文不值。如果你愿意，你可以叫它贞洁，但我觉得那是懦弱。"

"一想到和查理生活在一起却对他不忠，她就感到恶心。你知道，有的女人就是这样。"

"老天，她在肉体上对他不忠的时候，却可以在精神上对他忠贞不渝啊。女人不是最善于玩这种把戏吗？"

"你太愤世嫉俗了，太可恶了。"

"如果面对真相、遵守常识是愤世嫉俗，那按照你的想法，我还真就是个愤世嫉俗、令人厌恶的人。让我们面对现实吧，玛杰里是个中年女人，查理五十五岁，他们结婚十六年了。有个年轻人哄她开心，她为他失去理智，这很自然。但这不是爱。这只是生理需要。可她竟然把他的话句句当真，真是傻透了。他说的爱，不是来自心底的感情，而是得不到满足的性欲。他一直在忍受性饥渴，至少对白种女人充满性饥渴，已经四年了。她竟然想让他遵守一时的疯狂承诺，这会毁掉他的生活，真是太荒唐了。他喜欢上玛杰里，纯属偶然。他想要她，因为求而不得，所以才更想要。大概他自己认为那就是爱情吧；相信我，那只是他的色欲。如果他们已经上床了，查理今天就还活着。就是因为她该死的贞洁，才导致了这整个麻烦。"

"你太愚蠢了！你看不出来她是情不自禁吗？可她偏偏不是个放荡的女人。"

"我宁愿她是个放荡的女人，而不是个自私的女人；我宁愿她是个荡妇，而不是个傻瓜。"

　　"噢，闭嘴吧。我叫你过来，不是让你胡说八道。"

　　"你叫我到这儿来干什么？"

　　"盖里是你的朋友。是你把他介绍给玛杰里的。如果她有麻烦，那都是他造成的。但你是根源。你有义务写信给他，让他对玛杰里负责。"

　　"我要是写这样的信就见鬼了。"我说。

　　"那请你走吧。"

　　我正准备要走。

　　"反正，不管怎样，查理买了人寿保险，这倒是值得庆幸的事。"

　　听了这话，我把矛头转向她。

　　"就这你还说我愤世嫉俗。"

　　我"砰"的一声关上了门，冲她说了句脏话，我不会再重复我说了什么。但是，珍妮特仍然是一个非常好的女人。我经常想，娶这么一个女人，应该会很有趣吧。

带伤疤的男人

因为那条伤疤，我才第一次注意到他。那伤疤从太阳穴延伸到下巴，又宽又红，呈新月状。当时的伤口一定很吓人，我不知道是军刀还是弹壳碎片留下的。在这张又圆又胖、和和气气的脸上，这伤疤感觉有些突兀。他长得小鼻子小眼、其貌不扬的，但一看就心性单纯，跟他肥胖的身体显得不太协调。他气力过人，身材高大。除了一套破旧的灰色西装、一件卡其色衬衫和一顶破旧的宽边帽，我没见过他穿别的衣服。他一点也说不上干净。以前他去危地马拉城的皇宫酒店，每天到了鸡尾酒会时间，都在吧台周围溜达着兜售彩票。如果他靠这个谋生的话，我觉得他一定过得很穷，因为我没见谁买过他的彩票。但时不时地，我看到有人会请他喝杯酒，他也从不拒绝。在桌子中间来回走动的时候，他步子迈得摇摇摆摆的，好像习惯了走远路的样子。他在每张桌子旁边都要停一会儿，面带笑容跟人介绍他的彩票号码。见没人理他，他就同样面带笑容地离开，到别的桌继续兜售。我想很多时候他都有点喝多了。

一天晚上，我和跟一个熟人在吧台边喝酒，脚踩在栏杆上——危地马拉城皇宫酒店的干马提尼调得非常好——这时，那个带伤疤的男人走了过来。我摇了摇头，我到这儿以来，他这是第二十次给我看他的彩票了。而我的同伴则友好地向他点头致意。

"嗨，将军，你好吗？"

"还凑合。生意不太好，可能会更差。"

"要喝点什么，将军？"

"来杯白兰地。"

他一饮而尽，把杯子放回吧台上，向我的熟人点点头。

"谢谢你，再见。"

然后他转过身去，向我们旁边的人继续兜售他的彩票。

"你这位朋友是谁？"我问道，"他脸上的伤疤真吓人。"

"那条疤没让他更好看是吧？他是个尼加拉瓜来的流亡者。当然，他是个流氓，是个强盗，但人不坏。我不时地给他几比索。他之前是一名领导革命的将军，要不是他的弹药耗尽了，他现在可能已经颠覆了政府，成了陆军大臣，而不是在危地马拉卖彩票了。他们逮捕了他，连同他的下属，把他送上了军事法庭受审。你知道，在这些国家，这种事情是不会仔细调查的，他被判天一亮就枪决。我猜，他被抓住的时候，就知道自己的结果了。他在监狱里过了一夜。那天晚上他和其他几个人关在一起，一共五个，一起打扑克打发时间，用火柴当筹码。他告诉我他这辈子手气从来没这么背过。他们玩的是'双J开局'游戏，用的牌也不全，他一次好牌也没有拿到过。那一晚上，他统共没赢过六回，而且每次刚买了一堆火柴，接着就输光了。当天亮以后士兵们来牢房里提他们去行刑的时候，他输掉的火柴比一个平常人一辈子能用掉的火柴还多。

"他们被带到监狱的院子，靠着墙，五个人并排站着，开枪的人正对着他们。过了一会儿还没动静，我们这位朋友问管事的警官，他们到底在等什么。这名警官说，政府军的将军想来看看这次处决，他们在等他。

"'那我还有时间再抽一支烟，'我们这位朋友说，'他从来不准时的。'

"但是他刚点着烟，将军就带着他的副官走进了院子。顺便说一句，这位将军是圣·伊格纳西奥，不知道你有没有见过他。惯常的程序都走完了，圣·伊格纳西奥问那些犯人，在行刑前还有没有什么愿望。五个人中有四个都摇头表示没有，但我们这位朋友说话了。

"'是的，我想跟我的妻子告别。'

"'好的，'将军说，'我不反对。她在哪儿呢？'

"'她就在监狱门口等着。'

"'那顶多耽误五分钟。'

"'用不了，将军先生。'我们的朋友说。

"'先把他带到一边。'

"两名士兵走上前来，将这位被判刑的叛军拉到指定地点。行刑队的警官在将军点头后下了命令，接着传来一声刺耳的枪响，四个人应声倒地。他们倒下的时候也是奇怪，不是一起倒，而是一个接一个地倒，动作也怪，就像剧院里的木偶。那警官走到他们跟前，看到有一个人还活着，就在他身上补了两枪。我们这位朋友抽完了烟，扔掉了烟蒂。

"门口有点骚动。一个女人快步冲进院子，但突然把手放在胸口，停下了。随后她哭喊了一声，伸出双臂又向前跑去。

"'唉。'将军感叹道。

"她穿着黑色衣服，戴着头纱，脸色苍白。她不过是个小姑娘，身材苗条，五官标致而小巧，眼睛格外大，但很痛苦。她跑的时候嘴微微张着，痛苦的脸看上去都是那么美，那些麻木的士兵看到她，都惊讶地深吸了一口气。

"这个叛军向前走了一两步去迎她。当她扑到他的怀里的时候，他用粗哑的嗓音激动地喊了一声：我的心，我的魂！然后去亲她。与此同时，他从破旧的衬衫里抽出一把匕首——我不知道他是怎么把这东西留在身上的——刺进了她的脖子。血管被割断，鲜血涌出来，把他的衬衫也染红了。然后他伸出双臂搂住她，再一次疯狂地亲她。

"一切发生得太快了，许多人还没反应过来是怎么回事。有的人惊叫起来，冲向前去抓住了他，掰开他的手。要不是那个副官接住了女孩，她就直接倒下去了。她已经没了知觉。他们把她放在地上，站在周围惊愕地看着她。这个叛军知道他刺中的是要害，血是不可能止住的。过了一会儿，跪在女孩身边的副官站了起来。

"'她死了。'他低声道。

"这个叛军在胸前画了个十字。

"'你为什么要这样做？'将军问道

"'我爱她。'

"挤在周围的人都叹了口气，困惑地看着凶手。将军注视着他，没有说话。

"'这是一个高尚的选择。'他终于说，'我不能处死这个人。用我的车把他送到边境上去吧。先生，我向您表示敬意，这是一个勇士对另一个勇士应有的敬意。'

"那些听到这话，人们开始低声赞叹。副官轻拍了一下这个叛军的肩膀。然后，两名士兵带他走向等在那里的汽车，他一句话都没说。"

我的朋友停了下来，我沉默了一会儿。我必须解释一下，我朋友是危地马拉人，一直用西班牙语跟我讲故事。我尽力把他告诉我的翻译成英语，连他那相当夸张的语言也如实保留了。说实话，我认为这种夸张的语言挺适合这个故事。

"那么，他的伤疤是怎么来的呢？"我终于问道。

"哦，那是因为我开汽水瓶时，瓶子爆了。就是一瓶姜汁汽水。"

"我从不喜欢这东西。"我说。

关门歇业

　　这事发生在一个幸福的国家，我不愿提这事，也绝不会吐露这个国家的名字。当然，承认它是美洲大陆上一个自由独立的国家倒也无妨。平心而论，这已经说得够含糊了，想来也不会酿成什么外交事件。这个国家的首都是一个宽敞明朗的小城，这里有一片广场和一座不失庄严的教堂，以及几栋古老的西班牙建筑。这个自由独立的国家总统本来就善于闻香识女人，而恰有一位密歇根州的女士来到此地，她眉清目秀、举止可人，一下子俘获了总统的心。于是，总统迫不及待地向她表明心意，知道居然是两情相悦，他自然喜之不尽。但这女人认为，一个是罗敷有夫，一个是使君有妇，是万万不能结合的，这又使他哀伤不已。这妇道人家的婚姻观虽然在总统听来似乎不太合理，但他自然不能拒绝美人之意，所以依然会满足她的心愿，并且承诺为她安排妥当，俩人做正头夫妻。他将律师们召集起来，说明了情况，并且提出了一个他考虑了很久的问题，那就是对于一个进步的国家来说，他们的婚姻法显然已经过时，亟待修正。退席短暂休息之后，律师们便构思出了一条离婚法，深得总统欢心。但我所描述的乃是一个高度文明、高度民主的国家，向来遵循宪法，颇有盛誉，处理这事自然格外谨慎。即使关乎总统的切身利益，只要他尊重自己，并且遵循自己的就职宣言，便不会枉顾法律程序，而程序偏偏积年累月、耗时长久。总统还没来得及签署法令，这份新离婚法尚未生效，就爆发了革命，他也非常不幸地被绞死在广场的灯杆上，恰好位于那座庄严的大教堂前。于是，那个眉清目秀、十分讨喜的女士匆忙离开了，而这项法律却保留了下来。它的条文非常简单：凡在本国居住满三十天者，只需缴纳一百美金，即可在不通知另一方的情况下同其妻子或丈夫离婚。你的妻子或许告诉你她打算回娘家待一个月，陪一陪她年迈的母亲，但是一个月之后，你在早饭时间收到她的来信时，便得知她已经同你离婚，并且另嫁他人了。

现在，这个振奋人心的消息已经不胫而走，人们都知道了在距离纽约不远的地方，有这么一个国家，它的首都气候温和，食宿条件也还算差强人意。在这里，女人们无须过多破费就能干脆利索地摆脱一段讨厌的婚姻。实际上，趁丈夫还蒙在鼓里的时候就走完离婚手续，可以省却诸多准备工作，避免那些使人心力交瘁的激烈争吵。所有女人都知道，不论一个男人如何反对这项离婚提案，最终他都会顺从地接受这个事实。就好像你告诉他你想买一辆劳斯莱斯，他嘴上说负担不起，可一旦你买了，他也只能像小羊羔一样温顺地签下支票。因此，没过多久，大把美女开始拥入这个幸福而又阳光的小城；舟车劳顿的商界女性，有地位的贵妇人以及追求享乐和闲暇的女性，从美国的纽约、芝加哥、旧金山、乔治亚州和达科他州等地，纷至沓来。"联合水果"公司游船的客舱量仅仅能满足需求，如果想要一间特等舱，就必须提前六个月预定。这个生机勃勃的国家很快就呈现一片繁荣景象。没过多久，这里所有的律师都开上了福特汽车。格兰德酒店的老板唐·阿戈斯托又投资新建了几间盥洗室，但一点也不心疼。唐·阿戈斯托的生意蒸蒸日上，每次路过绞死上一届总统的那个路灯时，他总会喜滋滋地冲它挥挥手。

"他是个了不起的人，总有一天，人们会为他建一座雕像。"他说。

根据我上述所言，好像只有女人才会从这条方便合理的法律中获益，这似乎也表明了在美国，女性比男性更加渴望从神圣婚姻的束缚中解脱出来。我没有理由相信这一点，尽管为了离婚而来到这座城市的绝大多数是女人。其中原因我是这样归结的，对于女人来说，离家六个周更容易做到（来时一周，去时一周，在这里住上三十天）。但是对于男性来说，长时间放下各种事务可就困难多了。他们的确可以在暑假期间来这里，但那个时候这里就酷暑难耐；除此之外，这里并没有高尔夫球场；如果同妻子离婚的代价是一个月不能打高尔夫，那么很多丈夫们都不免踌躇一番。当然，也有个别男人在格兰德酒店住上三十天，但他们一般都是推销员，是抱有某种目的来此地出差的。我只能想象，他们的职业比较特殊，使得他们可以同时追求自由和利润。

尽管如此，格兰德酒店的绝大部分顾客仍是女人。午餐及晚餐时间的露台总是无比欢乐，她们围坐在拱廊下的小圆桌旁，喝着香槟，倾诉着各自的婚姻问题。唐·阿戈斯托生意兴隆，将军上校（这个国家的将军多于上校）、律师、银行家、商人以及城里的花花公子都到这里来一饱眼福。但世上没有尽善尽美一说，总有些不尽人意的事情。这些一心摆脱丈夫的女人相当焦虑不安，有时很难取悦。现在，我们必须承认，纵使这座欢乐的小城有百般好处，但总归少了消遣娱乐的去处。这里只有一座影院，放的片子离欢乐的好莱坞城不知隔了多远。在这里，白天你可以咨询律师，可以去美甲，也可以去逛街，时间倒也好打发，但夜晚实在难熬。很多人抱怨三十天太过漫长，不止一个丧失耐心的少妇询问她们的离婚律师，为什么他们不能钻法律的空子，在四十八小时内完成所有的工作呢？但是现在，机智多谋的唐·阿戈斯托想到了一个办法。他雇用了一群危地马拉的流浪歌手来演奏马林巴琴。世界上没有哪种音乐能像马林巴琴曲一样让人们如此难以抗拒、蠢蠢欲动了。很快，露台上的人们就开始纷纷跳起舞来。当然，很显然二十五位美丽的女士不能都和那三名销售员跳舞，但是这里还有将军和上校，以及城里所有精力充沛的年轻人呢。他们舞姿优雅，乌黑明亮的眼睛里波光流转。时光飞逝，日子一天天过去，转眼间，一个月已经结束了。不止一位顾客在同唐·阿戈斯托告别时，坦承自己非常希望能在这里多待一段时间。唐·阿戈斯托总是容光焕发。他喜欢看人们享受生活。这支马林巴琴乐队给他带来的收益是其花销的两倍，同时，看这些女士们同殷勤的官员以及城里的年轻人们一起跳舞对他也有好处。唐·阿戈斯托还非常注重节俭，他总会在晚上十点关掉楼梯和走廊里的电灯。那些殷勤的官员和城里的年轻人英语水平提高很快。

一切都犹如婚礼上的钟声一般令人愉快，虽然这种说法已属陈词滥调，但用在这种情况下却是再自然不过的。直到有一天，科拉莉夫人对此终于忍无可忍了。毕竟，甲之蜜糖，乙之砒霜。科拉莉夫人打扮一番之后，去见了她的朋友卡梅丽塔。听她简单说明来意之后，卡梅丽塔唤来一个女佣，派她赶紧去把拉戈尔达请过来，有要事商量。拉戈尔达是一个身材丰满、长着浓密小胡子的女人。接到消息后，她很快和她的朋友们会合了。一杯马拉加葡萄酒过后，仨人开始了重要的谈话。谈话的结果是她们给总统写了一封信，说想要同他见面。新任总统三十出头，身强力壮，几年前曾在一家美国公司当搬运工。他之所以能有今天，多亏了他与生俱来的好口才，再就是每当他阐明某种看法或强调某种观点时，都会恰到好处地动枪。当他的秘书把这封信交给他时，他笑了。

"这三个老娘们找我能有什么事？"

但是他心性善良也很平易近人。作为人民的一分子，他没有忘记自己是由人民选举出来保护他们的。更何况，早年他还在科拉莉夫人手下当过差。他告诉秘书，第二天上午十点钟召见她们。于是，三位女士便如约到达了宫殿，在人带领下走过了一段富丽堂皇的楼梯，来到了觐见室。引路的官员轻轻地敲了敲门。装着栅栏的窥视孔从里面打开了，露出了一双警惕的眼睛。总统竭尽所能地想要避免重蹈前任总统的覆辙，因此不论来访者是谁，他总会有所防备，小心接待。直到官员报上了三位女士的姓名，门才半遮半掩地打开，三位女士侧着身子进到房间里。房间富丽堂皇，很多秘书穿着衬衫，坐在小桌旁忙着打字，每个人的腰上都别着一把左轮手枪。一两个全副武装的年轻人躺靠在沙发上，一边看着报纸一边抽烟。总统在一旁站着，同样穿着衬衫，腰带上别着一把左轮手枪，两个大拇指正扣在马甲袖洞里。他身材魁梧，看上去一表人才，风度翩翩。

"你们好啊，夫人们。你们是有什么事吗？"他露出了洁白的牙齿，兴高采烈地喊道。

"唐·曼纽尔先生，您看起来真的是棒极了，简直是一表人才。"拉戈尔达说道。

总统和她们握了握手，连秘书们也停下了手上繁重的工作，靠在椅背上，非常友善地向三位女士挥了挥手。他们已经是老朋友了，打招呼虽然像在开玩笑，却是真心实意的。在此，我需要申明一点（要是把话说得含蓄体面，别人可能会摸不着头脑；但是如果必须得说的话，那不妨就直截了当地讲），实际上，这三位夫人正是这个自由独立国家的首都中三大主要妓院的老鸨。拉戈尔达和卡梅丽塔是西班牙人，穿着黑衣服，头上包着黑丝巾，看起来非常体面，科拉莉则是法国人，戴着一项丝绒帽。她们虽已过中年，但举止依然端庄得体。

总统请她们就座，给她们端来马德拉葡萄酒，递上了香烟，但被她们谢绝了。

"不用了，谢谢您，唐·曼纽尔先生，我们今天来是为了一件正事。"科拉莉说道。

"那么，我有什么能为你们做的吗?"拉戈尔达和卡梅丽塔看了看科拉莉，科拉莉也看了看拉戈尔达和卡梅丽塔，然后她们点了点头。科拉莉意识到，她们是想让她当发言人。

"唐·曼纽尔先生，其实，事情是这样的。我们三个人多年来一直勤勤恳恳，努力工作，清清白白。整个美洲大陆上再也找不出像我们三家这么高级的会所了。而且这也是在为我们美丽的城市增光添彩。你看，光去年我就花了五百美元给主厅装上了平面玻璃镜子。我们一向按时纳税，本该受到尊重。但是现在，我们劳动成果却要被剥夺了。可以毫不犹豫地说，我们不偷不抢，认认真真工作了这么多年，到头来却受到这样的对待。这可太不公平了。"

总统大吃一惊。

"但是，科拉莉，亲爱的，我不知道你指的是什么。是有人敢违法勒索你们吗? 还是别的什么我不知道的事情?"

他疑惑地扫了秘书们一眼。他们想装出一副无辜的样子，可尽管他们确实无辜，但看起来像心里有鬼。

"我们要投诉的是法律。我们眼看就要关门歇业了。"

"关门歇业?"

"只要还有这个新的离婚法，我们的生意就没法做。这么漂亮的会所有什么用，还不如关门得了。"

科拉莉接下来的解释太过直白坦率，我还是再意译一番为好。她的意思是，她和她的朋友们为那些漂亮会所交了税也付了房租，可那些外国美女来了以后，会所已经人去楼空了。时髦的年轻人更喜欢在格兰德酒店度过夜晚，因为其他地方需要大掏腰包才能买来的乐子，在格兰德酒店只要说几句甜言蜜语就行了。

"这倒也不能怪他们呀。"总统说。

"我怪的不是他们，我怪的是那些女人。她们不能就这样抢走我们的饭碗。唐·曼纽尔先生，您是我们人民的一分子，不是那些贵族的一分子；如果您就任由这些骗子搞得我们做不成生意，人们会怎么想呢？我就问问您，这公平吗？这正当吗？"科拉莉喊道。

总统回答道："但是我又能做什么呢？我总不能把她们关在自己房间，让她们在里面待上三十天吧。这些外国人自己不知道检点，难道也是我的不是？"

"穷姑娘们当然是另当别论，她们总得谋生活。可那些女人们并不是因为生活所迫才干这个，不，我永远也不会理解。"拉戈尔达说。

"这离婚法太糟糕太邪恶。"卡梅丽塔补充道。

总统一下子站起身来，双手叉着腰。

"你们不会是想让我废除这条为国家带来和平富足的法律吧？我是人民的一分子，是人们选出来的，我关心的是国家的繁荣。离婚是我国的支柱产业，除非我死了，不然这条法律不可能废除。"

卡梅丽塔说："哦，圣母玛利亚。怎么会到这个地步！我的两个女儿还在新奥良的修道院呢。哎，干我们这一行的，总有不顺，但我总安慰自己，想着我的女儿们能嫁个好人家，等我退休的时候，她们能接着干我这一行。您以为我把她们送进新奥尔良的修道院不花钱吗？"

"如果我的会所关门了，谁来供给我在哈佛大学读书的儿子呢，唐·曼纽尔先生？"拉戈尔达问道。

科拉莉说："我嘛，倒不在乎。我会回法国。我亲爱的母亲八十七岁，也没多少日子了。如果我能陪她走完生命的最后一程，对她来说也是个安慰。但是让我痛心的是，这太不公平了。唐·曼纽尔先生，您曾经在我那里度过了很多快乐的夜晚，但现在您竟然任由我们被人这样欺负，我感到非常伤心。您曾经在我家当过跑堂，第一次作为贵宾光临，就是您这辈子最骄傲的时刻，这难道不是您亲口告诉我的吗？"

"这个我承认。我当时还请在场的所有人喝了香槟呢。"唐·曼纽尔耸着肩膀，在宽敞的大厅里走来走去，陷入了深思，还时不时地做个手势。他喊道："我是人民的一分子，是人民选出来的。这些女人确实都是骗子。"他装腔作势地转向他的秘书们："这是我执政生涯中的一个污点。放任那些一无所长的外国劳动力夺走我国诚实勤劳的人民的生计，这违背了我所有的原则。三位夫人来见我，寻求我的保护是非常正确的。我绝不会允许这样丑恶的事情继续下去。"

这段讲话直截了当而又振奋人心，但在场的所有人当然都知道，这什么也改变不了。科拉莉给鼻子补了补妆，拿出口袋里的小镜子看了看自己这个不同凡响的器官。

她说道："当然我也了解人性，也能理解这些人都因为闲得慌才生事的。"

一个秘书提议："我们可以建一个高尔夫球场，不过这样只能消磨他们白天的时间。"

"要是她们想要男人的话，为什么不自己带来呢？"拉戈尔达说道。

"哎！"总统大喊一声，然后突然站定，"我想到办法了。"

他可不是凭空获得了今天这样崇高的地位，他有的是远见卓识和聪明才智。总统瞬间变得神采奕奕。

"我们将修订这条法律，男性依然可以像从前一样来去自如，但是女性必须有其丈夫的陪同，或者有他们亲笔许可才准入境。"总统看到他的秘书们一脸惊愕，摆了摆手。他补充道，"不过，移民局将收到指示，要给'丈夫'一个最宽泛的解释。"

科拉莉高呼道："我的玛利亚啊！要是那些女人们带了男朋友来，自然别人没法纠缠她们了。这样一来，我们的顾客便会重新回到一向服务周到的老地方了。唐·曼纽尔先生，您可太了不起了，总有一天，人们会为您建一座雕像。"

最棘手的困境往往靠最简单的权宜之计就能解决。根据唐·曼纽尔先生的建议，法律经过了简单修订，而这个国家依旧自由独立，首都依旧宽阔明朗，依旧受着繁荣之神的眷顾。科拉莉得以继续她那造福人民同时又收益颇丰的行当，卡梅丽塔的两个女儿在新奥尔良的修道院完成了昂贵的学业，而拉戈尔达的儿子也顺利地从哈佛毕业了。

乞丐

　　上帝知道，我一直怨叹，即使时间翻倍，也没法做完手头一半的活儿。我已记不得上次什么时候偷得半日清闲。我常幻想可以整整一周悠闲自在。我们大多数人若不是忙着工作就是在忙着玩乐：骑马、网球、高尔夫、游泳、赌博；而我却幻想自己什么都不干。早上慵懒地躺躺，中午四处闲逛，晚上一样懒懒散散。我的头脑如同一块石板，时间则如同一块海绵，将感官世界留下的印记统统抹去。时间，如白驹过隙，一去不返，时间是人类最宝贵的财富，虚度光阴是人类最奢侈的放纵。克娄巴特拉将无价珍珠溶入酒中，送予安东尼饮用 [①]；一寸光阴一寸金，浪费时光无异于端起珍珠酒的高脚杯将酒泼到地上。这个动作很豪气，但就如所有豪气之举一样，也很荒唐。当然，荒唐就是它的理由。在我答应留给自己的一周里，我肯定会读书，因为对于读书成瘾的人来说，书就如同奴役人的药物，一旦没了可读的东西，他便会紧张兮兮、喜怒无常、坐立不安；就像酒鬼没了白兰地会用含甲醇的虫胶清漆和甲基化酒精

---

① 传说埃及艳后克娄巴特拉与罗马将军安东尼打赌，说她一顿饭可以花掉 1000 万塞斯特斯币。她取胜的办法是将自己的珍珠耳环丢在一杯醋里，待其溶化后一饮而尽。

一样，嗜书的人没了书，读起五年前的广告和电话簿也能将就。但是职业作家读书不会那么无所用心。我倒希望我的阅读也是一种独享清闲。我下定决心，如果有一天我能够享受无忧无虑的闲暇时光，我定会去完成一项一直令我魂牵梦萦的事业：读完尼克·卡特侦探的全套作品。但是迄今为止，就像探险家探索未知国度一样，我才刚刚起步。

我一直幻想自己能有一处钟爱之所，悠然度过这段时光；当这种闲暇时光突然来临，而我又必须全力应对时（就像在广阔太平洋汽轮上遇到的一面之交的人，你邀请他来伦敦做客，他就真带着全部家当冷不丁出现在你眼前一样），总感觉有些猝不及防。当时，我从墨西哥城到维拉克鲁斯，前往尤卡坦搭乘沃德公司的白色凉船^①。令人始料未及的是，一夜之间码头罢工，我要搭乘的船进不了港，我于是滞留在了维拉克鲁斯。我在面朝广场的迪丽君西亚斯酒店订了房间，整个早上都在观赏城镇风光。我专在偏街小巷里漫步，窥视着古色古香的宅院。穿行在教区教堂，雕刻和飞拱美丽如画，极有旧时建筑的风姿；海风咸涩，骄阳灼灼，教堂粗糙厚重的墙壁经年累月也变得沧桑斑驳；穹顶铺满蓝白相间的瓦片。饱览风景之后，我在广场周围的拱廊里坐下，点上一杯饮料小憩乘凉。烈日无情地炙烤着整个广场，椰树耷拉着满是灰尘的叶子，无精打采；黑色的大兀鹰在树上稍作停留，略显不安，突然冲向地面，衔起食物碎屑，而后便拍着笨拙的翅膀飞上教堂塔楼。广场上人来人往，有黑人、印第安人、克里奥尔人、西班牙人和"西班牙海"^②地区的各色人种，肤色也从乌木黑到

---

① 白色凉船（white cool ship），是内置了通风管道，可以让海风流通于客舱中的船。这种最初级的"空调"设备在当时被宣传为"让海变凉"（Sea-cooling）。

② 西班牙海（Spanish Main），大致从巴拿马地峡到奥利诺科河三角洲之间的南美洲北海岸，在西班牙控制年代有此称呼。

象牙白各有不同。上午的时间就这么过去了，我身边的桌子上渐渐坐满了人，基本都是午饭前来小酌一口的男人，他们大都穿着白色的帆布衣服，但也有人不顾炎热，穿着体面的深色工作服。拱廊里有一个小型乐队———一个吉他手、一个盲人小提琴手和一个竖琴手，在表演拉格泰姆舞曲，每演奏两首曲子，吉他手就会拿着盘子来收钱。我已经买了一份当地报纸，所以当卖报的小贩没完没了地向我兜售同一份报纸时，我坚决不予理睬。总有脏兮兮的顽童想帮我擦鞋，可我的鞋干干净净，为此我拒绝了他们不下二十次；总有乞丐纠缠讨钱，可我的零钱所剩无几，也只能摇头拒绝。他们不给人留片刻安宁。瘦小的印第安妇女们衣衫褴褛，每个人背上都用披巾裹着个婴儿，伸着瘦削的双手乞讨，呜呜咽咽地重复着那套凄惨的说辞；一个个盲人被小男孩领到我的桌边；身体残疾的、跛足的、畸形的，向我展示他们先天或后天所遭受的伤痛和残暴；食不果腹、衣不蔽体的孩童纠缠不休地哀号着，一心想要铜板。但这些人也得时刻留心，以防那些大腹便便的警察突然拿着皮鞭冲出来，对着他们的后背或脑袋一顿猛抽。他们即刻落荒而逃，只等那些警察精疲力竭、昏昏欲睡，他们便再次回到老地方。

突然间，我的注意力被一个乞丐所吸引。其他乞丐还有坐在我周围的人都是黑皮肤和黑头发，而他的头发和胡子却红得让人心惊。他的胡子蓬乱，一头长发脏兮兮的，似乎几个月没有梳过了。他只穿着一条单裤，一件棉汗衫，但都破破烂烂，臭烘烘的，简直要散架。我从未见过这么瘦的人，他的腿、他的胳膊，只剩皮包骨头；他的根根肋骨，在破烂的汗衫下清晰可见；他满是尘土的双脚上，每根骨头都数得清。在这群饥肠辘辘的人当中，他无疑是最凄惨的一个。这个人年纪不大，应该还不到四十岁，我不禁暗自揣摩，到底是怎样的经历使他沦落到这步田地。要是能找到工作，他也不愿工作，就让人没法理解了。在这群乞丐中，只有他一言不发。其他人都大倒苦水、喋喋不休，不拿到施舍不罢休，直到你不胜其烦把他们赶走。他从不求人，我想他大概明白，自己这副穷困潦倒的样子已胜过哀求。他甚至都不伸手，只是看着你，满眼悲伤，满脸绝望，让人心生畏惧；他呆呆地站着，一言不发，一动不动，直盯着你，如果你仍不搭理他，他便慢吞吞地挪到下一张桌子前。没有得到施舍，他不会流露出失望或是生气。如果有人给他一枚硬币，他就稍稍向前移一点，伸出变形的手接过硬币，一句感谢的话都没有，继续面无表情地向下一张桌子走去。我没有什么好给他的，所以当他朝我走来的时候，我摇了摇头，让他不用白等。

"看在上帝的分上，原谅我吧。"我对他说，这是卡斯蒂利亚人惯用的礼貌语，西班牙人拒绝乞丐时常常这么说。

但他并没有理会我说的话，依旧站在我面前，满眼凄苦地看着我，在我桌前也不长不短地停留了一会。我从未见过如此凄惨的一个人。他看上去很可怕，似乎有些神志不清。过了一会，他继续向下一桌走去。

中午一点，我吃了午饭。午睡醒来时，天气依然炎热；傍晚将近，我犹豫着打开了窗户，一股凉风吹过，把我吸引到广场上去了。我坐在拱廊下面，点了一大杯饮料。此刻，人们正从四面八方大量拥入广场，餐厅里的桌子旁挤满了人，广场中心的凉亭里，乐队也开始演奏。人群愈发拥挤。公共长椅上人们挤坐在一起，就像一串串密匝匝的紫葡萄。

叽叽喳喳的谈话声不绝于耳。黑色的大兀鹰在人们头顶盘旋尖叫，看到食物便疾速俯冲下来，然后从行人脚边匆匆飞逃。夜幕降临，大兀鹰从城镇四周向教堂塔楼群集，盘旋在塔楼周围，嘶鸣不已，聒噪不安地停在栖息之处。擦鞋匠想求着我擦鞋，卖报童硬给我塞潮乎乎的报纸，乞丐们没完没了地哀求施舍。我又看到了那个长着红胡子的怪家伙，在一张张桌子前一动不动地站着，满面愁容，神情悲悯。他并没有在我的桌子前停留，我猜他大概记得，早上在我这什么都没得到，所以也没必要再次尝试了。红头发的墨西哥人很少见，我只在俄罗斯见过这么落魄的人，所以我想，他会不会就是俄国人呢？能让自己落得如此穷困潦倒，正符合俄国人浑浑噩噩的品性。可是他的面相又不像俄国人；他瘦削脸，五官清朗，蓝色的眼睛深嵌在脸上的样子也不是俄国人的长相；我在想他是不是一名水手，可能来自英国、斯堪的纳维亚或者美国，弃船跑了，却一步步陷入这般惨境。一转眼，他就没影了。因为无事可做，我便一直待在那儿，觉得饿了便去填饱肚子，然后又回到那里。我静静地坐着，直到人群渐渐散去，直到该睡觉之时。不得不承认，这一天着实难熬。我不由得想，这样的日子什么时候是个头，我何时才能乘船离开。

没睡多久我便醒了，而且再难入睡。房间里很闷，我打开百叶窗，眺望着窗外的教堂。没有月亮的夜晚，闪亮的星光隐约勾勒出教堂的轮廓。兀鹰挨挨挤挤地蹲在穹顶的十字架上和塔楼边缘，时不时挪动一下，感觉十分诡异。不知怎的，我突然想起那个红胡子的家伙，心头有一种奇怪的感觉：我以前见过他。这种感觉十分强烈，让我睡意全无。我确定见过他，但不记得在何时何地。我试图想象他出现时的场景，却只能看到迷雾中一个模糊的身影。黎明将至，天气稍稍凉爽了些，我才再次入睡。

我在维拉克鲁斯度过的第二天与第一天没有什么不同。但是这次，我留心注意着红头发乞丐何时出现。每当他站在我旁边的桌子时，我都要仔细观察一番。现在，我肯定我曾在什么地方见过他，甚至可以肯定我认识此人，并且和他说过话，但我还是想不起具体的情形。他再一次从我的桌边经过，没有停留；目光交会之时，我试图从中寻找记忆的影子，却一无所获。我怀疑自己搞错了，就像我们正在做什么事的时候，由于大脑失灵，便会觉得是在做以前做过的事。我曾经见过他，这个想法在我的脑海中挥之不去。几番冥思苦想之后，我终于确定，他不是英国人，就是美国人。但是我不好意思和他打招呼。我在脑海中搜索可能与他相遇的各种场景，却仍毫无头绪，这让我心烦意乱，就像某个人的名字就在嘴边却想不起一样。这一天同样漫长。

新的一天来临，又是一个清晨，又是一个傍晚。恰逢周日，广场比往常更拥挤。跟前两天一样，红头发的乞丐又来了，衣衫褴褛、愁容满面，一言不发却令人毛骨悚然。他正站在离我两个桌子远的地方，默不作声地乞讨，连手都没伸。我又看到了那个警察，他时不时就会保护公众免受乞丐骚扰。他悄悄绕过柱子，用皮带把红头发乞丐狠抽了一顿。乞丐瘦弱的身躯抽搐了一下，但既没有反抗，也没有流露出憎恨；那剧痛的鞭笞对他而言似乎已是家常便饭。他慢吞吞地溜进广场，消失在薄暮之中。但这一记毒打抽醒了我的记忆，我突然想起来了。除了名字，关于他的其他一切事情我都记起来了。他肯定已经认出我了，因为二十年间我都没有多少变化；也正是因为这个，自第一天早上之后他再也没有在我桌前停留。没错，二十年前我们就认识。当时，我在罗马待了一个冬天，每天晚上都在西斯提纳大道的一家餐厅吃饭，那里的通心粉味道一流，酒水也口味绝佳。一小伙英美艺术生和几个作家经常光顾这家店；我们常常待到深夜，没完没了地谈论着艺术和文学。红头发乞丐通常是和他的年轻画家朋友一起来，那时他还只是个年轻小伙子，不过二十出头的样子；蓝眼睛、高鼻梁、红头发，长相算是赏心悦目。我记得他讲了很多关于中美洲的事情，因为他曾经在联合果品公司工作，但是后来因为想成为一名作家便辞职了。我们都不大喜欢他，因为他很傲慢，而当时的我们也都年轻气盛，还不知道如何容忍年轻人的傲慢。他觉得我们是愚蠢的可怜虫，而且很没教养地当着我们面说。他从来不会向我们展示他的作品，因为我们的称赞对他来说一文不值，他对我们的批评也不屑一顾。他的极端自负让我们恼火；但是我们中的一些人尴尬地意识到，他的自负也许是合情合理的。难道他对自己天赋的强烈感知是空穴来风吗？为了当作家，他牺牲了一切。他有一种没由来的自信，以至于他的朋友都对他将信将疑的。

我记得他当时斗志昂扬、精力充沛、对未来信心十足，一副超然物外的派头。很难想象，他竟和那个乞丐是同一个人，但我又十分肯定，他们确实是同一个人。我起身付了酒水钱，走进广场去找他。我的思绪如一团乱麻，内心也十分惊诧。我曾时不时地想起他，也会胡乱猜测他的近况。我从来都不曾想过，他竟落得如此悲惨的境地。成千上万的年轻人怀着不切实际的梦想踏上追求艺术的艰苦征程，但大多数人接受了自己的平庸，在生活中找了一个可以躲避饥饿的栖息之地。像他这样可太悲惨了。我问自己，他到底经历了什么。是怎样的希望落空使他精神崩溃，是怎样的连番打击让他心灰意冷，是怎样的幻想破灭让他万念俱灰？我问自己，他是否真的无药可救了呢？我在广场上找了一圈，他也不在拱廊里。想在演奏台周围的人群中找到他只怕是希望渺茫。灯光渐渐暗下来，我担心就此见不到他了。经过教堂时，我发现他正坐在台阶上。我无法描绘他当时有多么颓丧。生活将他掳走，百般蹂躏，撕扯肢解，然后将血肉模糊的残躯狠狠地扔到教堂的石阶上。我朝他走去。

"还记得罗马吗？"我问他。

他没有动，也没有回答。他没有理会我，就像眼前没有我这个人一样。他也没有看我。一双空洞的蓝眼睛注视着石阶下面嘶叫着争抢食物的几只兀鹰。我有些不知所措。从口袋里掏出一张黄色的钞票，塞到他手里。他连瞥都没瞥一眼。但他的手稍稍动了一下，瘦得变形的手指握住了钞票，将它揉作一团，捏成小球，挑到大拇指尖，然后弹到空中，最后落在聒噪的大兀鹰之间。我本能地扭过头去，看到一只大兀鹰叼着纸球飞走了，还有两只飞在后面嘶叫。当我回过神来，他已经没了踪影。

我在维拉克鲁斯又待了三天。始终没有再看到他。

凶梦

一九一七年八月，因为工作原因，我不得不从纽约去了彼得格勒，为了安全起见，我奉命取道海参崴。我早上下了飞机，在那里度过了尽量悠闲的一天。我记得，在横贯西伯利亚的火车将要出发之前，大约晚上九点，我一个人在车站的餐厅用餐。餐厅里很拥挤，我和一个男人合用一张小桌子，那个人的外表让我觉得很有意思。他是一个俄国人，个子很高，但胖得出奇，他的肚子太大，不得不坐在离桌子很远的地方。跟他的体型相比，他的手却很小，堆着一圈圈肥肉。他的长发稀疏，颜色很深，但都一丝不苟地横梳过头顶，以掩饰秃顶。他那张蜡黄的大脸，以及他那胡须剃得干干净净的巨大双下巴，给人一种不雅的裸露感。他的鼻子很小，像是在那堆肉上安了一颗滑稽的纽扣，黑色的眼睛虽然有神但也很小。但他那红红的大嘴，给人一种肉欲的感觉。他穿得还算整齐，一套黑色的西装，已经非常破旧——好像自从有了这套衣服以来，既没有熨过，也没有刷过。

餐馆的服务很差，顾客几乎不可能引起服务员的注意。我们很快就交谈起来。那个俄国人讲一口流利的英语，虽然口音较重，

239

但能听明白。他打听了不少关于我自己和我的行程的事情，这些事我回答得看似坦率，却有所保留，因为我当时的职业要求我必须谨慎行事。我告诉他，我是个记者。他问我是否写小说，我说闲暇时的确会写一点，他便开始谈起近年的俄国小说家。他说话很聪明。很明显，他是个受过良好教育的人。

这时，服务员终于同意给我们端来一些卷心菜汤，我的这位新相识从口袋里掏出一小瓶伏特加，请我同饮。我不知道是伏特加还是他们种族天生的多话让他这么健谈，不久他没等我问，就告诉我许多关于他自己的情况。从谈话中可知，他似乎出身高贵，以律师为业，是个激进分子。由于跟当局有一些麻烦，他不得不经常居住在国外，但现在他正在回家的路上。他在符拉迪沃斯托克因为生意耽搁了几天，但他预计一周之内会动身去莫斯科，如果我去那里，他会很高兴见到我。

"你结婚了吗?"他问我。

我不知道这和他有什么关系，但我告诉他我结婚了。他轻轻叹了口气。

"我妻子去世了。"他说，"我妻子是瑞士人，来自日内瓦。她是个很有教养的女人。她的英语、德语和意大利语都讲得很好。当然，法语是她的母语。她的俄语水平也远高于普通的外国人，几乎没有一点口音。"

一个服务员端着满满一托盘菜走过，他叫住了他，问他下一道菜我们还要等多久。我猜他是问的这个，因为那时我几乎不懂俄语。服务员很快喊了一声，大概是让我们放心的意思，随后又匆匆走了。我的朋友又叹了口气。

"革命以来，餐馆的服务太差了。"

他点燃了第二十支香烟，我看了看表，不知道是不是来得及在动身之前好好吃上一顿饭。

"我的妻子是个不平凡的女人。"他继续说，"她在彼得格勒一所学校教语言，那是为贵族的女儿们办的最好的学校之一。我们在一起生活了很多年，相处得非常融洽。不过，她嫉妒心重，又偏偏爱我爱得发狂。"

我强忍着没笑出来。他是我见过的最丑的人之一。这个脸色红润、性格活泼的胖子有时有某种魅力，但这团阴郁的肥肉实在令人厌恶。

"我不会跟你撒谎说我对她很忠诚。我们结婚时她已经不年轻了，我们已经结婚十年了。她很瘦小，脸色不好，说话也刻薄。她是一个占有欲极强的女人，除了她之外，她不能容忍任何人吸引我。她不仅嫉妒我认识的女人，而且嫉妒我的朋友、我的猫和我的书。有一次我不在的时候，她把我的一件大衣送了人，就因为我最喜欢那件大衣。但我是个性情平和的人。我不否认我讨厌她，但我接受了她的刻薄脾气，认为这是天意，我没想过反抗，就像我不想反抗坏天气或感冒一样。不管她指责我什么，能不认账都不认账，要实在没办法，我只能耸耸肩，抽支烟了。

"虽然她经常闹腾，但对我影响不大。我就过我自己的。但有的时候，我也很想知道，她到底是太爱我了还是太恨我了。在我看来，爱与恨是不可分割的。

"我们本来可以一直过下去，没想到有天晚上发生了一件怪事。那天晚上，我被妻子一声刺耳的尖叫惊醒。我吓了一跳，问她怎么了。她告诉我她做了一个可怕的噩梦——她梦见我想要杀死她。我们住在一所大房子的顶层，楼梯环绕的楼梯井很宽敞。她梦见我们刚爬到我们所在的楼层，我就抓住了她，想把她从栏杆上扔下去。这栋楼有六层，楼梯井底下是石头地板。也就是说，人从六楼掉下去必死无疑。

"她被吓得不轻，我尽量安慰她。可第二天早上，甚至两三天之后，她又提起这件事来。尽管我笑她荒谬，但我看出她是真的往心里去了。我也不禁开始琢磨这件事，因为这事告诉我一些我从没想到过的东西。她以为我恨她，她以为我很想摆脱她；她当然也知道，她自己让人受不了，有的时候，她显然想到了我有能力杀死她。人的思想是没办法预料的，我们不愿意承认，可有些奇怪的想法真会进入我们的脑袋。有时候，我真希望她能和一个情人私奔；有时候，我也希望她能毫无痛苦地突然死亡，以便给我自由；但我从来没有想过，我要主动干点啥，去摆脱她这个无法忍受的负担。

"这个梦对我们俩影响很大。我妻子觉得害怕，不再那么尖酸刻薄了，变得比以前宽容。但我呢，每次走上楼梯来我们的公寓时，我都忍不住从栏杆上往下看，想象着像她梦见的那样干掉她有多容易。栏杆太低，本来就不安全。只需一个快动作，事情就完成了。我很难不去想这事。几个月后的一天晚上，我妻子又把我吵醒了。我很累，她这次发作把我惹恼了。她脸色苍白，浑身发抖。她又做了那个梦。她突然大哭起来，问我恨不恨她。我向俄国日历上所有的圣人发誓，我爱她。最后她终于睡着了，而我却没这本事，一直躺着睡不着。我仿佛看见她从楼梯井掉了下去，我听见她的尖叫声以及她摔在石头地板上的撞击声。我禁不住浑身颤抖。"

俄国人停了下来，额头上挂着汗珠。这个故事他讲得很生动很流利，我也听得很认真。瓶子里还有一些伏特加；他把它倒出来，一口吞了下去。

"你妻子后来是怎么死的？"停了一会儿，我问道。

他拿出一块脏兮兮的手帕，擦了擦额头。

"事情巧得惊人，有一天深夜，有人在楼梯底下发现了她，她的

242

脖子摔断了。"

"谁发现的她？"

"一个房客，在她摔下来不久后，进来的时候发现的。"

"当时你在哪儿？"

我无法形容他当时那种邪恶而狡黠的表情。他那双黑色的小眼睛闪了一下。

"那天晚上我和一个朋友在一起。出事一个小时后才回去的。"

正在这时，服务员端来了我们之前点的一盘肉，俄国人便开始吃了起来。他食欲颇佳，每次都像铲东西一样把食物铲进他那张大嘴里。

我吓得不敢置信。他刚刚是几乎不加掩饰地告诉我，是他谋杀了他妻子吗？那个肥胖迟钝的男人看上去不像个杀人犯；我不敢相信他会有这样的勇气。或者他是在拿我寻开心？

几分钟后我就要去赶火车了。我跟他道了别，从那以后就再也没见过。但是我一直无法判定，他当时是说真的还是在开玩笑。

弥足珍贵

　　理查德·哈伦杰是个幸福的人。从《传道书》①开始，不管悲观主义者们怎么说，其实在这个不尽如人意的世界里，幸福的人不在少数。但理查德·哈伦杰能感觉到自己是幸福的，这就稀奇了。古人推崇的中庸之道已经过时，很多人不再认为自我约束是一种美德，也不再相信常识能有什么价值，因此恪守中庸之道的人总要承受他们貌似客气的嘲讽。面对这些嘲讽，理查德·哈伦杰只是礼貌地耸耸肩，一笑了之。就让他们在不测之渊中生活吧，让他们像宝石般燃烧吧，让他们在纸牌的轮回往复中孤注一掷，行走在通往荣耀或是坟墓的钢索上，或是为了一番事业、一腔激情、一次冒险赌上身家性命吧。他既不眼红那些人的壮举所带来的功成名就，也不为那些人的功亏一篑而浪费自己的同情心。

　　但也绝不能由此断定理查德·哈伦杰是个自私自利、铁石心肠的人。实际上，他既不自私自利，也不是铁石心肠。他为人细心周全、慷慨大方，向来愿意为朋友慷慨解囊，

---

① 《传道书》(*Ecclesiastes*)，一般认为是由所罗门作于公元前10世纪左右。其中一个重要的主题是"日光之下一切皆虚空，皆捕风"。

也因为家底殷实，所以能尽情享受行善的乐趣。他自己有点小钱，再加上在内政部供职，还能有一笔丰厚的固定收入。这份工作倒挺适合他：按点上下班、稳定可靠、轻松愉快。每天下班后他都要去俱乐部打上两个小时的桥牌，到了周六周天就去打高尔夫。假期则出国旅行，住高档酒店，参观教堂、艺术馆和博物馆。碰上戏剧要首演，他会时常出席，还会去餐厅用餐。因为和他很能谈得来，朋友们也都喜欢他。他阅读广泛、知识渊博且幽默风趣。此外他的外表也是风度翩翩，虽称不上一表人才，但身形修长、姿态挺拔、脸型瘦削，看上去聪敏机智。因为年近半百，所以他的头发有些稀疏了，但一双棕色眼睛依旧是炯炯有神，一口牙齿也都还健全。他生来就体格健硕，平时也注重保养。要说他不幸福，这世上还真没这个道理。如果说他有那么一丝沾沾自喜，那他也会说，他受之无愧。

他运气也不错，能一帆风顺地渡过危机四伏、波涛汹涌的婚姻之海，而多少睿智正派的好男儿都在海里翻了船。才二十出头，他就和妻子结婚了，俩人在经历了几年几乎美满幸福的婚姻后，也渐行渐远。但他们都不打算再婚，因此也不曾想过离婚（事实上离婚会给理查德·哈伦杰在政府供职带来不良影响），但为了方便起见，他们在家庭律师的协调下分居了，这么一来，俩人都可以随心所欲地生活而不受对方的干扰。分手的时候也表达了对彼此的祝福和敬意。

理查德·哈伦杰把他在圣约翰伍德的房子卖了，然后买了一套公寓，从那里步行就能到白厅。他的起居室里陈列了很多书籍，餐厅的构造与那套齐彭代尔家具相得益彰，卧室大小合适，正适合他一个人睡，厨房的另一头是两个女仆的房间。他带上了在圣约翰伍德跟了自己很多年的厨师，但因为不再需要那么多人服侍，就辞退了其余的佣人，去职业介绍所要求只雇一位客厅女仆。他十分清楚自己想要找一个什么样的人，因此向介绍所的负责人描述得很精确。他要找的女仆不能太年轻，一来是因为小姑娘往往不够稳重，二来是因为他是个中年男子，有自己坚守的原则，即便是大家不在背后议论，门房和来往的商人也有闲话。为了自己和小姑娘的声誉着想，他认为应聘的人务必有一定年龄，为人处世都要严谨。再者，他要找一位擅长清洗银器的女仆。理查德一直对旧银器情有独钟，要是你的叉子和勺子安妮女王时期的贵妇使用过，那要求女仆在清洗的时候毕恭毕敬、轻手轻脚，不算过分吧？他还生性好客，每周会至少举办一次小型晚宴，邀请四到八位宾客。他相信自己的厨师能让客人们尽享口腹之乐，因此也希望她的女仆在侍餐的时候干净整洁、手脚麻利。理查德·哈伦杰要找的女仆还要充分胜任男仆的工作。他自己穿着很讲究，不仅要符合年龄还要和身份相匹配，因此他希望他的衣物能有人精心打理，那这位女仆必须得会熨烫裤子和领带，也能把鞋子擦得锃亮。他的脚偏小，要想买到剪裁精致的鞋子得费不少工夫，他还要求他那堆鞋子都要在离脚的时候就马上用楦子撑上。最后一点，公寓必须保持整洁。不消说，应聘者必须具备无可指摘的品格，沉稳、老实、可靠、落落大方这些都是少不了的。反过来，他也会给他们提供丰厚的报酬、合理的自由以及充沛的假期。职介所的主管目不转睛地听着，然后拍着胸脯向他保证，一定为他觅得一位称心的女仆，随后便安排一行人前去应聘。但事实证明，他说的话主管一个字也没听进去。理查德·哈伦杰亲自考察了这些人，发现有些应聘者明显能力不足，有些毛毛躁躁，有的岁数太大，有些又太年轻，也缺乏他认为相当重要的气质。总之，里面没有一个人是他愿意试用的。不过理查德·哈伦杰是位彬彬有礼的绅士，在拒绝这些应聘者时他都会面带微笑，向他们表示自己的错失良人的遗憾，以宽慰他们。他一直很耐心，也打算一直面试下去，直到找到合适的女仆。

　　生活就是这么有意思，如果你坚持宁缺毋滥，那你通常都能如愿以偿；如果你决不敷衍将就，那你总有办法心想事成。就好像命运女神在说，这男人真是个十足的呆子，居然妄想尽善尽美，说罢这任性的女人便不折不扣地满足了他的全部心愿。有一天，公寓的门房突然告知理查德·哈伦杰：

"先生，我听说您在招客厅女仆，我这儿有个人想找份这样的工作，可能会适合您。"

"你能亲自介绍一下她吗？"

理查德·哈伦杰有个观点挺有道理，那就是佣人间的介绍比雇主的介绍更有参考价值。

"我可以为她的品行打包票，她之前干过几份工作，都干得不错。"

"我大概七点会回来换衣服，如果她那时候方便的话，我倒可以见见她。"

理查德·哈伦杰回家还不到五分钟，厨师就听到前门传来的门铃声，于是前去开门，随后进来告诉他：门房说过的那个人来了。

"领她进来吧。"他说道。

他又打开了几盏灯以便自己能看清应聘者的长相，然后起身背对着壁炉等着。一位女士走了进来，恭恭敬敬地站在门框里。

"晚上好。"理查德·哈伦杰问候道，"该怎么称呼你呢？"

"普里查德，先生。"

"今年贵庚啊？"

"三十五了，先生。"

"挺好，这个年龄倒挺合适的。"

他抽了一口烟，若有所思地打量着这位女士。她个头挺高，几乎赶上自己了，不过他想这大概是因为她穿了高跟鞋的缘故。一身的黑裙子很合她的身份，人站得笔直，五官也端正，气色也还不错。

"你能脱掉帽子吗？"理查德问道。

这位女士脱掉了帽子。他看到她那一头淡棕色的头发，梳理得整齐大方。整个人不胖不瘦，看上去健康强壮，要是穿上合身的工作服，应该也是有模有样的。她虽称不上漂亮，但还算标致，没准在其他阶层中，她还是个美人呢。接着，理查德·哈伦杰又问了几个问题，回答都令他很满意。她上一次离职的理由相当充分，之前又是在一位男管家的手下接受训练的，因此看起来她对自己职责范围内的事情都是驾轻就熟的。在上一位雇主家，她是三位客厅女仆的领班，但现在她不介意一人打理这个公寓。她还给一位绅士干过贴身女仆的活儿，那时还被送到裁缝那儿学怎么熨烫衣物。她有那么一点害羞，但算不上腼腆或者不自在。理查德问她问题的时候态度和蔼从容，而她回答的时候也是镇定自若、谦和有礼，给他留下了深刻的印象。他又问有没有带介绍信过来。看过之后，理查德也极为满意。

"这么说吧。"他说道，"我很愿意雇用你。但我不喜欢有变化，我的厨师跟我也有十二年了，如果你合我心意，这个工作环境也适合你，我希望你能留下来。我的意思是，我可不想三四个月后你过来告诉我你要离职去结婚了。"

"这您不用担心，先生，我是个寡妇。而且像我这种地位的女人，结婚不是什么好归宿。自打结婚以后，我丈夫一点活儿都不干，全靠我养着他。现在我只盼望着有个舒心的家。"

"我倒是很同意你的观点。"他笑了笑，"婚姻是挺不错的，但总结婚就不是好事了。"

她的反应非常得体，没有接话，只是等待他宣布决定，看上去一点也不心急。理查德盘算着，如果她真的像看起来那样能力出众，那她也清楚自己不愁找不到雇主。他告诉她自己愿意提供的薪酬后，对方似乎也挺满意。他又介绍了一下这套公寓的基本信息，但她好像已经有所了解了。普里查德在应聘的时候显然对他做过一些调查，这一点不仅不让他反感，反而让他很欣赏。这足以表明，她本是一个谨慎理智之人。

"如果我录用你，你什么时候能过来上班？我现在一个人手都没有，现在是厨师在尽力打理这些杂务，我呢也想尽快安顿下来。"

"这样的话，先生，我本想给自己放一个礼拜的假，但如果能为您这样的绅士效劳，我也不介意放弃假期。要是方便，我明天就可以过来。"

理查德·哈伦杰露出迷人的微笑。

"我想这个假期你已经盼了很久了，我不能坏了你的好事。我再等一个礼拜也没事，你就去度你的假吧，假期结束了再过来。"

"那太感谢您了，先生，那我就从今天算起，第八天的时候再过来上班，您看行吗？"

"很好。"

普里查德走后，理查德·哈伦杰觉得这一天的工作做得挺好，似乎已经找到自己中意的女仆了，于是摇铃叫来了厨师，告诉她自己终于找好客厅女仆了。

"我想您会喜欢她的，先生。"厨师说道，"她今天下午过来时和我聊了一会，我一眼就看出来，她是那种知道自己职责所在的人，不像是不安分的人。"

"那我们就拭目以待了，洁迪太太。我想你没有把我说得太不堪吧。"

"这个嘛，我说您要求高，是位喜欢做事到位的绅士。"

"这点我承认。"

"她说她不介意这个，她说她就喜欢能分辨好坏的人，要是自己把事情做得很到位，但没有人注意到，那就没有成就感了。您到时候一定会发现，她会对自己所做的工作感到自豪。"

"我想要的正是这个。我想我们再找下去也不见得会找到更好的。"

"是的，先生，当然是这样。布丁好不好吃，一试便知。依我看，她会是个称职的帮手。"

事实证明，普里查德正是料理家务的能手。还没有人能像理查德一样享受到她这样的服务。她能把鞋子擦得锃亮，让你觉得不可思议。在某个阳光明媚的早晨，理查德·哈伦杰步行去办公室的步伐都比往常要轻快许多，因为他的鞋面干净得能看到自己的倒影。她把他的衣物也打理得很细致，以至于同事们都开他的玩笑，说他是穿得最好看的公务员。有一天，他回家很突然，看到卫生间里晾了一排的袜子和手帕，就叫来了普里查德。

"是你亲自洗了我的袜子和手帕吗，普里查德？我想你完全没有必要做这事啊。"

"洗衣房会洗坏的，先生。如果您没有异议的话，我还是想在家里洗。"

理查德·哈伦杰在什么场合要穿什么衣服，她也知道得一清二楚，都无须请示，就明白应该拿出餐服佩黑领带，还是燕尾服佩白领带。当理查德·哈伦杰要出席某个聚会，展示荣誉的时候，他会发现自己的翻领上已经自动别上了一排整齐的勋章。很快，他也不会每天早晨去衣柜里挑选他当天想打的领带了，因为他发现普里查德每次摆出来的领带都与他心里想的不谋而合。她的品位简直是无可指摘。他想普里查德应该会读他的信，因为她总能知道他的活动行程，如果他忘了自己要参加的某个活动的时间，都不用查笔记本，问普里查德就行了。对于在电话里和什么样的人说话用什么样的语气这一点，她心里也一清二楚。除了和商店老板说话有些不依不饶以外，她还是谦恭有礼的。但要是和哈伦杰先生的某位文学界朋友或是内阁大臣的妻子说话，还是能看出她态度上明显的不同。她几乎是下意识地就知道查理德愿意接谁的电话。有时候，理查德坐在客厅里就能听到她告知来电者理查德先生已经外出了，语气平静且信誓旦旦。挂了电话后，她会进来告诉理查德·哈伦杰某某某打过电话了，但她觉得他肯定不想被打扰，就替他回绝了。

"做得好，普里查德。"他冲她笑了笑。

"我知道她只想用音乐会的事来叨扰您。"普里查德说道。

理查德的朋友们要和他见面都得通过她预约时间。晚上他回家的时候，普里查德再告知他替他所做的安排。

"索莫斯太太来过电话了，先生，她想问您周四，也就是八号，能否和她共进午餐。我说很遗憾，您那天中午已经约了维新德夫人。奥克利先生也打过电话来，问您下周六是否能出席在萨沃伊酒店举办的一个鸡尾酒会，我说您要是能抽得出时间就去，因为您那天可能要去看牙医。"

"做得不错。"

"我觉得您到时候再看情况就行，先生。"

她把整个公寓收拾得干干净净。才到岗没多久，有一次理查德度假回来了，他去书架拿书，立马就注意到了这些书被除过尘了，于是摇铃把普里查德叫了过来。

"我忘了告诉你，我不在的时候绝对不能碰我的书。每回我的书除过尘后，都归不到原处。我倒不介意书落灰，但找不到它们我很烦。"

"很抱歉，先生。"普里查德说道，"我知道有些绅士对这事很细致，所以我留了个心，把每本书都放回了原处。"

理查德·哈伦杰扫了一眼他的书，在目之所及的地方，发现每本书都原封不动地摆放在原来的地方，于是舒心一笑。

"我要向你道歉，普里查德。"

"它们都脏兮兮的，先生。我的意思是，每次翻书后，您都要沾上一手的灰。"

当然了，她能把银器擦得焕然一新，从未有过的新。理查德觉得有必要特意夸她一句。

"你也知道，大多数的银器都是安妮女王和乔治一世时期的。"理查德解释道。

"是的，先生，我知道。有这样的宝贝，尽可能把它们打理好，这是件让人高兴的事。"

"你肯定有什么清洗银器的小窍门。我还没见过有哪位男管家能把银器打理得这么干净。"

"男人不像女人那么耐心。"她回答得很谦逊。

理查德以前喜欢每周举办一次小型的晚宴，等他觉得普里查德差不多安顿下来之后，就想继续举办。他已经发现，她不仅懂得侍奉餐饮，而且能将一个聚会安排得井井有条，他更是感到温暖和满足。普里查德动作麻利，从不多话，而且很有眼色。没等客人意识到自己需要什么，她就已经把东西递到手边了。很快，她就掌握了他那些老交情的口味，记住了一位喜欢在威士忌里加水而不是苏打，还有一位尤其喜欢羊腿的下部。她还一清二楚地知道，肘子应该放多凉才不会影响口感，红酒应该醒多久才能释放出酒香。她能倒出一瓶勃艮第而不带出任何沉淀，看她露这一手简直是一种享受。有一次，她没有呈上理查德指名要的红酒，于是后者便有些严厉地质问了她。

"先生，那瓶酒打开之后有一点木塞味，所以我换了香贝坦红酒，这样放心一些。"

"做得很好，普里查德。"

没过多久，理查德就把挑酒的事都交给了普里查德，因为他发现，她对客人们喜欢什么样的酒了如指掌。如果家里来了懂酒的客人，无须理查德的吩咐，她就能呈上酒窖中最上乘的好酒和珍藏最久的白兰地。但她对女人的味觉却没什么信心，因此但凡聚会上有女性在场，她就会拿出即将过期的香槟来招待她们。她有着英国仆人的直觉，能一眼辨出尊卑上下，不会将高贵的头衔和万贯的家产与真正的绅士等量齐观。理查德的朋友里也有几位尤其合她心意，每当他们过来用餐时，她都会拿出哈伦杰为特殊场合珍藏的酒，然后为他们斟上一杯，那模样活像吞了一只金丝雀的猫儿，心满意足的。理查德觉得实在有趣。

"你可真是会讨普里查德的欢心啊，老兄。"他惊呼道，"还没有几个人能让她拿出这瓶酒呢。"

没过多久，普里查德就显身扬名了，被誉为完美的客厅女佣。哈伦杰最让人眼红的不是别的，而是他这位得力的帮手。据称她的身价被炒到跟她一样重量的黄金，甚至比红宝石还要贵重。当客人们对她赞不绝口时，理查德·哈伦杰笑得满面春风。

"有良主自有良仆。"他笑容可掬地回应道。

一天晚上，他们坐着一起喝着波特酒，恰巧普里查德走出了房间，于是便在背后议论起她来。

"要是哪天她离开了，对你定是沉重的打击。"

"她为什么要走？确实有一两个人想挖走她，但她都拒绝了，哪里待遇好，她可清楚得很。"

"总有一天她要结婚的嘛。"

"我觉得她不是那种女人。"

"可她长得挺好看的。"

"不错，是有几分端庄。"

"你这说的什么话？她可是个美人坯子。要是有点身份地位的话，肯定会在社交圈名声大噪的，那时各大报纸刊物都会抢着登她的照片。"

这时普里查德端着咖啡进来了，理查德细细地打量着她。每天与她抬头不见低头见的，竟也有四年了——天哪，真是光阴似箭啊——要不是面对面，还真想不起她长什么样。她似乎和第一回见面时没什么两样，身材未见发福，气色也不减当年，五官端正，神情还是那样，既专注又茫然。一身黑色工作服十分合身。放下咖啡后，普里查德便又退下了。

"毫无疑问，她就是个典范。"

"我知道。"哈伦杰回答道，"她是无可挑剔的，要是没有她，我还真不知道该怎么办。但奇怪的是，我不怎么喜欢她。"

"为什么？"

"我觉得她有点无聊。你看，她从不聊天，我试着和她说过几次话，但她也只是有问必答，仅此而已。四年来，她从来没有主动发表过意见，因此我对她一无所知。我不知道她是不是喜欢我，还是只是把我当成雇主，对我满不在乎。她就是一个冷冰冰的机器人。我尊敬她、感激她、信任她，她集世间优良品德于一身。但我也时常在想，为什么眼前有这么一位尽善尽美的人，我对她却始终没什么好感。我想可能她一点魅力都没有吧。"

大家都不接话。

两三天后，轮到普里查德晚上休假，哈伦杰又没什么安排，就一个人在俱乐部里用餐了。这时一个小听差过来告诉他，公寓打电话过来了，说他出门没带钥匙，是否要派人打车过来送钥匙。哈伦杰摸了摸口袋，确实是没带钥匙。不知怎么地，他出门时竟忘了将钥匙放到这身哔叽西服里了。他本想打桥牌的，但今天俱乐部有点冷清，没什么好玩的。这时他突然想到有一部电影口碑还不错，正好去看看，于是打发小听差去回话，半个小时后自己会回家拿钥匙。

到公寓后，他按了门铃，给他开门的是普里查德，只见她手上拿着钥匙。

"你在家做什么，普里查德?"他问，"今晚不是你休假吗?"

"没错，先生，但我不怎么想出门，所以就让洁迪太太出去放松一下。"

"有这个机会，还是要出门走一走的。"他像往常一般关切地说道，"整天闷在家里对你不好。"

"我有时会出门办点事，但已经有一个月晚上没出门了。"

"为什么不出去?"

"哎，一个人出门总是没什么劲头，现在我认识的人里头，也想不出特别想跟谁出去。"

"那你也要时常给自己找点乐子，这对你有好处。"

"不知怎的，我现在也没这个习惯。"

"你看，我现在正要去电影院，你愿不愿意和我一块去。"

他说这个完全是出于好意，但话刚说出口，就有些后悔了。

"好啊，先生，我很愿意。"普里查德回答。

"那赶紧收拾一下，把帽子也戴上。"

"马上就好。"

说着普里查德便走开了。哈伦杰则走进客厅，点上一支雪茄。对自己的行为他颇为自得，也很高兴：毕竟不费吹灰之力，就能让人快活，这种感觉不错。普里查德还是那副做派，既不诧异也不犹豫。等了大约五分钟，她收拾好了。哈伦杰发现，她竟换上了一条蓝色的连衣裙，料子应该是人造丝绸，戴了一顶黑色帽子，上面别着一个蓝色的饰针，脖子上还系了一条银狐毛皮。看她打扮得既不寒酸又不张扬，他稍稍松了口气。碰到他们的人一定想不到，这居然是内政厅的高官和女仆出来看电影。

"抱歉，先生，让您久等了。"

"不碍事的。"他亲切地说道。

他为普里查德开了门，让女士优先。这时他想起了路易十四和朝臣那些耳熟能详的轶事①，不由得赞赏起她的果断。他们要去的影院离哈伦杰的公寓不是很远，因此俩人便步行前去。一路上哈伦杰对天气、路况和阿道夫·希特勒侃侃而谈，普里查德则适时地做出回应。到电影院的时候，《米奇老鼠》刚好开始，他们看得非常开心。四年来，理查德·哈伦杰还没见她笑过，现在听到普里查德一阵阵欢快的笑声，他感到心满意足。她的快乐就是他的幸福。接下来要正式放映影片了。这部电影不错，俩人都兴奋地屏住呼吸，盯着屏幕。不一会儿哈伦杰拿出了烟盒，下意识地递给了普里查德。

"谢谢你，先生。"说罢，她拿了一支出来。

理查德给她点了烟。普里查德的眼睛紧紧地盯着屏幕，完全意识不到自己的这一举动。电影结束后，他们随着人流走到街上，然后朝着公寓走去。夜空中繁星闪烁。

"你喜欢这部电影吗？"理查德问。

"很喜欢，先生，今天真是大饱眼福了。"

突然他闪过了一个念头。

"说起来，你晚饭吃了吗？"

"没有呢，先生，没来得及吃。"

"那你现在饿吗？"

"一会儿到家我吃点面包和奶油，再喝杯可可。"

---

① 指路易十四参加典礼前召唤某侍臣，正欲动身时侍臣恰好赶到，国王说：你让我躲过了等待。

"这也太将就了。"

空气中洋溢着喜庆欢乐的气氛，周围来来往往的路人似乎都喜气洋洋的。一不做二不休，理查德心里这样想着："这样吧，你愿不愿意和我找个地方吃晚饭？"

"听你的，先生。"

"那来吧。"

他拦下一辆出租车。此刻理查德觉得自己善心大发，他对这种感觉很受用。他告诉司机去牛津街的一家餐馆，那里气氛欢快，而且一定不会遇见什么熟人。餐馆里还会有乐队以及跳舞的人，普里查德肯定会喜欢的。他们就座后，服务员就走过来了。

"他们这儿晚上会有套餐。"他一边说，一边想着普里查德应该会喜欢的，"我建议我们就吃这个。你要喝点什么？来点白葡萄酒？"

"我其实想喝一杯姜啤。"她说道。

理查德·哈伦杰给自己点了一杯加了苏打水的威士忌。哈伦杰虽然不饿，但看普里查德吃得津津有味，便也应景陪她吃了一点。刚刚看完的电影倒成了很好的谈资。那天晚上他们说得没错，普里查德长得是不错，即便有人撞见他们在一起吃饭，他也不会介意。要是跟朋友们说自己带着这位大名鼎鼎的普里查德去看了电影，之后又吃了晚餐，肯定会引起轰动。普里查德看着这些舞者，嘴角浮现出一丝笑意。

"喜欢跳舞吗？"理查德问她。

"我年轻的时候跳得很好，结婚之后就不怎么跳了。我丈夫个头比我小一点，可不知怎么的，我认为舞伴的身高要比我高些看上去才协调，不知道你懂不懂我的意思。我想我很快就要跳不动了。"

理查德肯定比这位客厅女仆高一点，他俩要是一块跳舞会很合拍。他自己也喜欢跳舞，而且水平不差。但他犹豫了。他怕冒昧地邀请普里查德跳舞，会使她尴尬。还是不要失了分寸的好。但这又有什么要紧呢？她的生活单调乏味，况且她又这么明白事理，要是她觉得不合规矩，肯定会找出一个得体的理由拒绝。

"想不想跳上一支，普里查德？"趁着乐队再次奏起的时候，他问道。

"我可是好久没跳过了，先生。"

"这有什么。"

"要是您不嫌弃的话，先生。"她从容地回答着，然后站起身来。

她一点都不害羞，唯一担心的就是跟不上理查德的节拍。走到了舞池，理查德发现她跳得相当好。

"呀，你跳得可真是太好了，普里查德。"他说道。

"我慢慢地找着感觉了。"

普里查德虽然块头不小，但舞步却很轻盈，而且有与生俱来的节奏感，和她跳舞确实很享受。理查德瞄了一眼墙上的镜子，不由得想他俩看上去真是琴瑟和鸣啊。这时他们的目光在镜中交会，他在琢磨，普里查德是不是也作如是观。又跳了两支舞后，理查德·哈伦杰提出时候不早了，该回去了。他结完账然后俩人走出饭店。他注意到，她穿过人群时很是自然，丝毫不露扭捏窘迫之态。接着他们上了一辆出租车，十分钟后便到家了。

"我就从后门进去吧，先生。"普里查德说道。

"没有这个必要，你就和我一起搭电梯上去吧。"

他带着她上了楼，哈伦杰朝着夜间值班的门房冷冷地瞥了一眼，表明自己和女仆这么晚才回家没什么大不了的。到公寓门口后，他取出弹簧锁钥匙，俩人便进了门。

"好了，晚安了，先生。"她说道，"真是太谢谢你了，今晚真的很开心。"

"也要谢谢你，普里查德。要不是你，我今晚一个人肯定很无聊。希望你喜欢这次外出。"

"我很喜欢，先生，说不出有多喜欢了。"

今晚真是收获颇丰，理查德·哈伦杰感觉十分怡然自得，他觉得自己的所作所为是一大善举，能让别人切实感受到快乐竟令他如此称心快意。这份善意似一股暖流，让他心里暖融融的。有那么一瞬间，他对整个人类都充满了爱。

"晚安，普里查德。"他说道。今天他满心欢喜，兴致勃勃，于是顺势搂住了普里查德的腰，吻上了她的唇。

她的嘴唇很柔软，先是在他的唇上停留了一会儿，才回吻了他。这是一位身体健康且正值韶华的女子，她的拥抱是那么温暖、熨帖。这种感觉真是让人心醉神怡，于是理查德将她抱得更紧了，而普里查德也将手臂围上了他的脖子。

要在平时，普里查德端着信件走进房间时他才会醒来，但第二天早上，他七点半就醒了，而且心头涌上一种异样的感觉，让他摸不着头脑。他习惯垫着两个枕头睡觉，但他突然发现自己只垫了一个。接着，像是突然想起什么似的，他惊恐地往边上一瞧。还好，另一个枕头就在自己边上，没人枕在上面，真是谢天谢地！但仔细一瞧，不好！显然有人睡过。他心里猛地一沉，冷汗直冒。

"我的天啊，我真是个蠢货。"他大声嚷叫。

他怎么能干这种蠢事呢？他是吃错什么药了？和女仆们纠缠不清？他理查德绝对不是这样的人！都这把岁数了，还是有头有脸的人物，做出这种事真是太失脸面了！早上没听到普里查德悄悄溜出去的声音，想必自己肯定睡得很沉。他算不上很喜欢她，她也不是他喜欢的类型。相反，正如他那天晚上说的，他觉得普里查德很无趣。到目前为止，他只知道她姓普里查德，至于叫什么名字，他并不清楚。这算什么事啊！现在可怎么办呢？已经没有回旋的余地了，显然是不能再留用她了。可这事两人都有错，但到头来要打发她走人，对她也极不公正。因为一时糊涂，就失去了世间最好的女仆，实在是愚蠢至极！

"都是我这该死的善心。"他嘟囔着。

他再也找不到像她这样的女仆，能将衣物打理得纹丝不乱，能将银器擦洗得锃亮可鉴。她能记住他所有朋友的电话号码，也很懂红酒。但不管怎么说，她是必走无疑的。想必她自己也清楚，发生这样的事之后，就再也回不到以前了。他会送她一份大礼，再给她写一封极好的介绍信。眼下她随时都会进来。进来时她会不会故意撒娇，跟他亲昵，还是拿腔作势？没准儿她都懒得给他送信了。要是他摇铃之后进来的是洁迪太太，并且告诉他：普里查德还没起床，昨晚发生了那种事，她今天要好好睡一觉。那就真坏事了。

"我怎么就那么蠢。真是个可耻的流氓。"

这时传来了敲门声。因为刚才太过焦虑，他觉得有点晕乎乎的。

"进来吧。"

理查德·哈伦杰此刻真是霉运当头啊。

普里查德进门的时候闹钟刚好响了。她还是像每天早上一样，穿着条印花裙子。

"早上好，先生。"她说。

"早上好。"

拉开窗帘后，她将信和报纸一并递给他。她的脸看上去还是冷冰冰的，和以前没什么两样。动作也像以前一样细致能干。她既不回避理查德的眼神，也不刻意与他对视。

"今天穿这件灰色的吗，先生？昨天裁缝店刚送回来的。"

"好的。"

他假装看信，但一直抬眼悄悄观察着普里查德。她背对着他，将他的马甲和衬裤叠好放在椅子上，又把昨天穿过的那件衬衣上的饰纽取下来，别到一件干净的衬衣上，再拿出一双干净的袜子放到椅子上，边上还摆好了配套的吊袜带。接着她拿出那套灰色西装，把背带扣在裤腰上。随后她打开衣橱，思索片刻后，选了一条配套的领带。最后，普里查德将他昨天穿过的西服收拾好挂在自己的手臂上，然后提起了他的鞋。

"您现在要用早餐吗，先生？还是您想先洗个澡？"

"我先吃早餐吧。"他回答。

"好的，先生。"

她走出了房间，动作还是那么轻巧从容，神情依旧是那般严肃、恭敬乃至茫然。说不定昨晚的事就是一场梦罢了。从普里查德的言谈举止中，也丝毫看不出她对昨晚的事有什么印象。他松了一口气，没事就好，这下她不用走了，不用走了……普里查德确实是一位无可指摘的女仆。理查德心里明白，她是绝不会通过言行来暗示，他们之间除了主仆关系，还有过别的什么。理查德·哈伦杰真乃大福之人。

后　记

　　以《月亮和六便士》《人生的枷锁》等长篇小说闻名于世的英国作家毛姆在短篇小说创作上也是一流的。一九五一年，他亲自甄选九十一篇精品佳作，汇集为三大卷本《短篇小说全集》。一九六三年，英国企鹅出版公司将其作为四大卷本重新刊印。三年前的一天，著名翻译家吴建国教授告诉我，九久读书人有意将该《短篇小说全集》翻译出版，问我有无兴趣和勇气牵头，尽快组织人员做成这件事。我二话没说，非常爽快地答应下来，根本没有充分考虑可能会遇到的各种困难。

　　众所周知，毛姆的短篇小说大体可分为三种类型：以欧美为背景的"西方故事"，以南太平洋、东南亚和中国、印度等为背景的"东方故事"以及"阿申登间谍故事"。这些故事：1）内容源于生活又高于生活。既能满足读者的猎奇心理，激发其心灵共鸣，也能帮助读者认识历史原貌，感悟人生；2）语言诙谐风趣，寓庄于谐，就连讥诮、讽刺也不乏幽默感，意味深长；3）半数以上采用了第一人称讲述，亲切自然，仿佛在和家人以及朋友们闲聊社会各个阶层的世情风貌和生活姿态；4）具有一种愤世嫉俗、悲天悯人的基调，人情味浓郁，道德意义深刻，而且结局出人意料，非常契合普通读者的心理诉求和审美品位。掩卷之余，令人难以忘怀。迄今为止，不仅在欧美各国一版再版，而且被翻译成多种文字，在世界各地广为流传。

　　我们本次翻译任务所恪守的一个总原则可以用四个字来概括：达信兼备。所谓"达"，意思是译文语言须符合汉语的"语文习惯"。用钱钟书先生的话来讲就是，译文语言"不因（英汉①）语文习惯的差异而露出生硬牵强的痕迹"。所谓"信"：一是译文语义"不倍原文"；二是译文语效与原文相同或相似。用钱钟书先生的话来讲就是，尽量"完全保存原作风味"。实话说，译文语义"不倍原文"，做到这一点不是太难；难就难在使得"译文语效与原文相同或相似"，其前提自然是译文语言须符合汉语的"语文习惯"。众所周知，毛姆的短篇小说语言清新流畅、简洁朴实、诙谐幽默、通俗易懂，鲜有诘屈聱牙的辞藻堆砌以及艰涩难懂的句法结构，可读性极强。这也是他能够拥有众多读者的重要原因。这就是说，若要译好毛姆的短篇小说，就必须全力保存其语言风格，即要在译文语义"不倍原文"、译文语言须符合汉语"语文习惯"的同时，尽最大努力实现"译文语效与原文相同或相似"。

　　值得一提的是，我们经过反复讨论，最后决定将英国企鹅四卷本《毛姆短篇小说全集》拆分成7册，其中第一卷拆分成第1—2册；第二卷拆分成第3—4册；第三卷不作拆分，为第5册；第四卷拆分成第6—7册。而且，我们将每一册都加以命名。我本人主译第1册《雨》，邀请哈尔滨工业大学齐桂芹副教授主译第2册《狮子的外衣》，山东大学赵巍教授主译第3册《带伤疤的男人》，上海海事大学青年教师李佳韵和才女董明志女士主译第4册《丛林里的脚印》，上海交通大学王越西教授主译第5册《英国特工》，上海电机学院李和庆教授主译第6册《贪食忘忧果的人》，上海海事大学吴建国教授主译第

_____

① 作者加。

7册《一位绅士的画像》。

最后，请允许我借此机会表示我由衷的谢意。首先，感谢九久读书人和人民文学出版社，感谢他们"为人作嫁衣"的奉献精神，感谢他们"吹毛求疵"的敬业精神。第二，感谢各位译者，感谢他们不畏艰难的笔耕，以及他们的家人所给予的莫大支持。最后，衷心感谢作为读者的您，如蒙批评指正，我和各位译者将倍感荣幸！

薄振杰

2020 年 3 月